JN093643

多文化都市ニューヨークを生きる

神舘美会子
リョウ和田

花伝社

多文化都市ニューヨークを生きる◆目次

プロローグ

ロングアイランドでの回想

毎年六月の初めになると蛍がやってくる。それからだいたい二ヶ月ほど蛍が楽しめるのだ。外は日が沈んだばかりで青い空気が郊外の家並みの間を流れている。僕は部屋の明かりをつけずに窓際の椅子に腰掛けたまま蛍が来るのを待っていた。

窓の外は瞬く間に暗くなり、蛍の数も増えてきた。僕がすっかり蛍の世界に没頭していたその時、静寂を破るように電話が鳴った。はっと現実に戻ると妻のスペイン語の会話が二階から聞こえて来た。プエルトリコからだ。同時に嫌な予感がした。と言うのは、いつもプエルトリコからの電話には良い話がないからなのだ。

僕は窓際を離れ明かりをつけるとソファに腰を下ろした。妻のスペイン語はまだ続いている。きっといい話じゃないだろう、もしかしたら妻の兄のジョセフの容態がよくないのかもしれない。彼は糖尿病で長年入退院を繰り返しているからだ。

あるいはまた誰かが僕らの家に居候に来るという話かもしれない。人の家も自分の家という連中なのだ。しかもその上に子沢山だから、やれ弟だ、甥だ、姪だ、いとこだと、年がら年中親戚がやって来る。しかし休暇旅行で遊びに来るというのなら僕も文句は言わない。ところが今までの経験ではそういうことはほとんどなく、ニューヨークで新しく出直すとか、ボーイフレンド探し、ガールフレンド探しなど、何ともあいまいな理由でやってきて、こっちがすべての滞在費用を負担する長逗留ケースばかりだった。

そんなことをぼんやりと考えながらリビングルームを見回した。若い時から妻や子供たちとプエルトリコに行く度にキャンバスと絵の具箱を持って行った。そうして描いてきた絵が隙間のないほどにリビングルームの壁を埋めている。

夕日に赤く染まったカリブの海。そして前景にはシルエットのような椰子の葉影がある。スペイン風の白い教会、やはりスペイン風の白壁の低い家並み、カラフルなペンキを塗った家屋が並ぶ石畳の小路。あの島にいると、自分が日本人だということを忘れてしまい、一時は彼女とずっとこの島で暮らしてもいいと考えた若かった日。

僕はそれらの絵をぼんやりと見渡しながら、すぐに知るだろう、電話の内容を妻から知らされる前に過ぎて来た日々の回想にふける。

そうして二〇分ほどが過ぎると妻がゆっくりと階段を降りてきた。近頃彼女も体の調子があまり良くないのでベッドに横になっていたところを起こされたのだ。何となく疲労感が漂っている。

「電話はジャニスだったよ」

妻はまずそれだけ言うと一人用のソファに身を沈めるように座った。

「それでね、ジャニスが言うのはこうなのよ。彼女の夫がまたガールフレンドをつくって家に帰ってこないって。それだけ言うと今度は泣くやらわめくやらで、話を聞いていていいかげん疲れちゃったわよ」

ジャニスというのは妻の姪である。兄のジョセフのことではなかったが、ジャニスはジョセフの娘である。

「前にも同じことがあったでしょう。あの時もジャニスはずいぶん苦しんで、もうこんなことは沢山ってジャニスは言うのよ。当たり前でしょう。だから今度は彼女もニューヨークで新しい生活を始めたいって言っているの。それでまずここへ来たいっていうの」

「ジャニスと娘三人と？」やっぱりそうか！　こんな事の連続だった過去の日々がとっさに蘇った。

「だけど僕は失業中なんだ。彼らの面倒なんかみられる状態じゃないのに」

まったくいつになったらこんなことが終わるんだ！　僕は思わず大声で言ってしまった。

僕は四〇年近くをホームファッションのテキスタイルデザイナーとして働いてきた。そして一年前に一七年働いてきた会社を業績悪化のため解雇になったところなのだ。それは二〇〇八年の秋、リーマンショックで世界中が大不況になる一年前のことだ。

だがテキスタイル産業はその十年以上も前から下降線をたどっていた。八〇年代半ばから始まったグローバリゼーションの波をいち早く受け、仕事はどんどん海外に移ってしまい、僕たちデザイナーより以前に、布地をプリントしたり、織ったりする工場は次々に閉鎖されていったし、もちろん服や布地のホームグッズの製品を造る仕事もとっくの昔に海外に行ってしまっていた。

はじめに僕を含めて年長者二人が解雇になり、その次の年、大不況の年の瀬にはもっと多くの同僚が解雇になり、続けて翌年、さらに翌々年までも解雇は続いたのである。

こんな情況のところへ居候？　あと数年でシニアシティズン（高齢者）になる身にまたしてもこの災難。だから僕は思わず大声を上げてしまったのだ。

ところが妻は毎度のことで平然と言う。

「あの子たちの部屋はないから住み着かれることはないと思うよ。多分すぐにアパートを見つけると言っているから、しばらくはリビングルームに住んでもらうことにして」

四〇年の長い結婚生活で慣らされてきたとはいえ、僕はまたいつものように不満を飲み込むのだった。


超大型の四つのトランクとジャニスとその娘達がやってきたのはそれから二週間後だった。ジャニスは四〇歳をちょっとでたところで二〇歳、一七歳、一〇歳の三人の娘がいる。しかし二〇歳の長女はニューヨークから八〇マイルほど北東へ行ったコネチカット州にいるボーイフレンドのところへ行くことになったという話で、長女は僕らの家には二晩泊まるだけになったのはせめてもの幸いだった。

この長女は中学生になると糖尿病がひどくなって現在はプエルトリコに帰っているが、その頃ニューヨーク市ブロンクスに住んでいた祖父のジョセフのところへしばしば来るようになり、コネチカット州に住んでいるボーイフレンドというのはその時見つけた男なのだ。

ジャニス一家が来る前に、九年前にニューヨーク市内から引っ越して来た僕ら夫婦と一緒に来た当時高校生だった三男と、数年前に転がり込んで来て今では同居している長男と次男がリビングルームを片付けた。ソファを部屋の隅に追いやり、マットレスを三つ敷けるスペースを作るためだ。長女がコネチカットへ行くまでの二晩は、ジャニスは二階の妻の部屋にあるソファで寝て、長女がコネチカットへ行ってからは次女と三女とでリビングルームを占領するという計画だ。

とにもかくにも四人の女性が逗留するのだからと息子達を叱咤し、家の掃除、庭の手入れをすませた六月も中旬の金曜日、ジャニスと娘達がやって来た。


ジャニスは肩までのややカーリーの髪の毛を赤茶に染め、丸顔で目が大きく、ちょっと小太りだが実際の年齢より若く見えるので、娘達とは一見して姉妹のように見える。

二〇歳の長女のヴィクトリアは父親似で比較的面長な顔立ち。プエルトリカンとしては色白ですっきりと額を見せた黒髪のロングヘアーが美しい。おまけにこれも父親ゆずりで背が高くほっそりしているので、そのエキゾチックな容姿が男を惹きつけるのか、ひっきりなしにボーイフレンドがいるとジャニスは言う。

一七歳の次女のカミラは母親に似て丸顔。いくらかウエーヴのかかった髪を茶色に染めている。しかしこの年頃の女の子、しょっちゅう髪をなでつけに一つしかないバスルームに籠るので、すぐさま息子達と喧嘩になった。

　三女のミアは長女のヴィクトリアよりさらに色白だが丸顔でお茶目な顔立ちは母親ゆずり。彼女達の両親は二人とも平均的なプエルトリカンの褐色の肌だが、プエルトリカンには褐色の肌の両親に白人のように白い子供が生まれたり、逆に両親より色黒の子供が生まれたりする。


　そして、ジャニス母娘がやって来た二日後には、結局僕がヴィクトリアをコネチカットに連れて行くことになってしまった。最初はボーイフレンドが迎えに来ることになっていたのだが急に用事が出来て来られないという。我が家の息子達はこのような時ほとんど助けにならない。僕らは関係ないよ、と涼しい顔をしている。その日は日曜日で働き者の三男は休日でも仕事があれば働きに行くので家にはいなかったが、長男と次男はリビングルームいっぱいに敷き詰められたマットレスに寝転んで、カミラとミアと一緒にテレビを見ている。

　妻は十年前にこの郊外の家に引っ越して来てからはスペイン語で会話するチャンスが少なくなったので、キッチンのテーブルに座ってジャニスと思いっきりスペイン語でおしゃべりをしている。ジャニスは姪といっても一〇歳ほどしか歳が違わないので話が合うのだ。

　結局僕がやることになる。いつもそうだ。この四〇年、いつもそうだった。家には三人も若い男がいるのに！　ヴィクトリアは小型のバックを持って庭に立っているが、大型のトランクはまだ玄関口のポーチに置いたままだ。

「ジュニア！　ダニエル！　トランクを車まで運びなさい！」僕は長男と次男を怒鳴りつけた。

何事も僕が言わなきゃ、やりゃあしない。

「今、テレビが面白いところなのに――」長男のジュニアがぶつぶつ言いながら外へ出て来た。あと数年で四〇になろうというのに怠けることしか考えていないのだ。

一昨日ケネディ空港までジャニス母娘を迎えに行ったのも僕だったし、今日はまたコネチカット州まで行くのも僕だ。コネチカットまで送って行って帰って来るのは一日がかりの仕事だ。一昨日は往復で三時間の運転。今日は一日中だ。これもみんな妻が息子達を甘やかして育てたからだと僕は思っている。一般にプエルトリカンの女性は情が深いというのが僕の印象だけれど、僕の妻はことに息子達に甘い。

この日は爽やかに晴れた初夏の日曜日、ハイウェイは混雑するだろうと僕は覚悟を決めた。そしてそのしわ寄せが全部僕に来る。

「ブライアンによろしくね」

ジャニスと二人の娘達も庭に出て来て車に乗り込んだヴィクトリアに言っている。

秋にはカナディアンメープル（カナダ楓）の燃えるような赤で彩られるストリートを、春は桜が彩る。その桜もいまは若葉が美しい。この週末はガレージの整理と畑仕事を計画していたのに――。そんなことを考えながら住宅街のストリートを抜けてハイウェイに入ったのは午前の一一時をすぎていた。予想した通り道路は混んでいた。――夕食までに帰宅は出来そうにない。毎度のことだ。今更文句を言っても仕方がない。車に乗り込んで早速つけたＣＤのサルサの曲に合わせて体を揺すっているヴィクトリアの横で僕は自分に言い聞かせた。

第一章　プエルトリコの空はいつも青い

ぼくはニューヨークへやって来た

一九七〇年の初冬、ヒッピー時代が終わろうとしていた頃、一年を過ごしたヨーロッパから僕はニューヨークへやって来た。日本へ帰国する前にどうしてもアメリカに行ってみたい。ヨーロッパにいる間に、何となく僕が探しているのはアメリカのような気がしたからだった。ヨーロッパ滞在中、時間があればミュージアムや画廊を見て歩いた。けれども今ひとつヨーロッパのアートは僕には向いていない。やはり以前から心引かれていたアメリカの抽象表現主義、そしてポップアートをこの目で見たい。せっかく外国へ出たのだからアメリカまで足を延ばしてみよう。帰国はそれからでも遅くはない。そうして僕はアメリカにやって来た。

ロンドンからニューヨーク、ケネディ空港に着いたのは午後の三時を少し回った頃。とりあえずマンハッタンにあるＹＭＣＡに泊まることにしていたのでマンハッタン行きのバスに乗る。空港を出るとすぐにハイウェイに入り、しばらくすると遠くに高層ビルの群れが見えてきた。バスはぐんぐんマンハッタンに近づいている。ケネディ空港のあるクイーンズ区からマンハッタン区へ入るミッドタウントンネルに近づいた頃には、前景はもう一望に高層ビルの林だ。その林の中央に憧れていたエンパイヤーステートビルディングが聳え、その周りの高層ビルも偉容を誇って僕を迎えているのだった。それは真っ青に晴れわたった初冬の空を背景に、当時ヨーロッパでも見たことのない未来都市の光景だった。

ハイウェイを走っている時もそうだったが、マンハッタンの街中へ入ると、いやでも車が目についた。映画の中でしか見たことのない、流線型の超大型キャデラックがそこら中に走っている。乗用車もタクシーも、日本でも、ヨーロッパでも見たことのない大型で、その内目に入る全てのものが大きく見え出し、何だか小人の世界から大男の世界に参入したような気分になるのだった。

ＹＭＣＡに着いて部屋に荷物を置き、空腹だったのですぐに一階にある広々としたカフェテリアへ行ってみた。幾種類もの料理がアルミの深々としたトレイに入れられて湯気をたてている。一列に並んだ料理の列をどれにしようかと皿を載せた盆を手に見て行く。そして僕は食べたいものを何時ものように指で指した。

「これで良いですか?」と僕とは反対側に立っている料理をサーヴする人が言った。

「ウィ、メルシー」うっかりとフランス語が飛び出したのには驚いた。しょうがない、ニューヨークへ来る三日前まで四ヶ月間パリに住んでいたのだから。

「あなたはフランスから来たの?」微笑しながら料理をサーヴする人は言うと多目に僕の皿に食べ物を入れてくれた。この時僕は、アメリカ人の気さくさと、おおらかな、親しみやすさを見たような気がした。

数日が過ぎるとこのＹＭＣＡには結構日本人が滞在していることが分かり、その内幾人かと親しくカフェテリアで話すようになった。それと共にいろいろな情報も耳にするようになった。

ある日のこと、親しくなった数人の日本人とカフェテリアでだべっていると、

「あそこに座っている黒シャツの白人のアメリカ人に気をつけろよ。僕はあいつに財布を盗られたんだ」

「ええー!?」と僕が驚くと、

「彼は日本人を見ると親しくしゃべってきて、上手に金目のものを盗る隙を狙うんだ。僕の他にも被害者がいるんだけれど、証拠がつかめないんだ」

ＹＭＣＡで数日が過ぎた頃には日本人旅行者だけでなく、アメリカ国内の中西部やカリフォルニアの方から来ているアメリカ人たちとも親しくなり、僕のアメリカ生活は始まっていた。

ある時カフェテリアで一人昼食をとっていると、僕のテーブルの脇を小柄な黒人が通りかかった。彼は愛想良く軽く手を上げて僕に「ハーイ」と言って配膳カウンターの方へ歩いて行く。昨日朝食の時に隣り合わせのテーブルに座っていた彼だ。二言三言喋っただけだったが人懐っこい感じのいい男という印象だった。すると彼が通り過ぎると見るや、僕の隣に座っていた大柄の黒人の男が僕の方に身を乗り出してきた。そして彼が言ったことには驚いてしまった。

「奴はアフリカのケニアから来たんだ。見ろよ、奴の肌は俺よりもずっと黒いだろ」

長袖のシャツを少し捲り上げ、右手の人差し指で左の腕を軽く叩くと言った。しかもたっぷりと軽蔑を込めた口調なのである。僕はこの時同じ黒人の間でさえ差別するんだと知り、戸惑

い、何も答えられなかったのである。

レストランのウェイターになる

その当時は今では考えられないけれど一ドルが三六〇円だった。円の価値は低く、ドルが世界で一番強かったので、アメリカに入って来ては働いて、稼いだお金で僕のようにヨーロッパや他の国々を行ったり来たりしているフーテンたちが結構いたのである。また「何でも見てやろう」の旅も終わりに近づくとアメリカで手っ取り早く日本レストランで仕事を見つけ、お金を貯めてから帰国する者もいた。

ニューヨークで一日レストランのウェイターをして稼いだお金が、ロンドンでは同じような仕事で稼ぐ一週間分の給料だったのである。ＹＭＣＡで知り合った一人の日本人によれば、メキシコなど南米を回っている旅行者はカリフォルニア州ロスアンゼルスへ、ヨーロッパを旅行している人たちはニューヨークへ、滞在費や旅行用のお金がなくなると来るということだった。たしかにメキシコからはカリフォルニアの方が近いし、ヨーロッパからだとニューヨークになるのは当然だ。しかもこの頃は旅行者ビザも最長が六ヶ月だったし、出たり入ったりも緩かったので、数年に渡って世界旅行をする連中もいたのである。

ニューヨークへ来て一週間した頃、僕は四、五軒の日本レストランに電話してみた。するとその内二軒から面接に来て下さいという返答があり、やっぱりアメリカだなと、さっそく出かけて行った。最初に行ったレストランで採用が決まり、明日から働いてと言われ、ヨーロッパとは違うということをさらに実感。

ロンドンにいた当時はもともとロンドンには日本レストランが数軒しかなかったのでそこで働くことは難しく、来る日も来る日も仕事探しに歩き回っていた。日本料理以外のレストランやホテルを回っては「仕事を探しています。何かありませんか？」と苦労していたからだ。雨の降る日、雪の降りしきる日も歩いたこともある。その時はまったく何をしているんだと、自分が無駄なことをしているような気がしたこともあったが、無駄なことなどなかったと、後になって僕は考えるようになった。

鬼より怖い移民局

一ヶ月ほどでようやくウェイターの仕事も板について来た正月開け、開店にはまだ間のある午前一〇時頃、日本レストランなのに何故かローリングストーンズのサティスファクションが流れ良い気分でテーブルを拭いていると、誰かが大声で叫んでいるのが聞こえた。

「移民局だ！　隠れろ！」

僕と数人のウェイターやウェイトレスはすぐに地下室になだれ込むように降りて行った。そして食料箱や大型冷蔵庫の裏に身を潜め、息を殺して上の様子をうかがった。地下室は寒く皆一様に動揺していた。

しばらくするとかぼそく震える声で誰かが「おしっこしたい」と言っているのが聞こえた。

「そこでしろ！」僕も震える低い声で怒鳴った。

「移民局のやつら、まだいるみたいだよ」

「捕まったらどうなるの？」

「まさか刑務所ってことには――」

「強制送還だよ！」

いくつかのレストランで働いてきた、アメリカとヨーロッパを出たり入ったりしている二年半の経歴のフーテン旅行者のY君が物知り声で冷蔵庫の陰から声を殺して叫ぶ。

「強制送還なんて困るよ、オレ。この次はヨーロッパを少し南下してさ、イスラエルとかエジプトの方にも行こうって計画なんだけど」

「ヨーロッパもそうだけど、せっかく来たんだからアメリカの中も旅行してみたいよ」

僕もそうだったけれど、皆はもう、半ば日本へ強制送還が決まったような気分になっていた。そうしてだんだん気持が沈みかけていた頃、一階から地下室へ通じるドアが開いて、「もう帰ったわよ」というウェイトレスのMさんの声が聞こえた。

Mさんは戦争花嫁なのでアメリカ国籍なのである。だから移民局を恐れる必要はない。このレストランにはウェイターが僕を含めて三人、あとウェイトレスの五人は一人の学生ビザの女の子をのぞいて皆旅行者だった。その他にMさんと二人の戦争花嫁のウェイトレスがいた。だからこの三人は僕たちよりだいぶ年上だ。でもどうして彼女たちがここでウェイトレスをしているのか、どんなふうに日本から来たのか、僕たちはそのことについて何も聞かなかったけれど、彼女たちからいろいろアメリカについて教えてもらった。

しばらくすると歯をガチガチいわせ、手足どころか体全身で震えている料理人三人が帰ってきた。彼らはとっさに調理シャツ一枚で外へ逃げ、凍り付くニューヨークの街をさまよっていたのだった。

すぐに社長がオフィスから出てきた。

「こんな事、よくあるんですか？」僕は社長に聞いてみた。

「あー、誰かのたれこみや。けどもう心配せんでも良いで」とそれだけを言うと彼はまたすぐにオフィスへ戻って行った。

Mさんたちの話だと、今日来たのは移民局ではなく、売春取り締まりのポリスということだった。このレストランには畳の部屋があるので、そこで売春をしているのではないかと疑ったようなのだ。いろいろ調べていたけれど何も見つからないので帰った。だって本当にそんなことしてないいんだから当たり前でしょう。三人のウェイトレスは憤慨したような口調で僕たちに説明した。

またもし僕たちが移民局に捕まれば強制送還になると思っていたのは間違いで、当時レストランはソーシャルセキュリティ・カード（もともとは一九三〇年代の大恐慌の時に、すべての国民に年金を与えるために出来た年金制度の年金番号で、その後税金番号にも使われるようになり、就業の際には必ず提示を求められることになった）を一人一人の従業員に与え税金を払っていたので、旅行者ビザで働くのは違法ではあるが、それで強制送還になることはなかったのである。

ここのレストランの社長は結構悪名で有名だったので、誰かが嘘八百をたれ込んだのかもしれない。そんなうわさは聞いていたけれど、僕はむしろ彼に親しみを感じていたし、彼も僕をかわいがってくれていた。

彼は競馬が大好きだった。競馬場まで出かけていくこともあったけれど、たいていは市内のいたるところにある場外馬券所に行って馬券を買っていた。

「絶対当たるのがあるから儂に五〇ドル預けなさい」

ある時彼が僕のところにやって来た。

「本当ですか？」と僕はすぐに五〇ドルを彼に渡した。

その夜社長はなんとなくいつもの肩で風を切るような態度ではなく肩を落とした感じで帰ってきた。

「当たったには当たったんやけど、配当が少なかった」

社長はそう言って僕に七〇ドルをくれた。僕としてはほんの数時間で二〇ドル儲かったので大喜びだった。一九七〇年初頭の二〇ドルは今の二〇ドルとは価値が違う。

ところがその後マネージャーが言うところによると、

「多分馬券は外れたと思う。社長は馬券を買うのが好きで、時々こういうことをやるんだ。でも従業員を騙したり迷惑をかけるようなことはしない、そういう人なんだ」

マネージャーの言うとおり馬券は外れたのだろう、だから何となく悄気ていたんだ。きっと七〇ドルは彼の財布から出したのだろう。仕事には厳しいけれど、何となく本当の男という感じがあって僕は彼が好きだった。

ガールフレンドを紹介される

ある日、ブロンクスの安アパートで共同生活をしていた内の一人、トミコさんが彼女のアメリカ人の友達を僕に紹介するという。何だかお見合いみたいだねと言いながら、別に断る理由もないし、会いましょうということになった。場所はマンハッタン、ミッドタウンのしゃれたコーヒーショップ。それまでにヨーロッパでいろいろな国の女性と話をしてきたせいか緊張もせずにすぐに打ち解けることが出来た。トミコさんは当時では珍しいコンピューターの学校に行っていた。コンピューターという言葉を知らない人も大勢いた時代である。

アメリカ人の友達というのはトミコさんのクラスメートということだった。トミコさんの友人は女優のアン・マーガレットに似た、ドイツ系で金髪に青い目の小柄な可愛い女性だった。おまけに名前もアンで、話している間中、彼女の目が生き生きとしていたので、もしかして僕とつき合ってくれるかもと、ひそかに考えていた。そして僕の期待は当たって、それからすぐに最初のデートになった。

六月の美しく晴れた日曜日、それはアンとの初めてのデートの日だった。ミッドタウンの五番街が待ち合わせの場所だったけれど、この日の五番街は何かのパレードですごくごったがえしていた。アンはまだ来ていなかった。そこで僕は歩道にあふれている見物人の一人に、これはいったい何のパレードなのかと聞いてみた。するとこれはプエルトリコのスペインからの独立を祝う記念日のパレードだという。

僕はニューヨークに来るまでプエルトリコのことなどまるで知らなかったし、日本でも知られていなかったと思う。南米といえばメキシコ、ブラジル、ペルー、アルゼンチン、チリ、そして島国のキューバくらいだった。ところがここへ来てみたらプエルトリコという名をよく聞く。しかも五番街でパレードが出来るのだから結構重要な国なんだなと思って見ると、アメリカの星条旗を簡素化したみたいな、長方形の旗の左側を占める三角のブルーの地に白抜きの大きな一つ星と、赤三本と白二本のストライプの旗がそこら中にはためいている。旗が星条旗を簡素化したみたいなのは、スペインからの独立の後、アメリカ合衆国に編入されたからだという。つまりアメリカ合衆国の一員というわけだ。

ドラム、タンバリンの音楽隊。Viva Puerto Rico と書かれた長い横断幕を持った人々の手にも小さなプエルトリコの旗が握られている。極彩色の豊かな装飾のとんがり帽子に極彩色の衣装の男たち。ピンクや赤や黄色の紙で作られた花や色とりどりのテープで飾り立てられた大型の荷馬車のような車の上で、ラテンミュージックに合わせて腰を振って踊る褐色の肌の女の子たち。その姿は妙にセクシーに感じたのは僕だけだったのかは分からないけれど、まさか後になって、この踊りを間近で見ることになるとはこの時の僕は想像しなかった。

僕が次から次へとやってくる楽隊やら仮装の人々に見とれていると、誰かが「リョウさん」と呼んでいる。振り向くと仕事場の同僚、ウェイトレスをしているアキ子さんだった。一瞬わからなかったのは、彼女は日本人形のような美人で、その日は仕事の時の着物ではなく洋服姿だったからなのだった。

「誰かと待ち合わせ?」と聞く彼女に、「うん」と答えながらも何か照れくさくて無口になってしまったその時、まるでドラマのように、偶然に三人の日本人の男たちが顕れた。この三人はアキ子さんの知り合いらしく、最初アキ子さんと僕がデートをしていると思ったらしい。そうして数人の日本人が固まっているところへアンが見物の人々で込み合っている中をかき分けるようにしてやって来た。

彼女は僕を見ると、「ハーイ」と言ってにっこりと笑ったので、アキ子さんと彼女の友達はあっけにとられたような顔をして「じゃ、また」と言うがはやいかすぐにいなくなってしまった。

「あの綺麗な日本女性は誰?」日本人たちがいなくなるとすぐにアンが言った。

「仕事場の人だよ」と僕が答えると、それ以上は何も言わず、

「約束の時間に遅れてごめんね。パレードで道が込み合っていて」

そうして歩き始めると僕たちはいつの間にかセントラルパークに来ていた。アンがこの中に動物園があるというので、そこへ行く道すがらずっと話をしていたけれど、実際僕にはアンの話すことの六〇%くらいしか理解出来なかった。けれどもこの時も、ヨーロッパで語学力不足

でも会話をする、または対話するということに慣れていたせいか、僕たちは二人の会話を楽しむことが出来た。動物園の後は広いセントラルパークの中を歩き回った。週末だし天気はいいし、パレードもあるのでパークは沢山の人々であふれていた。

セントラルパークの中にはいくつかの池があるが、その中の一つの池の前のベンチに僕たちは座った。そうして行き交う様々な人たちを見ていると飽きない。ラジオの音楽を最大限に大きくして踊っているアフロヘアーの黒人の男たち。この日はプエルトリコのパレードとあって、ヒスパニックの親子連れも多い。実にいろいろな人がいる。ここはニューヨーク、人種の坩堝。

僕はアンに質問してみた。

「別に人種差別するわけではないんだけれど、黒人やヒスパニック（プエルトリカン及び、南米系ラテンアメリカ移民）は怖くない？」

すると彼女からは意外と柔軟、寛容な答えが返ってきた。

「ニューヨークにはこの様にいろいろの人種の人々が暮らしていて、多種多様な生活が見られるのが面白いのよ」

それから僕たちは自分たちのバックグラウンドの話に移った。僕は日本のこと、僕が育った環境、こうして現在ニューヨークにいることなどを話し、アンも彼女の生い立ちについて語った。

アンのお父さんは彼女が幼い時に心臓マヒで亡くなり、それからはお母さんと二人、いろいろな苦労があったことなどを話した。僕はそれを聞いていていてアンを見直した。容姿は綺麗な子だけれど第一印象でちょっときつい感じもしていたのは、こんな苦労があったからだと思い、彼女を見直したのと共に愛おしく感じた。

夜は韓国人カップルが演奏しながら歌を歌ってくれるクラブレストランで食事。このクラブはよく友達と来ていて曲を英語、韓国語、そして日本語と器用にこなすので有名だった。僕たちが座ったテーブルには小さなキャンドルが灯され、文字通り二人を甘い雰囲気で包んでくれた。テーブルの脇をウェイトレスが通る度にわずかな風が起こり、その風でキャンドルの炎が揺れるのがアンの青い瞳に映し出される。その顔は西洋人形のように美しく、その瞳は僕をじっと見つめていてくれるのだった。

クラブレストランを出た時は夜もかなり遅かった。アンはお母さんと一緒にニュージャージーに暮らしていた。彼女は車をニュージャージー側のジョージ・ワシントン橋のたもとの駐車場に停めてあるという。真夜中を過ぎているのに女の子を一人では帰せない、僕は駐車場まで送っていくことにした。僕たちは深夜の地下鉄でマンハッタンのミッドタウンからアップタウンもかなり上の方、ジョージ・ワシントン橋のたもとの駅まで行った。この駅の構内は広く、いくつもの方向へ行くバスの発着所が駅に繋がっている。そこからバスに乗り、ハドソン河を越えるとニュージャージーだ。

マンハッタン側でバスを待っている間にアンはお母さんに電話をしに公衆電話をさがしに行った。真夜中ではバスは一時間に一本だ。電話を終えて彼女が戻ってくると僕は「I am sorry」と言った。アンはきっとお母さんに言い訳をしていたに違いない。

「いいのよ、心配しなくても。わたし、子供じゃないから」そう言ってアンは微笑んだ。

ジョージ・ワシントン橋を渡ってハドソン河を越え、最初のバスストップでバスを降りた。そこから数分歩くとアンが車を止めてある駐車場があった。車が停めてあるガソリンスタンドの周りは近くに二軒ほどグロセリーがあるが、当然ながら閉まっていて、ひとっこ一人いない。やっぱりここまで来てよかったと僕が思っていると、車のドアを開けて日差し避けから鍵を取るやいなやアンが猛烈に怒っている。

「すぐに見つかるこんなところに鍵を置いておいて！　こんなところに置いたら誰にだって見つかってしまうじゃないの！」

鍵を預かっていたガソリンスタンドはもう閉まっていた。

閉める前にアンが来なかったので彼女が見つけやすいところに置いておいたのだろう。

「いいじゃないの、君が分かったんだから。それに何事もなかったんだし」

怒っているアンをなだめると僕は彼女にキスをした。そうしてようやく彼女の気持が落ち着いてきたので「また電話するよ」と僕は言った。今度はアンは微笑んで、「オーケー」と言い、車は閑散とした夜の道路に走り出した。

さて家に帰ろうとまたジョージ・ワシントン橋のたもとのバス停に戻った。バスを待つ人もいないバス停のベンチに腰を降ろすと空を見上げた。すると東の空が少しずつ明るみ始めている。まだ太陽は姿を見せていないが赤い光が少しずつ立ち上ってくる。そして最初の赤い光がジョージ・ワシントン橋の聳えるように高い欄干へ向けて矢のように射られたと同時に、対岸の東の空が見る見るうちに赤く染まった。

やっとやって来たバスに乗り込むとバスはすぐに橋へさしかかり、料金所を越えると気持ちよく橋の上を走り出した。ほんの少し前マンハッタン側から橋を渡った時は暗かったのでそれほどの醍醐味は感じなかったが、まだ昇り始めたばかりの真っ赤な朝日に照らされた広大なハドソン河は、圧倒的なまでに僕の胸を感動で満たした。左を見れば大河の上流は明け方と朝の狭間で先の方は青く霞んでいる。そして右手を見るとまるで細長いお盆に載せたように見える高層ビル群が、昇ってくる朝日を背景に炎を背負っているように見える。その中央に聳えるエンパイアステイトビルの頂上の高いアンテナに朝の光が反射してオレンジ色に輝いている。

昨日一日の夢のような時間　ついさっきまでアンと一緒にいたことが夢のように感じられたけれど、それは夢じゃない。夢じゃないんだ。まだ僕の唇に残っている彼女の柔らかな唇の感触をなぞりながら、何も考えずに咄嗟にキスをした時のことを繰り返し、繰り返し頭の中に思い浮かべた。ちょうどこの日は仕事が休みだったので早く家に帰ってベッドに入り、夢の続きを見よう。思いがけなく出会ったハドソン河の感動も相まって、僕は幸福感に満たされていた。

行き違い

ところがあんなに楽しかったデートも神のいたずらか、四回目のデートあたりからアンとの波長が合わなくなってきた。待ち合わせの場所を間違えたり、ある時はレストランのバーで待ち合わせをして行き違いになり会えなかったこともある。彼女が中々来ないのでもしかして場所を探しているのではと思い、他の場所を見に行っている間に彼女が遅れて来て、僕がもとの場所に戻ってくるとバーテンダーが気の毒そうな顔で僕に告げた。

「今ちょっと前にあなたのガールフレンドが来て、あなたがいないので、がっかりして帰ったよ」

　この行き違いの大きな原因として僕らの連絡方法が一方通行だったことがある。つまりデートの約束などは僕がアンの家に電話をして決める。彼女の方から僕に連絡をすることは出来なかったことだ。

　アンと知り合ったのは前述した様にブロンクスのアパートを共同で借りて住んでいた仲間の一人、トミコさんの紹介だ。最初アパートを借りた時は僕を入れて男四人にトミコさんの五人という構成だったが、僕がアンを紹介された時には僕とトミコさんともう一人は女性の三人だった。電話はもちろん入れていたが共同だった。電話があったのに何故彼女に電話があることを言わなかったのか。それにはトミコさんの忠告と僕もそれに賛成したことがある。今は家の電話でもどこから掛かってきたかということが受話器のスクリーンに出る様になっている。しかし七〇年代初頭のダイヤル電話にはそんなものはない。例えばアンが電話してきた時に、もう一人の女性が電話を取ったとする。「アンは、リョウさんが実は女の子と住んでいるって思うかもしれないわ。ただの同居人だって言っても彼女は信用しないかもしれない。だから電話があることは言わない方がいい」というトミコさんの忠告を僕も最もだと思い、アンには電話はないと言っていたのだ。

だからアンの方から僕に連絡したい時は、彼女はトミコさんに伝言を頼んだりしていたが、アンはいつも「一方通行！」と怒っていたことは事実だ。

ある時、やっとうまく会えたデートの時、アンが言ったのにはショックだった。

「わたしのママが、リョウはわたしとのデートを忘れて他の女の子と何処かに行ったんじゃないのって言っていたわ」僕はアンのお母さんにチャラな男だと思われていたらしい。

それでも時々僕はアンの家に電話した。アンが家にいない時はお母さんと長話をすることもあった。

アンのお母さんはドイツから来た人で、僕もヨーロッパを旅行中、ドイツにも二ヶ月ほど滞在して、その時はドイツ人の家庭に泊まっていた。アンのお母さんは僕が居たその町のことをよく知っていると言い、その時の思い出をとても懐かしそうに話すのだった。またもっとドイツのことについてもお互いに話が弾むこともあった。

アンとの関係が終わったわけではないが、何となく気まずくなっていた頃、数日の仕事休みがあったので、ちょっと一人で旅行にでも行ってこようかなと思い立った。そこで何処に行ったらいいかなと、友人のアメリカ人のテリーに聞いてみた。

「それならプエルトリコがいいよ。あそこはアメリカ領だからビザなしで行けるし、それに飛行時間はたったの四時間。しかも夜間のフライトなら安く行かれるよ」

「プエルトリコ？　あー、そういえばこの間、五番街でプエルトリコのパレードを見たよ。スペインの統治から独立した記念のパレードだと言っていた」

「君、ウエストサイド・ストーリーの映画知っているだろう?」

そう言ってテリーはウエストサイド・ストーリーについて話し始めた。

「マンハッタンが舞台のあの映画は、ほら、ポーランド系白人のグループと、南米スパニッシュのグループの縄張り争いだろ。南米スパニッシュにもいろいろあるけれど、あの映画のスパニッシュはプエルトリカンだよ」

あの有名な映画はもちろん日本にも来て僕も高校生の時に観た。そしてどれだけの日本の若者の心を浮き立たせ興奮させたミュージカル映画だっただろう。それからしばしウエストサイド・ストーリーの話になった。ウエストサイド・ストーリーの映画が日本に来てしばらくして、映画の中でプエルトリカンのグループのリーダー、ベルナルド役だった俳優のジョージ・チャキリスが来日した。来日公演は京都であったので僕は見に行ったよ、と言うとテリーは興奮。それからテリーと僕は映画の細部の話で大いに盛り上がった。

プエルトリコという名前はニューヨークに来て初めて知ったけれど、かの有名なウエストサイド・ストーリーの二つの不良グループの一つはプエルトリカンだったのだと知ると急に興味が湧いて来て、僕はプエルトリコへ行ってみることにした。

しかしこのチョイスが僕にとって人生の最大の分かれ道になるとは、この時の僕には思いもよらなかったのである。

ウエストサイド・ストーリーに触発されてプエルトリコへ行く

フライトはケネディ空港から夜の一一時発。プエルトリコへ行く人、それを見送る人たちで空港のターミナルは混雑していた。それもただ混雑していたというのではなく、見送る人たち、見送られる人たちの惜別の表現には驚かされてしまった。まるでオペラの別れの大舞台のように、人々は互いに強く抱き合い、子供たちは泣きながら親戚の叔父や叔母、あるいは従兄弟たちに抱きついている。僕はあっけにとられて何だかおかしな光景を見ているような気がした。なぜならニューヨークからプエルトリコまでは四時間ほどで行けて、料金も夜間で格安なのだ。このときは、プエルトリカンの気性、習慣などをまったく知らなかったので、日本人の僕には何か異様な感じがしたのである。

そうして飛行機が飛び立つと先ほどのターミナルでの騒ぎとは打って変わって、機内は意外に静かだった。そして人々はすぐに眠りに着いてしまった。僕も時々はうとうとしながらも窓際の席だったので、これから行く未知の島、ウエストサイド・ストーリーのプエルトリカンの島への期待に胸をふくらませ、飛行機の翼に点るライトがちかちかと点滅する以外はなにも見えない暗闇を見つめていた。

やがて暗かった機内に電気が付き、もうすぐプエルトリコの首都、サンファンに到着というアナウンスが流れた。飛行機は低空飛行の体勢に入り、窓の外に目を向けると島の夜景が一望に広がっている。その内ライトで照らされたプエルトリコ象徴の円形屋根のキャピタルビルが見え、続いて車道の両脇に並んだ椰子の木々のシルエットが見えた。僕は今まで見たことのない夜景に、しばらく何もかも忘れて見とれていた。

そこでニューヨークで友達から借りてきた観光ガイドブックを開いた。到着前におおまかな知識を得ておこうと思ったからである。

——プエルトリコはカリブ海のほぼ中程にある面積は四国の半分くらいの小さな島である。だがこの島は熱帯雨林のジャングルから珊瑚礁に臨む白い砂浜まで、その自然は実に変化に富んでいる。一四九三年、コロンブスが大西洋を横断してこの島に到着した時、その自然の豊かな美しさに感嘆したことから、この島をプエルトリコと命名したという。プエルトリコとはスペイン語で豊かな港という意味である。

コロンブスの到着後、約四〇〇年に渡ってスペインによって統治されるが、一八九八年にスペインから独立し、そのすぐ後にアメリカに編入された。それ以来アメリカ合衆国の一員であるが、スペインの文化も色濃く残っている。公用語はスペイン語と英語ではあるけれども、島の人々の言語は今もスペイン語である。そしてプエルトリコは、人も自然も、さまざまな特性がハーモニーを奏でる希有な島である——

何だか今までに経験したことのない所へ来たぞと思い、別に急ぐこともないので僕はゆっくりと飛行機を降りた。降りた瞬間、猛烈な熱風が顔を吹き付けた。「何だ、この暑さは！」思わず口にして回りを見ると、そこはとても空港とは思えないような、小さな小屋のような建物がポツンと一つあるだけの場所だ。これが空港？　と思っていると、熱帯林の匂いがプーンとしてきた。見ると滑走路だけの広い空港の周りを椰子の木々が囲っている。ヨーロッパもアメリカも、たしかに日本とはずいぶん違っていたけれど、こんなところは初めて見た。それは僕の想像以上の世界だった（もちろんその後近代的な建物の空港になったのはもちろんである）。

空港にはまるで小屋といえるような建物が一つあるきりといっても、タクシー乗り場と市内まで連れていってくれるバスの停留所はあった。僕はタクシーで行くことにした。ホテルも予約してあるわけではなかったので、タクシーに乗り込むと首都サンファンのホテルに連れていってくれと運転手にたのんだ。

「あんたは中国人かね？」車に乗り込むと運転手が英語で聞いてきた。

日本人だと答えると、

「オー、ハポネスか（スペイン語で日本人の意）。この島の女性は日本人に親愛感を持っているから、ガールフレンドが出来るかもしれないよ」とにっこり笑って後部座席を振り返った。僕は特別何も感じたわけでもなく軽く聞き流したのだったが、次の日にはそれが本当になるとは思ってもみないことだった。

三〇分くらいで彼の知っているホテルに着いた。ホテルまで一緒に行って話をしてくれると言うので彼の後に従った。着いたホテルはさほど大きくはないが、スペイン風の明るい感じの建物だ。明るいベージュの壁に白枠の窓の二階建てで、入り口の前庭には数本の背の低い椰子の木があり、タイルで囲った小さな噴水があった。もっとも水は出ていなかったが、すぐ横には小さいものだが真っ赤なハイビスカスの花壇があった。ホテルの入り口の前まで来た時、突然大きな虫が運転手目がけて飛んできた。僕はびっくりして自分のところに来たわけでもないのに、もう少しで飛び跳ねるところだったが、彼は慣れているらしく笑って虫をはねのけた。やっぱり現地の人だ。

彼についてホテルのフロントカウンターに行くと、運転手は僕に変わって部屋を取ってくれた。彼らはスペイン語で話していたので僕には何を言っているのか分からなかったが、ハポネスという単語だけが聞こえた。僕のことを言っているんだなと思った。けれども何も悪いことは言っていないように見えた。宿泊の手続きが済んで僕が部屋の鍵を受け取ると「楽しい旅をして下さい」と笑顔で運転手が言った。そこで僕は彼と握手をして、「グラシアス、アディオス」とスペイン語でお礼を述べた。

部屋は大きな窓が二つあって朝日がさんさんと注ぎ込んでいた。ベッドが二つあり、部屋は冷房がきいていたので快適だった。

飛行機の中ではほとんど寝ていなかったのでベッドに横になったらたちまちの内に眠気が襲って来た。窓の外の椰子の葉の間から漏れる光がちょうど僕の顔に当たり、目覚めた時は正午を少し回っていた。同時に空腹を感じたのですぐに階下の食堂へ降りて行った。

メニューはプエルトリコの典型的なもので、ピンクビーンズの煮物、ポークの揚げ物、味付きライス、サラダ、そしてコーヒー。

豆の煮物は軽い塩味で美味しく、少し酸味のきいたポークはプエルトリコの暑い風土に合っている。ところが量の多いのには閉口した。けれども他のテーブルを見てみると皆ぺろりと平らげているのにはびっくり。ただこれはプエルトリコだけでなく、アメリカも同じだ。ニューヨークで初めてレストランに行った時、巨大なサンドイッチや大盛りのスパゲッティーに驚いた。これ人間用？　と言いたくなるような山盛りのフライドチキンなど、日本ならゆうに二人分というところだ。

そこはエメラルドの海だった

食後カメラを持って外に出ると、椰子の並木や派手なオレンジ色のハイビスカスや、名前も知らない幾種類かの南国の草花が道路の傍らに咲いているのを見て、何だか急に心が弾んできた。プエルトリコは四〇〇年もの長い間スペインに統治されていたので、特に家の外見はスペイン風だ。サンファンでの見所はキャピタルビルとエル・モロの要塞。そこで僕はオールド・サンファン（旧市内）へ向かって歩き出した。首都サンファンの中でもオールド・サンファンは美しいところだ。道路のほとんどは石畳で、しかも青く上塗りがしてあるのが非常に美しい。家々は二階建てか三階建てで、街中の家だからちょうどビルディングが隣接しているように隣の建物とくっついているタウンハウスだが、それぞれ家はカラフルな色にペイントされている。といってもそれほど強い色ではなく、淡いグリーン、やわらかなオレンジ、ブルーなどで、また窓やドアを白いペンキで縁取っているのが洒落ている。青く光る石畳の道路、明るい感じがするカラフルな家並み、それが南国の熱い太陽に照らされた強烈な青い空と実にマッチしている。アメリカに来る前に一年ヨーロッパに住んでいたが、ドイツ、イギリス、スウェーデン、フランスと北の国々で、スペインやポルトガルまでは足を延ばしていなかったので、街の雰囲気がまったく違う。

　あちこちをキョロキョロしながら心楽しく歩き始めたが、とにかく暑い。そこでニューヨークを発つ前に世界中方々を旅行している友達に言われたことを思い出した。

「プエルトリコは暑い時はアフリカみたいだよ。プエルトリコは赤道の少しは北だけれど、まあ赤道に近いからね」たしかに暑い。だが時々風がある。それもからっと乾いた風なので日本の蒸し暑い夏の暑さとは違う。

　暑さにめげず三〇分ほど歩くと、紺碧の輝くような海が右手に見えてきた。話には聞いていたし、写真でも見たことはあったが、今僕が目にしているのは本物のエメラルド色の海だ。歩く足が早くなった。

　今度は椰子の並木道をしばらく歩いてゆくと、真っ白なスペイン風の大きな教会が見えて来た。教会と椰子の木がちょうどいい具合の構図だったので写真に収め、さらに行くと昨夜飛行機の上から見たちょうどお椀を逆さにしたような円形屋根のキャピタルビルにやって来た。ローマ風の何本もの柱を備えた正面玄関は海を前面に見て、これもまた真っ白で、荘厳な建物である。玄関の両脇にはアメリカの星条旗と星条旗を簡素化したプエルトリコの旗が立っている。

　数枚の写真に収めるとまた海に沿った椰子の並木道に戻り、しばらく歩くと城壁のような砦が続いているのが遠くに見えてきた。来る前に慌ただしく仕込んできたインフォメーションにあったエル・モロの要塞だ。海岸よりかなり高い海へ突き出た形の岩礁の上に建てられている。

しかも砦はかなり長く、いかにも敵を寄せ付けないぞと威嚇しているような格好だ。

僕は急に興奮して来た。暑さと戦いながら早く要塞へ行きたいという気持ちで歩いた。右手は一望にエメラルド色の海が広がっている。僕は自分の胸が大きく広がって来るような気がした。あの深い蒼の太平洋の海とも、イギリスからニューヨークへ向かう飛行機の上から見た大西洋の海とも違う。プエルトリコ島は地図の上では大西洋にあるが、そのすぐ南はカリブの海だ。だからここもカリブの海と言っていいほどのエメラルドの海だ。

そしてやっと要塞の入り口に近づいた時だった。砦の陰から少女が二人、僕の行く手に現れた。まだ十代の高校生くらいの少女たちで、彼女たちも突然出くわしたアジア人の僕に一瞬びっくりした様子だった。

一人はほっそりとした少女でもう一人はぽっちゃりとお茶目な感じだ。でも特に歩き去るようでもない。そこで僕がプエルトリコへ来て初めて見る若い女の子たちなので写真に撮りたいと思い、「写真に撮らせて下さい」と頼んでみた。ところが一向に僕の言葉は通じない。彼女たちはほとんど英語がわからない様子だし、来る前に即席でちょっと齧って来たとはいえ、僕もほとんどスペイン語を話せない。そうしていろいろ言葉を使っている内に、ポートという単語がスペイン語に似ているので分かったらしく、今度は二人でポーズをとってくれた。

写真を撮った後、僕は「グラシアス」とスペイン語でお礼を言った。お礼の言葉を言った時、ほっそりした少女と目が合った。黒い大きな目。その時僕は何か、前世でこの少女に会ったことがあるような不思議な感じがしたのだった。

それがきっかけで僕たちは低い石垣に座って一緒に話すようになった。話すようになったといっても英語とスペイン語の単語をお互いが理解するまで並べるだけだったけれど、そうして何とかコミュニケーションをしている間に気がつくとぽっちゃりの少女の姿が消えていた。ほっそりした子の方が少しばかり英語を知っているようだったので、彼女と多く話していたからかもしれない。そこで僕は一人になった少女の方に彼女の名前を聞いてみた。

「クラリベール」少女はちょっとはにかんで答えた。

黒目勝ちな大きな目、けれども顔はどちらかというと体つきと同じくほっそりとしていて、輝くような褐色の肌の小柄な少女。清楚な白のブラウスにブルーのスカートの制服が可愛らしい。

「リョウ」今度は僕が名乗る番だった。

そうして僕たちは何度か、「クラリベール」「リョウ」とお互いに呼び合った。

僕たちが座っている石垣の近くにデージーが咲いていた。そこで僕は歩いていって数本のデージーを摘むとクラリベールのところへ戻ってきた。話す言葉もないので、ただ黙って彼女の手に渡した。

「グラシアス」

彼女は大きな瞳を輝かせて花束を受け取ると、少し恥ずかしそうにうつむいて花を見つめた。

それが僕たちのコミュニケーションの始まりだった。

しばらく花に目を落としていたクラリベールがやっと顔を上げると今度はいくらか活発に

なって、僕に着いて来るようにと手で仕草をした。

「エル・モロの要塞を案内してあげる」クラリベールは言って僕の先を歩き始めた。すぐに要塞の広場にやって来た。広場は三方を海に囲まれた海岸からはかなり高い断崖の上に造られている。僕はガイドブックを開けた。この要塞が造られたのは再三にわたるイギリスとオランダからの攻撃から島を守るためだったという。また海賊の襲撃もあったという。島を占領していたのはスペインだから要塞はスペインの軍隊によって守られていた。広場には当時使われた大砲が置いてあり、砦の壁には壁の穴から海に向けて配置されていた大砲の筒が突き出ている。

「こっちへ来て」とクラリベールに案内されて行った広場の突端には敵の襲撃を監視する監視塔があった。この塔は小さなものだが、海に突き出した格好に造られている。クラリベールに誘われるままに監視塔の中へ入った。そこはほんの数人の人が入れるほどの広さだが、ちょうど小さな燈台を想像してもらえばよい。三方が見えるように三つの窓があり、監視の窓から海を見ていると、今にも敵の船の帆が水平線の彼方に現れるような錯覚に襲われる。そうやってどれくらい砦の中を歩き回っていたのか、いつの間にか西の空に夕日の色が広がり、砦の石の壁に赤く反射して僕たちにその日の別れを告げているようだった。僕たちはまたキャピタルビルへ向けて歩いていた。そしてキャピタルビルの公園にまで戻って来た。クラリベールはそこで立ち止まるとスペイン語で一生懸命、僕に何かを言おうとしている。けれども僕にはそれが分からない。ある一つのクリアな情況がある場合は何とか想像で理解することが出来るが、僕には彼女がいったい何を言おうとしているのかが皆目分からないのだ。彼女は一生懸命頭をかかえ、何とかして一つでも英語の単語を絞り出そうとしている。何しろ僕はまったくといっていいくらいスペイン語が分からないのだから、彼女に何とか少しでも英語の単語をひねくり出してもらうしかない。何度も試みたけれど、クラリベールはとうとうあきらめて、けれども名残惜しそうにひとこと言った。

「アスタマニアーナ」

アスタマニアーナ⁉

それは「明日会いましょう」という意味だということが、プエルトリコに来る直前のインスタント語学勉強で知っていたので、今度は僕も即座に「アスタマニアーナ」と彼女に言った。クラリベールはにっこり笑って僕たちの会話に突如はずみがついて来た。それからは何時に？　何処で？　ということのコミュニケーションに移った。

時間は指三本で三時。場所は「アキ（ここ）」と何とか分かったのは、これまでヨーロッパを旅行していた時に、インターナショナルサイン（ジェスチャー）を身につけていたので、それが役にたったのだった。

明日の約束をすると、多分帰宅の時間を過ぎているのか、クラリベールは急に急ぎ足になり、何度も僕の方を振り返り、手を振りながら公園の広場を走って行った。僕もそんな愛らしい彼女の姿に手を振りながら、彼女の姿が見えなくなるまで公園の花壇の横に佇んでいた。特に急ぐこともないのでその日の午後のことを思い出しながら空を見上げると、群生した椰子の上方の葉が赤く染まった空に黒いシルエットになって重なり合い、まるで沢山の鳥が集まっているようにも見える。僕は自然の描き出した見事な絵画に思わず感嘆のため息をもらした。

ホテルへの帰り道、海辺の道を歩いていると、椰子の木々の間から水平線に炎のような太陽が沈むのが見えた。そしてその光景さえもが、「明日会いましょう」と言っているように思えた。そうして浮き立った気持でしばらく足と止めて水平線に沈んでいく太陽を見ているうちに、突然、彼女は本当に来るのだろうかと、今度は疑いの思いが心の中に広がってきた。もしそれならそれでいい。とにかく行ってみよう。そうして僕は歩き始めた。

ぼくは前世で彼女に会ったことがある

翌日待ち合わせの場所に着いたのは、クラリベールとの約束の時間の一〇分くらい前だった。この公園には長い柱廊があり、柱の上の藤棚のような棚にはツタが密集して格好の日陰を作っていた。その下のベンチに座って持ってきた本を開けた。ところが本を読み始めて三〇分、クラリベールの姿はない。半分子供のような少女のことだ、約束を忘れてしまったのかもしれない。やはりその時限りのものだったのかもしれない。もしかしたら来ないかもしれないと思ったけれど、あと三〇分だけ待ってみよう。それで来なかったら帰ろうと思い、一度は立ち上がったけれど、またベンチに腰を降ろした。腰を降ろして周りを見ると、国柄か、何もかもがスローモーションで、誰も急いで歩く人もいないし、イライラしている様子もない。こんなに暑いのだから、スローにならないとやっていけないのだろうと、妙なことが頭に上り、しばらく道行く人々を眺めていた。そして再び本を広げて三〇分。結局一時間近く待って来ないのだからもう来ないと思って本を閉じ、帰る支度をして立ち上がった時、汗だくのクラリベールが木の陰から現れた。

「Sorry　Sorry 学校で用事があって中々出られなくって」そう言ってにっこり笑ったので、僕は長く待ったことは言わずにおこうと思い、ただ「ＯＫ」とだけ言って立ち上がった。

「わたしについてきて！」

クラリベールは長く待たせたことなど気にもしていない様子で、会った途端に昨日のデートの続きが始まっていた。もちろんこれだけのカンバセーションがスムーズに行ったわけではないが、言葉以上の会話を作る能力がクラリベールにはあった。公園から海への道を歩いているど、車のクラクションの音が聞こえた。何だか僕たちに向かって鳴らしているようだ。そこで車道を見るとタクシーから誰かが僕たちの方へ手を振っている。あっ、昨日空港からホテルまで乗ってきたタクシーの運転手だ。

「この島の女の子たちは日本人に親愛感を持っているからガールフレンドが出来るかも」と言っていた、あの運転手。「あなたの言っていたことが本当になったよ」言葉では言えなかったけれど、僕も彼に手を振って返した。

海への道が突き当たった所から浜辺までは石の階段になっていた。

浜辺へ降りると僕はすぐにズボンをまくり上げた。こんなに白い砂は見たことがない。そして熱い太陽の光を受けて目の前で輝いている碧の水も。

クラリベールもすぐに続いてきた。水は暖かく、彼女から水をかけられてもまるでシャワーを浴びているように気持ちがいい。そうやってお互いに水をかけ合って、水しぶきの中に彼女のあどけない顔を見ていると、遠い昔にも彼女とこうやって遊んだことがあったような、不思議な気持ちになるのだった。

このまま時間が止まれば今日でお別れと言わなくてもいいのにと、僕自身、自分でも解明できないような心情に満たされていくのを感じた。

ほとんど、びしょ濡れになりながら浜へ上がり、僕たちはまた城壁の道へと戻って行った。その時浜風が渡り、彼女の濡れた黒髪と戯れているようにも見え、僕はまたしても遠い過ぎ去った日々が蘇ってきたような、不思議な懐かしさの気持が沸いてくるのだった。

城壁に近づいた時、何処からか哀愁に満ちた男性の歌声が聞こえてきた。いつの間にか日が暮れ、気が付けば二人は手をつないでキャピタルビルに続く公園を歩いていた。見上げると椰子の木々の間に月が昇ってくるのが見えた。

公園のベンチに座り、僕たちは空を見上げた。

「あの星をあなたにあげるよ」

クラリベールは夜空の一番明るい星を指して言った。

「君にはお月さんを上げるよ」

柄にもなく、キザな言葉が僕の口をついて出た。

「明日ニューヨークへ帰るよ。だけど必ずまた来るから」

クラリベールの懇願するような無言の目が僕を見上げていた。僕もまた別れがたい思いに突き上げられながら、さよならのキスをした。

終わるとクラリベールの目から大粒の涙が落ちてきた。僕は彼女をもう一度強く抱きしめて言った。

「また、必ず来るから」

たった二日デートしただけなのに、こんなに熱くなるのかと感動の波に我が身が漂流していくように感じた。そしてこの時、空港でプエルトリコの人たちが涙を流し、劇的とも見える別れの抱擁をしていたのが分かるような気がした。

クラリベールの家族に会う

ニューヨークに帰り、数日してアンに電話した。

「何処に行ってたの？　週末で誰とも連絡取れなかったのよ」

「プエルトリコに行って来たんだ」

「プエルトリコに？　一人で？　どうして誘ってくれなかったの⁉」

すぐさま彼女はかんかんに怒り出す始末。

えー⁉　誘えば来たのか。プエルトリコ行きを決めた時、最初アンを誘おうと考えたけれど、お母さんと二人暮らしで結構厳格な家庭の印象だったから、まさか彼女が一緒に来るとは思わなかったので僕は意外な気がした。しかしそれと同時に、もしアンと一緒に旅行に行ったらまだしたくない結婚を考えなくてはならなくなったかもしれない、ということも頭をかすめた。

というのは、アンが何やかんやと僕の日本人の友達に僕のことを聞いているということを何人かから聞いていたからだった。

その後アンとは電話では話していたがデートをするということはなく、僕の心の変化をカンの良いアンは察したようで、いつの間にか別れて行った。その後一ヶ月ほどが過ぎ、数日の仕事休みがあったので、またプエルトリコに行くことにした。


手紙で打ち合わせてあったように一ヶ月前に別れた同じ場所で僕はクラリベールを待っていた。彼女は僕を見つけると遠くの方から手を振りながら小走りに走りながらやって来た。愛らしさは前と同じだけれど、少し会わない間にずいぶん大人になったように見えた。

「わたし、一八歳になったのよ！」

僕の目の前までやって来るとまるで飛び跳ねるように歓びをいっぱいに表してクラリベールは言った。

そしてすぐに「両親にあなたを会わせたいの」と僕の手をとってバスの停留所へ引っ張って行った。

僕は予想していなかったことなのでいくらか緊張して彼女の両親に会うことになった。家に着いてみると両親の他にお姉さん、お姉さんの夫、弟も僕たちを待っていた。クラリベールには四人のお兄さんがいるというが、この時はベトナム戦争が続いていた時で、彼らは戦地にいるということだった。そしてお姉さんの夫のセルヒョが英語の出来る人で、彼が通訳をしてくれたので僕はだいぶ落ち着いてきた。セルヒョはベトナム戦争に行って負傷して帰って来たところだった。

クラリベールの家族は皆明るく親しみ易い人たちで少し話す内に僕もすっかりこの家族に打ち解けていた。それからお母さんとお姉さん、そしてクラリベールは台所にたち、僕のために夕食を作ってくれることになった。

夕食のテーブルには山のようなフライドポーク、味付けライス、そして何種類もの野菜料理がテーブルいっぱいに並べられていた。僕は暑さのため食欲がなく「お腹が空いていないので少し減らしてください」と言っても彼らの少しと僕の少しは同じではないのか、僕にとっては山盛りの料理が運ばれてきた。

季節は九月の始め、ニューヨークもまだまだ夏の名残はあったがプエルトリコは暑さのレベルがちがう。まだ数時間前に着いたばかりだというのに、この暑さにはすでに参っていたのでほとんど食欲がなかったのだ。とにかく少しでも食べなければとなんとかナイフとフォークを動かしてはみたものの、ろくに食は進まず、せっかく僕のために作ってくれたのに申し訳ないと思っていたら、最後に薦められたものはことに最悪だった。

「何だ、この脂っぽいものは！」と一口食べて皿に残したのは、何と今ではわさび醤油で食べる好物のアボカドだった。

家族に会ったということで僕らの関係は急に接近したようだった。両親に会ったその週末の一週間後、僕はまたプエルトリコに行った。

「一緒に連れていって！」

「今このまま、あんたについて行く」

両親に会ったその次のデートから、クラリベールはほとんど毎回僕をてこずらせるようになった。

「一緒に来るといったって、ペアレンツに何も言わないで行くなんてことは出来ないよ。君が突然いなくなったらペアレンツがどんなに心配するか。それに、もしそんなことをしたら誘拐になっちゃうからね」

しかしクラリベールは引き下がらない。

「それにね、今夜、突然空港に行ってもチケットがあるかどうかもわからないよ。来る時だって満席だったんだからね。それに君は着替えの服も何も持っていないし」

僕も仕事があるからプエルトリコに行くのは週末だけ。金曜日も一日中働き、その夜も遅いフライトで発ち、日曜日の夜遅くニューヨークへ帰るというスケジュールなのだ。

土曜日の朝、というよりほとんど真夜中にホテルについて、数時間寝てその後デート。こんなハードなスケジュールをこなしているのにこれ以上面倒なこと言わないでくれよ。

それにしても日本女性とは大違い。情熱のまま、その時の感情を思いっきり表現する。今という時に全てを賭ける。こんな率直な熱情には今まで出会ったことがない。だから僕もつい引き込まれてしまう。

待ち合わせの場所はいつもキャピタルビルの広場だった。しかし何より驚いたのは彼女の英語の上達の早さだった。学校ではもちろん英語は必須で勉強しているらしいが、三ヶ月ほど前に初めて会った時はとても話せるなんてものじゃなかったのに。

「リョウ、あなたのことをもっと知りたいから」

僕が彼女の英語の上達の早さに驚いたというと、クラリベールはにっこりと笑って言った。

運命の日

二週間に一度の訪問が毎週末になることもあり、やがて僕のアメリカビザが切れる時期が近づいて来た。そこで出国前にレストランの仕事をやめ、今回は週末二日だけでなく数日滞在する予定でプエルトリコへ行った。

しかしクラリベールの強い懇願で結局滞在は一週間を越え、ニューヨークへ戻ったのは出国の二日前だった。とにかく出国しなければならない。そこでまた予定通り、ロンドンへ戻ることにした。

僕はロンドンでビザ最長期間の六ヶ月を過ごしたらまたニューヨークに戻ってくる予定だったので六ヶ月分の部屋代を前払いしてニューヨークを発った。

ロンドンに着くとすぐにアメリカに来る前に四ヶ月滞在した時に通っていた同じ語学学校に行き、集中的に英語の勉強をすることにした。前にいた時はホテルでキッチンヘルパーをしながらの勉学だったけれど、とにかく今回はアメリカドルを持っていたのでお金の心配がなく、勉強と観光で有意義な時間を過ごしていた。

二ヶ月ほどが過ぎたある日、僕はプエルトリコから一通の手紙を受け取った。

ちょうどその日の授業は昼過ぎからだったので少し寝坊をして、朝食をとると階下のメールボックスを見に行った。定住しているわけではないから毎日なんらかのメールが来るというわけではない。ただこの日はほとんど一週間近くしとしとと雨降りだったのが久しぶりの青空で気分も良く、ちょっとメールでもと降りてきたのだった。古びた真鍮の、けれども込み入った唐草模様のほどこしてあるメールボックスを開けた。暗い箱の中に一通の封書が斜めに入っていた。僕はそれを取り出した。日本からかな、と思ったがそうではなく、見慣れない切手が貼ってあった。

それほど広くない玄関には天井に明かりが一つあるきりであまり明るくないのだが、この日は遅い午前の光がドアの横の細長い窓から射し込んでいた。僕はそこへ手紙を持って行って差出人を確かめた。

手紙はプエルトリコからだがクラリベールからではない。クラリベールにはここの住所を教えてきたが、まだ一度も彼女からの手紙はない。ただラストネームがクラリベールと同じだ。

何なんだろうと思いながら、部屋に戻ってから開封することにした。北向きの、一部屋だけの部屋は窓と反対側にキッチンとバスルームがある。小さな部屋だけれど一人暮らしには快適だ。窓際に置いてあるテーブルに座る前にカーテンを開けた。陽は射し込まないが向かいのアパートメントの窓を照らしている陽の光が僕のアパートの窓に反射している。もう一度コーヒーを入れようと思ったけれど、まず先に手紙を読もうと思ってカップの底に少しだけ残っている、朝の飲み残しの冷たくなったコーヒーを飲み干した。

日本からの手紙だと細長い封筒の短い辺を指でちぎるのが習慣だが、日本からの手紙ではないので封筒の長い辺を開けなければならない。欧米では封筒を開けるためのペーパーナイフはいろいろ凝ったデザインのものが、高級なものから安いものまである。人々はそれをよく贈り物などにもする。

ところがその時の僕はそんなものは持っていない。朝食の時に使ったナイフを紙でバターを拭きとると、封筒の長い辺のペーパーナイフを差し入れるために開いている、小さな隙間にナイフの先を入れた。ゆっくりとナイフを動かして封を切ったが、気のせいか、それとも午前中という時間でまだあたりが静かなせいか、紙を切る音がいやに大きく感じた。

二枚の便せんが入っていた。手紙はクラリベールのお母さんからのものだった。

「親愛なるリョウ」と手紙は始まっていた。しかしその後に続く文は僕の目を疑わせるものだった。僕の目はそこに書かれている文に釘付けになった。

「娘が妊娠しています。彼女は一人ででも子供を育てると言っています。わたしたちは困っています」

うそーッ！　僕は全身が硬直してしまいそうだった。全身からもの凄いスピードで血の気が引いて行くのがわかった。どうしよう、どうすればいいんだ！　頭の中がぐらぐらと揺れた。顔面蒼白だった。

楽しかった思い出が、まるで紙に描かれた絵のように感じた。あるいは無声の映画を見ているように感じた。クラリベールの満面の笑顔、それに答える自分自身のほがらかな笑いも真っ白なキャンバスの中に閉じ込めてしまいたかった。

その後学校へ行ったが授業はほとんど頭に入らなかった。友達が「どうしたの？　顔が真っ青だよ」と言ったけれど、僕は何かを言う元気もなかった。

僕はすぐには手紙の返事を書くことが出来なかった。手紙を受け取った日から数日して少しは気分が落ち着いてきたので、友人たちに相談してみた。

「リョウ、おめでとう」

「本当に君の子供なのか？」

「無視しなさい」

「馬鹿だよ。どうしてここの住所を教えたんだ」

いろいろな答えが返ってきた。僕は何も言えなかった。どの答えも「ごもっとも」という気がした。けれどももし無視したら、僕は一生後悔するだろうとも思った。なぜなら僕はそんな育てられ方をしていなかった。僕の父は子供の頃、両親が離婚をして祖父母に育てられていた。だから父は「子供には両親が必要」といつも言っていたのだ。

僕はクラリベールが僕の子供を宿していることを無視する気はなかったが、中々返事を書くことが出来なかった。

そうしてずるずるとクラリベールに手紙を書かないまま二ヶ月ほどが過ぎた冬、京都の父から手紙が来た。この時はまだ日本の家族にクラリベールのことは話していなかった。僕の心が決まらないうちに話す気にはなれなかったのだ。しかしまたニューヨークへ戻るということは知らせてあった。

父からの手紙はアメリカで父のデザインしたろうけつ染めを試験的に売ってほしい。その結果によってアメリカに進出できるかどうかを見たいという内容だった。

僕の父は繊維関係のデザイナーだった。デザイン画を描く仕事の他に五、六人の人を雇ってろうけつ染めの工房もやっていた。また美術学校の教師もしており、そこではテキスタイルデザインを教えていた。

僕は今度ニューヨークへ戻ったらレストランで働くことはやめようと考えていた。それにはとりあえずどうなるかは分からないけれど、父の依頼はちょうどよかった。

ニューヨークを出てから四ヶ月後、再びニューヨークに帰って来た時には僕の髪の毛も肩まで伸びてまさにヒッピーだった。しかし部屋をキープしておいたのはかしこかった。またＹＭＣＡから出直さなくてすんだからだった。アパートには数日前に父からの荷物が届いていた。

ぼくの選択

九月にアメリカを出国した時点では六ヶ月ヨーロッパに滞在する予定だったが、やはりクラリベールのことが気になって早めにアメリカへ戻って来たのだった。とはいえ、この時点でも返事を書かないまま、とにかく少しの間セールスマンをしてみようと決めた。

ろうけつ染めの布地のセールスには少なからず経験があった。まだ日本に居た頃、父と兄とで出かけたことがあったからである。よく行ったのは神戸市の芦屋北部の高級住宅地。その頃は父の作るろうけつ染めは人気があり、知人の豪邸に行くと何人ものお金持の奥様方が待っていて、これがいい、あれがいいと一人で二、三着分買って、ほとんど完売であった。

この経験からセールスをすることにそれほど怖じ気づくこともなく、しかもウェイター時代の友人、松下君が手伝ってくれることになったのでラッキーだった。彼は英語に堪能で、心強い相棒でもあった。

最初のアポイントメントはマンハッタン五番街にオフィスをかまえるファッションデザイナーだった。エレベーターで二階に上がり、ドアが開くと広い二階全部がオフィスで、まるで宮殿のような装飾に圧倒されていると、背の高い、スタイリッシュな若い白人の男性が、白いプードルを大事そうに抱えてやって来た。

「ハロー、どうぞこちらへ」プードルの頭をなでながら顕れたのには度肝を抜かれたが、素知らぬ顔を装って案内された部屋へとプードルのお兄ちゃんの後に従った。

案内された部屋には二人の女性が笑顔で僕たちを待っていた、一人は金髪でふっくらと大きめのカールのショートヘアーの貫禄のある女性で、この会社のプレジデントであるファッションデザイナーその人ではないが、デザインの全てに責任を持つディレクターということだった。もう一人のディレクターより若い女性はディレクターのアシスタントということで、明るい直毛のブラウンの髪を肩の辺りでカールさせ、サーモンピンクのスーツを着たスタイル抜群の女性だった。僕たちはすぐに手書きの生地を十点ほど見せると、彼女たちはその内の二点が特に気に入ったようだった。

「素晴らしい！　この二点、切って売ってもらえませんか？」思わぬ成り行きに戸惑ったけれど、僕ははっきりと答えた。

「Ｎｏ、それは出来ません」

相手は柄の良いところを切って安く買いたいらしく、話が進まないので我々は引き上げることにした。松下君は話がまとまらないと感じとると素早く片付け、英語堪能の相棒は引き上げる時も相手の心情を害することもなく慣れた会話で、僕たちは早々に退去することになった。僕は彼の行動の素早さに感心したのと、生地を切って売らないことに同意してくれたことに感謝した。

この後友人の紹介でヨーロッパなどの有名デザイナーの店が並ぶマジソン・アベニューの店にも何点かの商品を置くことになったが、その内何点かは売れたとはいうものの、京都でビジネスをした時のようにはいかなかった。

その大きな理由は、商品そのものは「ビューティフル」と言って気に入られたにもかかわらず、何人ものファッションデザイナーに言われたように「高すぎる」ということであった。その当時は一般にまだ日本の商品がそれほど海外に知られていた時代ではなく、日本の高級シルク、チリメンと言っても知る人はほとんどなく、何より値段が引き合わないというのが反応の低い理由だったのである。

一九七〇年といえば日本は今日の中国やその他の国々のように、アメリカにとって、安く物がつくれる途上国であった。事実、この時から二ヶ月後にテキスタイルデザイナーとして働き始めた時に、多くのアメリカのアパレルの会社が、日本で洋服を作っていることを知ることになった。丸紅や伊藤忠などの商社がアメリカとのビジネスのため、マンハッタン、ミッドタウンのビジネス街に大きなオフィスをかまえていた。中国やインド、東南アジア、その他の国々での生産はまだまったく始まっていなかった。この頃はアメリカも多くを自国で生産していたが、高級品は洋服では長い伝統のあるフランスやイタリアだったし、比較的安価で質の良いものが作れる外国といえば日本と香港だけだったのである。

一度やめたデザインの仕事を始める

ろうけつ染めの商売だけでは生活出来ないことがわかり、一度はやめようと思っていたテキスタイルデザインの仕事をもう一度やってみようと考えるようになった。

僕は美術学校では日本画を専攻していたので、卒業してからは着物の柄のデザインなどを描く仕事をしていた。その後、当時日本ではトップと言われた繊維会社にデザイナーとして就職したが、生意気だった僕の気性には会社の古い体制、しきたりなどに到底馴染めず、一年ちょっとで退職。またフリーでの仕事に戻った頃に、日本だけしか知らないというのではではつまらない。外の世界も見てみようと、だんだん海外へと目が向き始めていたのである。この頃から僕は少しずつ渡航の用意を始めた。お金を貯めることはもちろんだが、それだけでなく、たとえ一、二年の旅行でも語学は必要だ。少しでも勉強しておこうと、ＹＭＣＡに行って英語を勉強することにした。

上手い具合にまたフリーランスに戻っていたので、授業へは夜の部だけでなく昼の部へも通った。二、三ヶ月した頃からＹＭＣＡで友達が出来始めた。特にその中の一人の三〇代始めくらいの男性はすでにヨーロッパに二年ほど住んだ経験があり、彼はよくヨーロッパでの体験を話してくれた。その頃は外国へ行ったことがあるという人はきわめて少なかったので、そういう人と話す機会を持ったこと事体が経験だったし、彼の話を聞くのは面白かった。

僕が彼の外国体験を聞いたのは一九六〇年代の末。まだ外国の情報は少なく、情報がないということは、外国は遠かったのだ。現在のように、テレビなどでしょっちゅう外国の映像が見られる時代ではなかった。遠いというのは距離の問題ではない。そんな時代だったから彼から聞く話は僕の中にある、未知のものを知りたいという欲望を駆り立てた。そして実際に渡航が決まった時、彼と話したことは大きな助けになり、沢山の情報をもらったということで、僕を心強くした。

しかし、また僕がヨーロッパに行こうと思ったのは、ただ未知のところへ行ってみたいという漠然とした好奇心だけでなく、具体的な目的もあった。それは少しでも多くの欧米の絵画、彫刻などアートの作品を見たいということだった。事実僕はヨーロッパにいた時、パリなど大都会の美術館だけでなく、郊外や田舎の小さな美術館もほとんど訪れた。

そしてアンのお母さんとも話した、ドイツで僕が二ヶ月間ホームステイした家とは、ＹＭＣＡで知り合った、この彼の紹介だったのである。

またテキスタイルデザインの仕事をしてみようかという気になったのには、いつも心に引っかかっているクラリベールのことがあった。この頃はまだ彼女と家庭を持つということは具体的に考えられなかったが、彼女のお腹の中には僕の子供がいるという事実を無視する勇気もなかったのである。そして僕はまさに人生の分かれ道に立っていることを日々感じていた。深い後悔で気が狂いそうになる夜もあった。時には新しい人生を考えてみることもあった。二つの考えの間を揺れ動きながらも、不安定な仕事では子供を育てることは出来ないという考えが、すでに経験のある、デザイナーの仕事へと僕を向かわせたのである。

Make Love, Not War ベトナム戦争は続いていた

テキスタイルデザインの仕事をしようと決めた時、始めはアメリカのデザインスタジオを探そうと思ったが、英語の専門用語など知るためにもし日本人のスタジオがあればと探したところ、ミッドタウンの良い場所に一つあり、電話してみると「面接に来て下さい」ということになり、その場で採用ということになった。

そしてこのスタジオで学んだことによって、僕のアメリカ生活がスタートしただけでなく、その後アメリカの会社に就職する基礎もここで多くを学んだのである。

スタジオには日本人が四人、アメリカ人が二人で、「ウエルカム・リョウ」と皆から迎えられた。楽しく働けそうだなと初日からこのスタジオが気に入った。僕は四年ほどとはいえ、着物の柄などを描いてきてすでにテキスタイルデザイナーとしてはプロだったが、このスタジオで働いている人たちのバックグラウンドは様々だった。ほとんどがファインアーティストで、そのうちの一人の男性は前衛画家という経歴。スタジオの中は自由な雰囲気でまさにヒッピーのスタジオという体だったが、絵描きの集まりだから皆腕は確かだった。

その中の一人のアメリカ人の女性のデザイナーが面白いものを描いているので聞いてみた。

Make Love, Not War

「これは何ですか？　こういう文字を入れた柄になるんですか？」

テキスタイルデザインというのは服地、シーツやコンフォター（日本流にいうなら布団）クッション、カーテンなど、布地の柄のデザインを考える仕事だ。

「この言葉はね、反戦のスローガンなのよ。この言葉が始めに言われたのは一九六〇年頃、そして五年後にベトナム戦争が始まったでしょ、それから反戦のスローガンとしてポスターやバッジやTシャツなんかに使われるようになったの。私が今デザインしているのは顧客に頼まれたTシャツのデザイン」

彼女のテーブルの上には色鉛筆で描かれた数枚のアイディア・スケッチがある。文字もただの平凡な活字体ではなく装飾的なもの、文字の周りのデザインなど、どれもカラフルでフリーな感じのするデザインだ。

「人々はこれを着て反戦デモに行ったり、手製の大きなサインにこの言葉を書きつけたり、リョウもきっと街のどこかで見ているんじゃないかしら。最近は反戦運動も多くなっているから」

それから彼女とひとしきりベトナム戦争の話になった。

沖縄はこの時まだ日本に返還されておらず、アメリカの統治だったから沖縄から爆撃機が飛び立っていたし、日本国内に何箇所もあるアメリカ軍の基地は兵器輸送の拠点になっていたし、ベトナム戦争の状況は日本にいる時、日々新聞で目にしていた。

そして話は日本国内の反戦運動になった。ベトナム戦争時の反戦運動となれば「ベトナムに平和を、市民連合――べ平連」だ。彼女は「べ平連」に大変興味を持ったようだった。

一年前、ヨーロッパを旅していた時、スウェーデンで三人の若いアメリカ人の兵士に会った。兵役を拒否した兵士のようだった。アメリカにはいつ帰ることが出来るのか分からない。そう言って寂しそうに笑った彼らの顔が忘れなれない。

彼女とベトナム戦争の話をしたその週末だった。僕はレストランで働いていた時の友人とタイムズスクエアーに行った。二月の半ば、ニューヨークの冬は寒いがこの日は普段より暖かく僕らは観光気分で歩き回っていた。少し疲れたのでコーヒーでもと軽食もある珈琲店に行った。店は結構混んでいた。運よく窓際のテーブルが空いていたのでそこに座った。

僕らのテーブルに来たウェイトレスが、僕らの注文を取り終わると今度はすぐ横のテーブルに注文を取りに行った。

そのテーブルにはカーキ色の軍隊の制服を着た、僕よりは幾分若いと思われるまだ幼さの残る若い白人の男が座っていた。そして、ご注文は？　というウェイトレスに男は思いつめたような顔つきで、「僕は明日ベトナムに行くんです」と答えたのだった。

若い男とウェイトレスが知り合いとは見えなかった。だがきっと、その時の彼の頭の中には、明日はベトナムに行かなくてはならないのだ、という思いでいっぱいだったのだろう。ウェイトレスはただ注文を聞いただけなのに、彼の頭の中を占めている事柄がとっさに口に出てしまったという感じだった。

全く唐突な情景だった。突然頭を殴られたような気がした。僕よりほんの少し若いこの人は明日、戦場に行くのだと知ったその時、僕は身体に迫る身近さで戦争を生々しく感じた。

一九七二年二月、ベトナム戦争はまだ終わっていなかった。

父親になる

僕がクラリベールに会いに行ったのはテキスタイルデザインの仕事を始めて四ヶ月ほどしてから、子供が生まれる一ヶ月ほど前だった。

クラリベールも彼女の家族も僕が来たことを心から喜んでくれた。家に行くと、すでに赤ちゃんの下着やベビー用品がこまごまと揃えられていた。僕はこの時はまだ結婚の話はしなかった。僕はクラリベールのお腹の中には僕の子供がいるということから逃げる気持はなかったが、「結婚」という言葉を口にする覚悟はまだなかったのである。そしてこの時は出産の準備のためのお金を置いて僕はまたニューヨークへ帰って行った。

一九七二年七月八日、クラリベールはプエルトリコの病院で元気な男の子を産んだ。その知らせを受けて一ヶ月を過ぎた頃、この時はデザインスタジオの仕事と、理解あるスタジオのオーナーのおかげで続けていたろうけつ染めの布地の販売もあったが、相棒の松下君に頼んで、僕はプエルトリコへ行った。

サンファンの空港に着いたのは午後三時を少し回っていた。タラップを降り、タクシー乗り場へと歩いて行く時、初めてこの空港に降りた日のことを思った。それはたった一年と少し前なのだけれども、その一年は僕の人生を変えた。

空港からタクシーで家に着くと、クラリベールは赤ちゃんを抱いてドアのところで僕を待っていた。

「この子があなたの子よ」

そう行ってクラリベールは赤ん坊を僕の腕の中へ差し出した。黒髪で色白の、まさに日本の赤ちゃん。

「可愛いね」

僕はそれだけを言うと、クラリベールが差し出した赤ん坊を慣れない手つきで抱いた。これが僕の子供？　僕の赤ん坊？　あまりにも唐突で、とっさには実感は沸かなかったけれど、これが自分の分身の存在ということなのだ、と僕はそれを受け入れようとしている自分を感じていた。

僕の心の複雑な動きには無頓着なクラリベールは、すっかり母親の顔になっていた。

次の朝はコケコッコーという鶏の声で目覚めた。一瞬自分がいるところが分からなかったが、昨日のことを思い出し、自分がまったく新しい人生の前にいるのだということを感じた。想像もしてみなかった人生へと歩み始めていることを思った。多分子供の顔を実際に見たということが僕の心に変化をもたらしたのかもしれないが、自分の家族が出来て、こんな暮らしも悪くないと思い始めてもいた。

朝食の後、僕はちょっと話したいことがあるからとクラリベールを外に誘った。朝九時というのに道路に出ると途端に汗が噴き出した。それならこの近くに公園があるからとクラベールが言い、僕たちは公園に向かって歩き始めた。途中メルカード（市場）の前を通ると小型のトラックや荷車から肉や野菜、果物などをメルカードの中に運び込んでいるのが見えた。僕が知らない野菜も多く、その他いろいろな香辛料の匂いも混じって、いかにも南国の市場という感じだ。

そこから二、三分も行くと小さな教会があった。明るい土色の壁のスペイン風の教会で、屋根の上には吹き抜けの二つの塔があり、鐘が下がっている。思わず画に描きたいと思うほどのかわいい教会だ。

教会のすぐとなりが公園だった。深々とした緑の葉をつけた木々があった。これといった特別な公園ではないが、公園の隅には赤ん坊のイエスを抱いたマリア像が、ハイビスカスの花壇の中にあった。

まだ朝の九時を少しまわったところなので、人はあまりいない。僕たちは木陰のベンチを見つけると二人はそこに座った。

「話って、どんな話？」

どんな話って何を言っているんだ。彼女の言葉に僕はちょっと意外な感じがしたが、ニューヨークから飛行機に乗ってくる間も、そして特に子供の顔を見た前日からずっと考え続け、覚悟を決めた言葉を僕は思い切って言った。

「クラリベール、結婚しよう」

満面の笑みで彼女が「イエス」と答えるだろうと僕は確信していた。ところが彼女の答えは僕の確信を裏切るものだった。

「うーん、リョウ」そして彼女は口籠った。しばらくの沈黙の後、彼女が言った言葉は僕をまったく仰天させた。「考えさせてくれない？」

考えさせてくれ？　考えさせてくれだって⁉　全く予期しない言葉だった。僕は頭の中がめちゃくちゃになりそうだった。冗談じゃない！　この九ヶ月、僕がどれほど深刻に悩んだか！どれほど苦しんだか。どんな風にして僕がこの日の結論に至ったか。たしかに僕は軽率だった。たとえクラリベールの方が積極的だったとはいえ、旅先で一〇代の女の子に手を出すとは。ただ僕はあの時彼女を愛おしいと思ったのだ。僕も熱く燃えていた。

僕はあの時、この少女とはいつか何処かで会ったことがあると感じるほどの情熱に満たされていた。その彼女にとうとう会えた、と僕は思ったのだ。クラリベールだってそうじゃなかったのか?

「一緒に連れて行って、今すぐに、あたしこのままあんたと一緒にニューヨークへ行く」

何度僕を手こずらせたか、覚えていないとでも言うのか。

しかし正直に告白すれば、僕はクラリベールを可愛いと思っていたけれど、彼女との結婚などということは考えていなかった。それを誰かに、旅先での遊びと責められたとしたら、弁解の余地はなかったかもしれない。

「あの赤ちゃんはたしかにあなたの子よ。でもわたし、別に結婚ってことは考えてなかったんだけど。そうね、家に帰ったらお母さんに相談してみる」

僕のほとんど驚愕の表情を見ると、クラリベールが言った。

ところがクラリベールはそれだけ言うと特に気まずくなったという様子もなく、公園に来るまでの間話していた赤ん坊のことに戻り、家に帰り着くまでずっと赤ん坊のことを話していた。

僕はまるで自分が阿呆になったような気分だった。そして実際、クラリベールが次から次へと話す赤ん坊の話など耳に入っていなかった。

この時の僕はプエルトリカンの社会について全く知らなかったので、こんなことは日本ではあり得ないと(ことに七〇年代始めまでの日本)思っていたから混乱はなおさらだった。

クラリベールのお母さんは、彼女には何も言わずにロンドンにいた僕のところへ手紙を出していたということを、この時僕は初めて知った。お母さんの僕への手紙にもあったように、クラリベールは彼女一人で子供を育てると言っていた。だからお母さんは僕に手紙を出したのだ。クラリベールの両親はちゃんと結婚しているし、ずっと離婚もせずに八人の子供を育てている。第一僕が初めてこの家族のところへクラリベールに連れられて来た時も両親で迎えてくれたし、その場にいたお姉さんも結婚していた（ただし父親はすぐに家を出て行った。僕のことを船乗りかなんかとでも思ったらしく、そんな旅の男をまともに相手にすることは出来ないと思ったらしい）。

そんな家族だったから、お母さんはクラリベールにきちんと結婚してもらいたいと思い、僕に手紙を出したのだ。

この後プエルトリカンの社会を知るにつれて、子供は作っても、子供の認知だけをして、婚姻を結ばないカップルが大勢いるということを僕は知ったが、そういうことからすればクラリベールが、「別に結婚なんて考えていなかった」というのも特におかしなことではなかったのだ。事実、僕らが結婚して後に、クラリベールにこの時のことを聞いてみると、「子供が欲しかった」と言う答えだった。しかしこの時の僕はプエルトリカンの社会も文化も何も知らない。日本では子供が出来たのなら結婚するというのが人としての道、男としての道義だ。こんなことが日本であるだろうか。

そして次の日の朝食の後で、クラリベールは僕が寝ている部屋（普段は弟のホーへの部屋らしい）にやって来た。そして僕たちは僕たちの結婚について話し合った。その結果、子供のために結婚することにした。

僕らは結婚することにしたとクラリベールの希望で赤ん坊の名前は僕の名前をそのまま取った。

結婚することにしたとクラリベールの家族に話すと、お母さんの喜びようは大変なものだった。その後で近所の人たちもやって来て皆で喜んでくれた。

結婚の誓いにはクラリベールの家族が通う教会の神父と、法的手続きのために弁護士が家にやってきた。結婚にはまず始めに結婚のためのライセンスが必要になる。その後で神父の前での結婚の誓い、その誓いを済ませると結婚する本人たち、新郎と新婦に一人ずつ、二人の保証人、結婚の誓いの儀式を執行した神父のサインがあって初めて公的に結婚したことが証明され結婚証明書が交付される。

マリッジライセンスの作成のために、弁護士が僕のパスポートを開いた時のことだ。パスポートを横から見ていたクラリベールが大声を上げた。

「リョウ！　あなたは二〇歳じゃなかったの⁉　二六歳？　もうすぐ二七歳になるの？」

僕らが初めて会った時にクラリベールは「わたしは一七歳」と言ったので、「ぼくは二〇歳」と冗談で言ったのを信じていたのだ。

二人のやりとりを見ていたクラリベールのお母さんは横で大笑い。僕は濃い口ひげを生やしていたので二〇歳ではないと知っていたからなのだ。

結局クラリベールだけが怒って、さかんと「ハモン、ハモン」と言い出した。破門？　どうして彼女が日本語を知っているのかと思ったら、「ハモン」とはスペイン語で、二六歳にもなって結婚出来ない人のことを言うとか。

そこで僕も負けずに「バカ、アホ」と言うとクラリベールはもっと怒り出し、まわりにいた人たちは笑い転げる始末。そこでお姉さんの夫のセルヒョが僕に通訳をしてくれた。

スペイン語で「バカ」はのろまな牛、「アホ」はニンニクのことで、どちらも彼女を侮辱する言葉だったのだ。この時のことから、その後僕は悪い日本語を他国の人に言うのをやめることにした。

プエルトリカンの家族の一員になったぼく

結婚の誓いも終わり、急に決まったことなので、隣家のカルメンさんが結婚パーティーを彼女の家で開いてくれることになった。クラリベールが結婚するという話は結婚手続きを終えたすぐ後に、クラリベールの親戚友達はもちろんのこと、近所隣りに知らされ、近所隣りの人々からさらに広範囲の人々にたちまちのうちに知らされた。弁護士と神父が帰ったのと入れ替わりに近所の人たちが押し寄せ、それぞれ祝いの言葉を述べ大騒ぎだった。

前日には結婚は考えさせてと言っていたクラリベールも、やって来た友達や近所の人たちに囲まれて「わたしのハズバンド」と僕を紹介していた。

僕は最初、パーティーに来るのは、クラリベールの家族、親戚、友達だけの少人数だろうと思っていたが、とんでもない、パーティーには隣近所の人々も大勢集まっていた。そこは街の中だけれど、何だか村のような雰囲気だ。村中みんなで僕たちのことを祝ってくれるという感じなのだ。

僕もだんだんゆったりした気持ちになり、踊ったり、英語の出来る人たちと話たりしていた。パーティーもだいぶ盛り上がって来た頃、クラリベールの友達が僕のところに「プエルトリコのお酒を飲みなさい」と言ってお酒の入ったグラスを持ってきた。プエルトリコで最もポピュラーなお酒といえばラム酒で、Ｄｏｎ Ｑ（ドンキュー）というブランドのものが有名だ。僕がこの時飲まされたのはＤｏｎ Ｑで作ったカクテル。始めにほんの一口飲んでみた。すると飲み易かったので一気に飲んだのが悪かったらしい。数分して目眩がし、その後のことは何も覚えていない。気がついた時はベッドの上だった。

何だか終わりが良くないパーティーだったけれど、次の朝起きるとこの家の男三人が僕を誘いに来た。クラリベールの二人のお兄さんと弟で、末っ子のホーへだ。「グレープフルーツを取りに行くよ」と言う。そうだ、僕は今日からこの家族の一員になったのだ。

外へ出るとアパートの前にみるからにオンボロの車が停めてある。

大丈夫なのかなあ、こんな車で。と僕は内心思ったけれど、家族になった途端、そんなことは言えない。まだ午前中だというのにうだるほど暑いが、一九七二年のことだ、しかもこんなオンボロの車に冷房なんかもちろんない。

さて僕たち兄弟四人が乗り込むと車はサンファンの目ぬき通りを抜け、その内住宅だけの通りになり、家がまばらになったところで行く手の小高い丘にさしかかる。しばらく走ると細い山道になった。上がったり下がったりしながら高くなって行く。そうして山道を汗だくで走ること一時間。ようやくグレープフルーツの畑へやって来た。そこは僕の背よりずっと高い樹が見渡す限り綺麗に並んで植えられていて、甘酸っぱい香りが漂っている。実は鈴なりだが、まだ青い実も沢山ある。

「さあ、見つからないようにさっさと取るんだよ」

上の兄二人がホーへと僕に言うと彼らは素早く車を降り、畑の中へ入って行った。

えーっ、盗むんだ。僕はびっくりしてまごまごしていたところへ今度は

「誰か来る、逃げろ」ホーへが叫んだ。

長兄のジョセフが両腕にいくつかのグレープフルーツをかかえてあわてて運転席に乗り込んできた。車はすばやくUターンして元来た道をまっしぐら。

「まだほとんど青くってさ。もう少し時間があれば良く探してもっと沢山取れたのに」

結局取ったのは四個だけだったけれど、「こいつは美味しそうだ」とその内の一つをホーへが僕の手の中にのせた。

すごい！　手に持っただけで甘い香りが手に移っている。さすが南国の果物は違う。

さっそくその内の二個を車の中で四人で食べた。良く熟していて実に甘い。何だか得した気持ちで味わっていると、車がとつぜんキキキー、キキキーとけたたましい音をたてた。道は下り坂なのにかなりのスピードを出していたらしい。僕は怖くなって前の席の椅子にしがみつく

と外を見た。ジャングルの木々の間から谷底が見える。もし落ちれば終わりだ。ところが彼らは慣れているのか、むしろ楽しんでいる。

やっと市中に入りほっとしているとまた暑さが僕を襲う。とにかく暑い。へとへとになって家に着くとさっそくホーへが家の人たちに話している。

「リョウは猫みたいに爪をたてて車の天井にしがみついていたよ」そして僕を見ると「怖かった?」と聞くので「もちろん怖かったよ。あんな危ない山道でスピードを出すんだから」しかもあんなオンボロ車で、とは言わなかったけれど。

「あんたたち、何処へ行っていたの?」今度はクラリベールが僕たちに聞いた。

「グレープフルーツを取りに行ってたんだ」

「ああ、おじさんのところの畑に行っていたのね」

「おじさんの畑?」僕は何も知らなかったから驚いた。誰か他人の畑へ盗みに行ったわけじゃあなさそうだ。

「もともとはお祖父さんの畑で、お祖父さんが亡くなった時、私たちのお父さんのお兄さん、つまり私たちのおじさんが全部受け継ぐことになったの」クラリベールはそこまで言って兄や弟に同意を求めるようにうなずいた。

「父は何ももらわなくて不公平って思うでしょ。どうしてかって言うと、父のオケンドウ家と母のプラサ家は代々犬猿の中で、父は家族の反対を押し切って母と結婚したんで、父には財産を何ひとつくれないで、親戚付き合いもあまりしていないの」

クラリベールの言葉は僕には意外だった。この島の人々は家族の情や絆を重んじる人々なのに、けっこう考えが狭いところがあるんだなあと、結局はどこの国の人も同じなのだと思ったけれど、この日のことは後々まで楽しい思い出として思い出された。予想もしていなかった新しい人生の始まりの日、プエルトリカンの家族の一員になって、オンボロ車でスリル満点のでこぼこの山道を登ったり降りたり、たった四個の収穫のグレープフルーツだったけれど、それまで食べたことのないような甘くて美味しいフルーツだった。それはこの後、クラリベールと歩む日々とどこか似ているようでもあった。

第二章　貧困と麻薬

イースト・ヴィレッジの新居

結婚式の後、僕は一人でニューヨークに帰り、それまで数人で住んでいたブロンクスのアパートを去り、マンハッタン、ダウンタウンのイースト・ヴィレッジに小さなアパートを見つけた。最低限だったけれど、赤ん坊と僕たち夫婦の三人が暮らせるだけの家具も取り揃えた。そうやって一つ一つアパートの中を整えている間に、僕の心も新しい生活に向けて準備が整っていくようだった。

一九六九年の一一月、横浜港大桟橋から僕を乗せたバイカル号は、当時はソビエト連邦だったナホトカへ向けて出航した。一ドルが三六〇円、しかも日本人の平均給料はとんでもなく低い時代だ。ヨーロッパまで飛行機はあったが、ナホトカ航路、そしてシベリア鉄道というルートは六日もかかるとはいえ、飛行機の半額なので一般的だった。

僕の家族は京都なので横浜までは来なかったが、絵描きの友人のカップルが横浜港へ見送りに来てくれた。色とりどりの五万のテープが渡航する人、見送る人の手に握られ、ある人にとっては希望を、ある人にとっては思い出が、それらのテープには託されていた。

船が二日目の夜に津軽海峡へさしかかった頃、僕はひどい船酔いに襲われた。けれども二泊三日の船旅には楽しいこともあった。夜のパーティーで何と僕はロシア人の女の子からダンスに誘われたのだ。そして彼女と踊った時、彼女からさわやかなレモンの香りを嗅いだ。それは僕にとって初めての外国人の匂いだった。

三日目に到着したナホトカ港は高い岸壁の港だった。しかもその土の色は異様に赤い。その土に一歩を踏み降ろした。そこはもう日本ではなかった。未知の世界が僕の目の前に広がっていた。

あの日からほぼ三年。ちょっと外国体験と、ほんの二年ほどの予定で日本を出て来たはずがとんでもない狂いが出て、イースト・ヴィレッジのアパートにベビーベッドを運び込んでいる今の自分は予想しなかったが、僕は元々やって来たものを拒否するよりも、やってみるのもいいんじゃないか、もしかしてそれなりに面白いことがあるかもしれない、と考えるたちなので、この時の僕は新しい生活もやっていけるだろうと楽観的だった。

その後アメリカ社会を知るにつれて、この国に海を越えてやって来る人々の多くは、大雑把に一括りでいうなら人生を変えたいという人達なんだ、変わろうとする人達なんだということがわかって来た。

アメリカという国は全員移民の国だ。そもそもアメリカ人という人種はないし、アメリカというのは一つの理念を表す言葉だ。それは現在でも個々の人々にとって新天地なのだ。だから、僕のような外れ者でも受け入れてくれる。それは僕の生きる姿勢にかかっているということだ。

新しい生活のための準備には数週間ほどかかったが、クラリベールが赤ん坊と来るのはもうしばらくかかるということだった。そこで最後の独身生活だと、週末は友達とアパートのあるイースト・ヴィレッジの探索に出かけた。それまで住んでいたブロンクスはニューヨーク市を形成している五つの区の一つ、マンハッタンの北にある地域。今度はそこからずっと南、マンハッタンもダウンタウンに位置するところへやって来たわけだ。

僕がイースト・ヴィレッジに引っ越してきた一九七二年は、イースト・ヴィレッジを二ブロック西へ行き、そこから南へ向かって始まる一帯の、今や超有名なソーホーだってその名も出来たばかりだったし、ちらほら画廊が出来始めたというだけだったのだ。また、ソーホーの南、これも今や超有名なトライベッカも、当時はただの倉庫街で、午後五時以降は人けのない、夜は真っ暗という場所だった。トライベッカという呼び名が出来たのは七〇年代も終わりの頃だ。

けれどもイースト・ヴィレッジにはすでにイースト・ヴィレッジのカルチャーがあった。一言で言えば「カウンターカルチャー」。反体制のカルチャーだ。

イースト・ヴィレッジはニューヨークのカウンターカルチャーの中心地で、ビート族の詩人、アレン・ギンズバーグ、画家のキース・ヘリング、アンディ・ウォホールなど、芸術運動の発祥地でもある。また、オフ・ブロードウェイ、オフオフ・ブロードウェイの劇場も多く、僕は一度アメリカ人の友人にそれらの劇場に誘われたけれど、この頃の僕の語学力では理解できないと思い行かなかったが、元ファッションデザイナーだった黒人女性、エレン・スチュアートによって一九六一年に創設されたオフオフ・ブロードウェイのラ・ママ実験劇場は現在も健在だ。そしてこの劇場では寺山修司他、多くの日本人の舞台芸術家の作品も上演されている。音楽では、パンクロック、ビートジェネレーションなど、反体制の芸術を生み出した街と行っていいだろう。

金曜日の夜や土曜日、日曜日は昼過ぎから夜まで友達とストリートを歩き回った。三番街から東へ向かう八丁目通りはセントマークス通りと呼ばれていて、イースト・ヴィレッジのメインストリートだ。僕が引っ越した一年前には閉鎖になっていたけれど、この通りの三番街と二番街の間に、〝エレクトリック・サーカス〟という名の有名なナイトクラブがあった。

このビルディングはポップアーティスト、アンディ・ウォホールの借家で、ヒッピー族の砦となり、ロックミュージック、ダンス、ハプニング芸術などが行われ、またこのビルディングの中にはメリーゴーランドもあり、まさに破天荒の芸術活動の場だったと聞いた。そして一年前には閉鎖になったとはいえ、このビルディングの周りにはいつも沢山の人々がたむろしていて、ここを通るとマリファナの匂いがよくしたものだ。

当時はインドのタイダイ（絞り染め）が流行で、タイダイのTシャツ、ドレスやロングスカート、スカーフなどが歩道にはみ出した店先を飾っていた。

それらのTシャツや巻きスカートを身につけ、ありったけのネックレスを首から下げた女たち。また大きな風船の様に膨らませたアフロヘアーが大流行りで、インドや中近東の首飾りをジャラジャラといっぱいつけたアフロの黒人の男たち。ロングヘアーにバンダナのネッカチーフを首に巻いた白人の男たち。ここにはいろんな人種がごっちゃに集まって来ていて、カウンターカルチャーという主軸の元に、ここへ来る人々は連体感を持っている様だった。それらは全て僕にとって新鮮で面白く、また刺激的だった。

イースト・ヴィレッジのストリートを歩いていると、歩道にテーブルを置いた出店で焚いている香の煙が漂って来る。インドのお香だ。オレンジ色の法衣を纏ったヒンズー教の人々（ほとんどアメリカ白人）も見かけた。

手巻きたばこやマリファナを巻く紙。覚醒薬を吸うためのガラスのパイプを打っている店もやたらに多く、ヒッピーたちの集まる専門店もあり、そこではヒッピーアイテムの雑貨を売っていて、コーヒーを飲みながら、時にマリファナを吸いながら本を読んだりするコーナーもあった。

この店で僕は戦争反対のスローガン、Make Love, Not War のアイテムを見つけた。スタジオで働き始めた時にアメリカ人のデザイナーがデザインしていたTシャツに描かれていた言葉が使われている商品があったのだ。そこでは Make Love, Not War のバッジやネックレス、そしてTシャツが売られていた。これか！　これなんだと、僕は初めて納得がいったような気がしてバッジを一つ購入した。

またこの街にはビンテージ（Vintage）の衣類などを売る店も多く、ヒッピー風の男女で賑わっていた。カーボーイ風の帽子、羽飾りのついたベレー帽、たくさんの刺繍を凝らしたビロードの上着、年代物のアクセサリー。それらを次々に試着して、僕らにはミスマッチと思われる様なものを見事にマッチさせて着こなす技に見惚れることもあった。これらの店の中には単に古着屋だなという店もあったが、時には結構な掘り出し物もあり、時間の過ぎるのも忘れて友達と薄暗い店内の掘り出し物が投げ入れてある箱を引っ掻き回したりした。

歩き回りの最後はセントマークス通りの突き当たり、アベニューAにあるポーランド料理の食堂。イースト・ヴィレッジにはポーランドとウクライナからの移民が多く住んでいて、ポーランドとウクライナのレストランが多くあった。

僕らの行きつけのこの食堂もまた僕にプエルトリコ行きを勧めたアメリカ人の友人のテリーの紹介だった。

「イースト・ヴィレッジ？　それならいい食堂を紹介するよ。美味いだけじゃない、とにかく安いし、味はマイルドだし、日本人の口にも合うこと請け合いだよ」レストランという言い方より食堂と言った方がぴったりくる、大衆的で馴染みやすい店だった。

一〇月も末、感謝祭も一ヶ月後に迫り、早くも七面鳥の料理が出ていた。オーブンでじっくり焼いた柔らかくてジューシーな大きな切り身の上にはたっぷりのグレイビー（肉汁ソース）、大盛りのマッシュポテト、粒にしたとうもろこし、そしてバター炒めのインゲン豆。とにかく大盛りなので食べきれず、毎回、持ち帰り用のコンテナ、ドギーバッグ（Doggie bag）に残りを詰めてもらって帰宅するのが楽しみだった。

美味しそうな食べ物から立ち上がる湯気、煙草の煙、雑談に湧く人々の笑い声、そんな賑わいを背にしてドアを押してストリートに出ると晩秋の夜風が頬を打ち、思わず首を引っ込める。

腹一杯、心もあったかく食堂を出ると通りの向かいはトンプキン・スクエアー・パークだ。パークを囲う柵にはベトナム戦争反対の半分破れたプラカードが下がっている。デモが行われていない日でも、すっかり暮れた寒空の下で数人が戦争反対を叫んでいるのを見かけた。このパークは一八〇〇年代中頃からデモや、時に暴動に発展した抗議運動があり、デモはトンプキン・パークの伝統になっているという。だからベトナム戦争が始まると、その伝統が再熱したのだ。

まだほんのり温かいドギーバッグの入った紙袋の温もりを感じながら、僕は複雑な気持でパークから数ブロックの家路に着いた。

異文化間結婚は難しい、その一

結局僕が一人で九月の始めにイースト・ヴィレッジのアパートに移り、クラリベールがニューヨークに来たのは、街路樹の紅葉も名残のまばらな葉を残すだけの、初冬の風が冷たく感じられる一一月の始めだった。

クラリベールはこの日までプエルトリコから外へ出たことがないので、ニューヨークの街は彼女にとって目をみはるように感じたようだった。

そして二人の生活で最初に問題になったのは習慣の違いだった。クラリベールが来て次の日、夕方仕事から帰って来ると彼女は何か知らないけれど怒っている。いったい何で怒っているんだ、わけがわからない。そこで僕は聞いてみた。

「どうしたの？」

すると考えてもみない言葉が返ってきた。

「どうして昼休みに帰ってこなかったの？」

僕は最初何のことを言っているのか分からなかったが、しばらくして思い出した。そういえばプエルトリコで、彼女のお父さんやお兄さんは昼食を家に帰って来て取っていた。

そこで昼休みは一時間で家に帰る時間はないこと、そしてアメリカでは昼休みに家に帰って昼食を取る習慣はないことを説明した。

次の問題は食事だった。クラリベールはまったく食べたことがないのですき焼きを作ってみようと思い立った。一九七二年のアメリカ人は今のようには日本食は食べなかったし、もちろん普及もしていなかったが、すき焼きは代表的な日本食だった。何しろ一九六三年には坂本九の「上を向いて歩こう」が「スキヤキ」という題名でアメリカで大流行りし、「スキヤキ」は日本の代名詞みたいなものだったのだ。そしてたいていのアメリカ人はすき焼きが好きだった。そこである週末、僕はチャイナタウンに行ってすき焼きの材料を揃えた。中国の食材で何とか日本の料理が作れたからだ。ところがクラリベールはほんのちょっと食べただけで昼間、自分で作った残り物を食べている。そういう僕も彼女の作ったものは中々食べられなくて、その後自分の食べ物はそれぞれ自分で作るということで食事のことは解決したのだった。

そしてもちろん、長い年月の内には、お互いの食べているものをつまむようになり、どちらの食べ物も、何でも食べることが出来るようになったのは言うまでもない。

クラリベールがニューヨークへ来て最初の週末、クラリベールと赤ん坊の冬の服を買いに出かけた。僕は赤ん坊を毛布で包み、「出かけるよ」と言って彼女を見ると、夏服にサンダル。部屋の中は暖かいけれど外は寒いんだということが彼女は分からないのだろうか。

アメリカのアパートは（個人の家も）当時からセントラルヒーティングで、室内では冬でもTシャツでいられる快適さだ。僕はその一年前、最初にアメリカに入国した時、安アパートでも部屋も廊下も全域、時には暑すぎるくらいの暖房が入っているし、キッチン、バスルーム、どこの蛇口をひねっても、湯気の発つお湯が出てくることに驚いた。本当に驚いた。それは正直、感動のきわみだった。

一九七〇年の日本国内は高度成長に沸き立っていて、すでに戦後は終わった、先進国の仲間入りを果たしたみたいな雰囲気だったけれど、来てみれば「国力違うよなー」と感ずることは日常だった。

「クラリベール、アパートの中は暖かいけれど、外は寒いんだよ。コートを着てちゃんと靴を履きなさい」そう言って僕はコートを渡したけれど、クラリベールは頑として受け付けない。夏服にサンダルのままで行くと言う。そして外へ出て二ブロックほど歩くと、「フリーヨ、フリーヨ」（寒い、寒い）と大騒ぎ。結局アパートに戻り、僕が用意したコートと靴を履いて、今度は彼女も覚悟をしたようだった。

　この時のことは後になって思い出しては我が家の笑い話になっている。でもあんな寒さはそれまでに経験したことがない寒さだったのよ、とクラリベールは抗議する。とは言っても、あれはまだ一一月の始め、アメリカの人々にとっても僕ら日本人にとっても、たいした寒さではない。でも常夏の島から来た彼女には青天の霹靂だったのかもしれない。


　この時から二七年後に僕らはマンハッタンから電車で一時間ほどのロングアイランドに引っ越したのだが、そんなある日の凍り付くような寒い日、家の近くをドライヴしているとヒスパニック系の母親が、コートは着ているけれども素足にサンダル履きで、ほとんど夏姿で乳母車を押して歩いているのを見た。

「ほら、あそこにクラリベールが歩いているよ」と僕が言うと、

「きっと彼女も暑い国から来たんだねえ」とクラリベールは昔を思い出して、なつかしそうだった。一年中Tシャツで過ごせるところで育った人たちには、コートを着たりセーターを着たりすることは、きっと大儀なことなのだろう。

　郊外の家に引っ越してからは冬になると、ことに寒さが厳しい日など、暖房のことで毎回クラリベールと揉める様になった。

　暖房装置は家の地下室にある。特に寒い日など、日に何度もクラリベールは「寒い！」と言って地下室へ降りて行き暖房装置のスイッチを高い温度に上げにゆく。しばらくすると僕に

とっては気持ちが悪くなるほど暑いので、今度は僕が地下室に駆け下りて行って温度のスイッチを下げる。そして今度はクラリベールが大騒ぎしながら降りて行く。冬になるとこの鼬ごっこが始まるというわけだ。

異文化間結婚は難しい、その二

僕としてはおおいに刺激を受けたイースト・ヴィレッジも、クラリベールが来て四ヶ月が過ぎた時、僕たちはまた引っ越しをすることになった。やっと半年にしかならないのに引っ越しをすることにしたのは、クラリベールが二人目の子供を妊娠していることが分かったからだった。

イースト・ヴィレッジはせっかく見つけた新居だったけれど、ワンベッドルームで部屋のサイズも小さかったので子供が二人になったらきびしいだろうと考えたからだった。イースト・ヴィレッジのアパートは、ほとんどどこのアパートも部屋そのものが小さく部屋数もベッドルーム二つ以上のところはきわめて少なかった。そこで前に住んでいたブロンクスへ戻ることにした。

すると「どうしてブロンクスみたいな治安の悪いところへ移るの?」と、何人もの友人に聞かれた。

僕がブロンクスに移ろうと考えた理由は幾つかある。一つは僕はブロンクスに一〇ヶ月ほど住んでいてそこを知っていたこと。そしてその時のグループの一人がまだブロンクスに住んでいたこと。まだアメリカに来て一年ほどだったので他の場所を良く知らず、アイディアが無かったこともあげられる。またブロンクスのアパートは概して部屋が広いこと、部屋数が多いこと、その割に家賃がかなり安いことなどだった。

とにかく、何はともあれ、ブロンクスに見つけたアパートは五部屋もあるゆったりとしたアパートだった。引っ越しをして半年後には次男が生まれ、クラリベールは慣れないアメリカで子育てに忙しく、僕は家族のために仕事に没頭して残業でほとんど毎日のように夜遅く帰る日が続いた。

そして週末は買い物。僕はブロンクスに引っ越してすぐに車を買った。クラリベールが二人の幼い子供を抱えて買い物に行くのは大変だろうと考えたからだった。だから、ほとんど週末のたびに家族でスーパーマーケットに出かけた。

とにかく一人は一歳半、もう一人は生まれて半年の赤ん坊だ。スーパーマーケットに行くだけといっても支度だけで大変だ。

「出かけるよ。財布ちゃんと持った？」僕は一歳の長男を抱え、ドアのところでクラリベールと赤ん坊を待っていると、

「財布？　だけどお金は入ってないよ」

「お金が無い？　だって僕は毎週君に給料を渡してるだろう？　無いってどういうことなんだ？」

はじめ僕は彼女が言っている意味がわからなかったのでもう一度聞き直した。するととんで

もない答えが返って来た。

「あんたが私にくれたお金はお母さんに送ったよ」

プエルトリコのお母さんに送った⁉　考えてもみない答えに僕は頭に血が上って思わず声を荒げた。

「上げたんじゃない！　預けただけだ！　僕は外で働いて給料を持って来る。君はそれを預かって家計をやりくりする」

何なんだ一体！

ところが彼女はもらったお金だと思った、と主張する。僕はさらに頭に血が上って来るのを必死でこらえる。

当時、大体の日本の家庭では夫は給料を妻に渡し、妻はそれで家計を切り盛りする。僕の家でも父は収入を母に渡し、母が家計を握っていた。それが普通だと思っていたので僕は交通費とランチ代を除いて給料を全て彼女に渡したのだ。

新しいアパートに引っ越し、家具調度も揃え、おまけに車も買って、この頃の僕に貯金などあるはずがない。どうやってスーパーマーケットに行くんだ？

「スーパーマーケットは来週給料をもらってからだね」

怒り心頭の僕は怒鳴りつけたいのを何とか堪えてクラリベールに説明すると、今度は彼女が泣き出す始末だった。

結婚当初から小さな喧嘩はあったが、預けた給料を全てプエルトリコのお母さんに送ったという出来事は最初の大きな喧嘩だった。だがトラブルはさらに続く。

次男の誕生の頃から僕たちの生活に問題が見え始めて来た。ほとんど一日中一人で子供とだけアパートの中にいるという生活は、大家族で育った、まだ一九歳のクラリベールには耐えられなかったのだ。

クラリベールが初めてイースト・ヴィレッジのアパートに来た頃から、僕は疲れて帰ってきても、出来る限り育児や家事を手伝っていた。そして次男が生まれると、クラリベールの育児はさらに多くなり、僕もそれまで以上に育児や家事をやっていたけれども、その内些細なことで言い争うようになってきた。たしかに問題が起こるのは目に見えていた。クラリベールが若くて大家族で育ったことだけでなく、僕たちは異文化間の結婚だった。お互いの背景の習慣はことごとくと言っていいくらい違う。

ブロンクスに移ってから、僕は本格的に忙しく働き始めた。ほとんど毎日職場のスタジオを出るのは六時とか七時。アパートに帰るとまず二人の子供たちを風呂に入れ、クラリベールと一緒に寝かしつけると遅い夕食。そしてすぐにデスクに向かう。

スタジオでは給料で働いているけれど当時は仕事が沢山あったので、僕はいつもフリーランスの仕事をできるだけ家に持ち帰っていた。昼間も夜も週末も、働きずくめの日々だった。

しかしこれがクラリベールとの間のトラブルになった。

「あんたは私に何もしてくれない」

「仕事、仕事って、仕事ばっかり。一体何のために結婚しているのか分からない」

「働いてばっかりで退屈」

これだけ家族のために一生懸命働いているのに何の文句があるのか。感謝もされないし慰めの言葉一つかけても来ないで文句の言い通し。

また、「リョウ、今日はどんな日だったの？　どんなことがあったの？」と、帰宅すると僕が過ごしたその日のことなどを話してくれと言う。そこで僕は言う。疲れているんだ、しかもこれからフリーランスの仕事もしなくちゃならないんだ！

このころの僕は百パーセント日本人だったから、夫が一生懸命働いていたら妻は夫に感謝し、時には肩の一つも揉みましょうと言って来るのが妻だと思っていた。

その内、日本のように結婚とは家庭を守ること、ちょっと昔風に言うなら家を守ること、維持することが第一なのではないと考える集団が広い世界にはいるんだ、いやむしろそっちの方が多いんだ、夫婦のコミュニケーションこそが大切なんだ、ということが分かって来たのだが、この時の僕は社会経験不足だ、こんなに昼も夜も働いていているのに何が不足なんだと言うと、クラリベールは自分の言い分を主張する。

喧嘩になると彼女は対等に言う。お互いに自分の主張を言う者ということに関して我々は Even であるという姿勢なのだ。そしてその激しさも生半可じゃない。自分の思っていること、感じていることを全て洗いざらい言う。日本人のように何パーセントかの言葉を呑み込むということはない（これはプエルトリカンなど南米人だけでなく、アメリカで多数派の白人も、また、黒人も同じである。また、前述した結婚観もクラリベールと同じである)。

この時からしばらくして夜僕がデスクに向かう頃になると、クラリベールは僕が仕事をしているデスクの横に自分の座る椅子を持ってくるようになった。そうして僕が仕事をしているのを横で見ている。見ているだけならまだいいが、その内色々と質問をしたり、自分の意見を言うようになってきた。

「その花、すごく可愛いね」

「どうしてその葉っぱの色を変えるの？　わたしはさっきの青い葉っぱの方がいいと思うけど」

いちいち横でガタガタ言わないでくれ、仕事にならないよ――。家に持ち帰っている仕事はフリーランスの仕事で、こういう仕事はスタジオの中でやっている仕事より締め切りに追われる。ほとんど徹夜のこともあるのに、彼女に横に座って入られたら思うように仕事がはかどらない。とはいえ、そうそう喧嘩ばかりしていると、今度は本当に仕事に支障をきたす。仕方がない。そこで僕は彼女に仕事を手伝わせることにした。

デザインの仕事ではまずトレーシングペーパーに原案を描く。その鉛筆画をバックグラウンドを塗った本番の紙に移さなければならない。その後で絵の具で仕上げるわけだが、クラリベールにトレーシングペーパーから本番の紙に写す仕事をやらせることにした。

実際こんな仕事でも自分でやっていたら結構時間を食う。しばらくするうちにクラリベールもこの仕事に慣れ、嬉々として手伝うようになった。

また、絵の具のついた筆を洗うための水の入った瓶の水が少しでも汚れてくると、こまめに水を取り替えてくれるのも助かった。そしてこういう時、クラリベールは「二人で居る」ということを強く感じるらしく上機嫌だった。二人の間にコミュニケーションがあるということが彼女をハッピーにしたのだ。しかしその間に赤ん坊が泣くと彼女はベットルームに行かなければならない。おまけに二歳の長男も起きることもあり、そうなると僕も仕事を中断して子供の面倒をみる。日本人の妻のように「あなたは夜中も働いているのだから、子供達のことはわたしがやりますよ」という具合には到底ならない。

しかしこのトラブルは、一つは彼女がまだ一九歳で兄弟姉妹が多いだけでなく、叔父、叔母、いとこと、しょっちゅう親戚、果ては隣近所も出入りしているという、プエルトリカンの家庭では当たり前の大家族の環境で育ったということが挙げられるが、前述したように結婚観の違いも大きい。

その内しばしばプエルトリコのことを口にするようになり、彼女は完全にホームシックだった。二人とも疲れていた。そこである時僕はクラリベールに聞いてみた。

「少しの間、子供を連れてプエルトリコに帰るか?」

すると彼女は待っていましたとばかり顔がパッと明るくなり、「帰りたい」と言う。その時僕は決して本意ではないが、これで別居、または離婚ということにもなるかもしれないと覚悟を決めた。

それから数日で荷物をまとめ、その週末、僕は彼女と子供二人をプエルトリコに送って行った。仕事があったので一日の滞在でニューヨークに帰ることにした。帰路、飛行機の中で、これで楽になると思うと何だかわくわくして来た。ブロンクスのアパートに帰り、ドアを開けると誰もいない、誰の声も聞こえない、広い空間が広がっていた。


ところがわくわく気分もそう長くは続かなかった。再び一人になって一ヶ月ほどすると喧嘩をしながらもガヤガヤと四人で過ごしてきたのが急に一人になったことで気が抜けたようになり、街を歩いていてもやたらと子供連れのカップルが目に入って来る。時々は週末に友達と出かけてもまた前のように週末ごとに遊びに集中する気にもなれず、気持を変えるために仕事に打ち込むことにした。以前はもうやめようと思ったデザインの仕事だったけれど、アメリカという日本とは違う環境で働くことで、新たな興味が出てきたことも事実だった。そうして仕事に没頭する日々が続き、気がついた時にはクラリベールがプエルトリコに帰って一年が過ぎていた。

ちょうどその頃、クラリベールから電話があった。

プエルトリコに帰ってしばらくして、クラリベールは仕事を見つけ働いていた。ところが彼女の家族も皆働いているので子守りをあてにすることが難しく、プエルトリコ滞在にも問題が生じてきた。また、彼女のお父さんは酔っぱらうと辺り構わず暴力をふるうので、もし子供に何かあったら大変だからと、ニューヨークに帰りたいと言ってきたのだ。

結局クラリベールと子供たちが帰って来たのは、その前の年の早春の三月にニューヨークを出て行って、一年二ヶ月後の五月の始め、マンハッタン、アップタウンからブロンクスにかけてのハドソン河の河沿いの桜が満開の時期だった。クラリベールはもうプエルトリコに彼女の居場所はないと覚悟を決めたようだった。僕はといえば、ちょうど独身生活に慣れてきたところだったけれど、また前に決心したように家庭を持つことにした。

一年間別々に暮らしたことは結果的に良いことだったようだ。クラリベールはずいぶん大人になっていた。そしてアパートの中の住人たちと友達になり、自分の居場所を見つけたようだった。

クラリベールの弟がプエルトリコから来る

プエルトリコで会った時はまだ子供だったが一八歳の若者になり、ニューヨークで仕事を探したいということでクラリベールの弟のホーへが僕らのアパートに来たのはクラリベールがプエルトリコから帰ってきて六ヶ月ほど過ぎた頃だった。

ニューヨークは九月の半ば、ニューヨーカーにしてみれば到底寒いという気温ではない。ところが常夏の島からやって来たホーへは、クラリベールが初めてニューヨークへ来た時と同じように、連日「寒い、寒い」と言っていた。

ホーへは、顔は陽に焼けて褐色、目はスパニッシュ系独特のきりりとした目、ちょうどプエルトリカンのポップシンガー、リキー・マーティンに似たハンサム。そんな彼だから僕たちのアパートのはす向かいに住んでいる、彼女の父親のところへ来ていた少女マリアの目に留まり、二人はたちまち仲良しになった。ホーへはハンサムだったけれど、マリアも負けず劣らず可愛い顔をした少女で、黒いストレートの長い髪、黒目勝ちのぱっちりとした大きな目、どちらかと言うと丸顔で、けれどもすっきりと尖った顎の小悪魔的美少女。とにかくブロマイドにしたいような可愛らしいカップルだった。

マリアはアメリカ生まれだけれど、彼女の両親はプエルトリコから来た人たち。だから彼女は英語だけでなく、家庭ではスペイン語の両親の元で育ったので、スペイン語も達者だった。そんなわけで英語に自信がないホーへとも会話には問題がなかった。

そんな可愛らしい二人だったけれど、マリアはまだちょうど二ヶ月前に一四歳になったところなので、僕たち夫婦は間違いのないように気を使っていた。

二人が仲良くなって二ヶ月ほどしたある夜のことだ。その日マリアは学校の帰りに我が家にやって来て、僕たち家族と一緒にディナーをした。この時もマリアを加えての何度目かの夕食だった。マリアは以前から僕たちの四歳と三歳の二人の息子たちとよく遊んでくれるので、彼らもマリアのことが大好きだ。そしてディナーの後ホーへが「見せたいものがあるから」とマリアを彼の部屋に誘った。しばらくして時計を見るとそろそろ九時になる。

「マリアを遅くならないうちに家に送りなさい」

僕がホーへの部屋に行くと、二人は顔を寄せ合って楽しそうに笑いながら雑誌を見ている。

「OK」と言った二人の顔はまったくあどけなく、何か面白い話か写真でも見ていたのか、笑い転げながら立ち上がった。

そして二人が出て行って二〇分もたたない頃だ。僕たちの部屋のドアを誰かが壊れんばかりに激しく叩いている。

「ポリスだ、ドアを開けなさい」と怒鳴るように叫ぶ声がドアの向こう側から聞こえる。けれどもポリスだと言っているからといって、この地域では「はい、そうですか」と、すぐにドアを開けるわけにはいかない。セーフティーチェーンといって、来た人が誰かということを確認するためのチェーンを掛け、ほんの少しドアを開けてみると、ポリスの制服を着た二人の大男が立っている。そこでドアを開けると、

「少女を何処に隠した⁉」とまるで僕たちを悪者と決めているかのような態度でどんどん部屋の中に入ってくるとそこら中を探し始めた。

「今から二〇分くらい前に、マリアはワイフの弟が彼女の家に送って行った」

僕とクラリベールで説明し、マリアがいないと分かるとポリスは出て行った。

「多分ジョーと彼の母親がポリスに電話したと思う」ポリスが出ていくとすぐにクラリベールが言った。僕たちのすぐ隣の家族のことだ。ジョーというのはその家の一三歳の息子である。

マリアとジョーは親が決めた許嫁で、近頃マリアがホーへと仲良くしているのがジョーは気に食わない。多分この騒ぎはジョーのジェラシーで、嫌がらせのためにポリスを呼んだのだと僕たちは話し合った。またクラリベールがマリアから聞いたところによると、マリアが時々

ジョーのところへ行き、週末など泊まってくることなどがあると、ジョーが彼女の体にさわって来ていやだと言っていたという。

しばらくしてホーへがしょげた顔をして帰ってきた。ポリスはまだホーへがマリアの家にいる間に来て、いろいろ聞かれ何も問題はなかったのでポリスはすぐに帰ったけれど、ホーへにはショックな出来事だったのだ。

それにしてもこの事だけでなく、僕は隣の連中が嫌いだった。前にクラリベールが隣に行った時に、間違って財布を開けたのがいけなかった。その時から何かと理由をつけてはお金を貸してくれと迫ってきて、結局お金は一度も返してもらっていないのだ。

こんなことがあって僕たちはホーへに真剣に仕事を探すようにと言った。お前はそのためにニューヨークに来たんじゃないのか？　この二ヶ月、くる日もくる日も毎日昼過ぎまで寝ていて一向に仕事を探す気配はなく、マリアに会うことと、夜は男友達と出歩くことしかしていない。そして夜遅く帰ってくるから次の日は昼頃まで寝ていることになる。

そしてこの夜のことはホーへも応えたのか、「明日から仕事探しをする。だから明日の朝起こしてくれる？」と言ってその夜は何とか三人で話をつけたのだった。

ところが次の日、その日は雨降りだったが昼休みに僕は仕事場から家に電話してみた。すると今もホーへは家に居て、「今日は雨が降っているから行かない」と言っているという。

「『仕事を始めれば、雨が降っても行かなくちゃならないのよ』わたしがそう言っても何の反応もないの。またベッドに潜り込んじゃって、呆れてものも言えない」。クラリベールの心底困り果てたため息が電話の向こう側に聞こえた。

そして次の日は晴れ渡ったいい天気になったのに相変わらず動こうとしない。そこで一週間たってクラリベールはプエルトリコの両親に電話し、ホーへの帰国の切符を送ってもらうことにした。僕たちも四歳と三歳の子供がいて、いつまでも働かない居候を置いておくわけにもいかず、ホーへと話し合った末だった。

ホーへがプエルトリコに帰ったのはもうクリスマスが真じかの週末だった。クリスマス前の空港は混雑していていたが、そこら中にクリスマスの雰囲気があふれ、普段とは違ったにぎわいがあった。

そして、ホーへはプエルトリコに帰ることに意外に嬉しそうな顔をしていたのが、彼との最後の思い出となった。

銃と麻薬

その後僕たちは台風が過ぎ去ったような気持だったが、マリアはホーへが帰った後もたびたび僕たちのアパートにやって来てホーへの事を聞いていた。

そんなある日、僕らのところへ来たマリアはホーへが使っていた部屋に行くと、窓際のベッドの隅に腰掛けて、ハーモニカの練習を始めた。

「綺麗なハーモニカだね」しばらくして部屋から出てきたマリアに僕は言った。

「お父さんに貰ったの。わたしもお父さんみたいに上手になりたい」そう言ってマリアはまたハーモニカを吹き始めた。

そこで僕は少し前に彼女のお父さんがプエルトリコの曲を吹いていたのを思い出した。一緒にその場にいたクラリベールも、「彼は本当にハーモニカが上手だねえ」と、懐かしそうにプエルトリコに思いを馳せながら聞いていた。

ここでちょっと説明すると、プエルトリカン、またはヒスパニックにはマリアの例のように、父親と母親が一緒に暮らしていないケースが結構いる。それはもちろん正式に法律上の結婚をしていないからだが、ほとんどの場合、父親の方は子供の認知はしている。そして一方は父親として、一方は母親として特にいさかいもなく、おのおの生活をしているのには僕ら日本人にはとても考えが及ばない。もちろん日本人だけでなく、アメリカの多数派の白人にもこんな例はめったにない。

そこでマリアは通常は母親と暮らしているが、父親のところにも来ていて、父親と母親が喧嘩状態にあるわけでもない。正式な婚姻をした後で離婚したのか、子供を認知しただけで正式な結婚は元々していないのか、マリアの場合、僕たちはそのあたりの事は知らなかったが、ヒスパニックには多くある家庭の子供の一人だった。

マリアが父親にもらったハーモニカを持って我が家に来た二日後の夜のことだ。外が慌ただしく、多くのポリスカーがサイレンを鳴らしアパートの前を通り過ぎて行く。何事が起こったのだろうと思っていると、僕たちのアパートのすぐ近くにポリスカーが結集している。ポリスカーの赤いランプの光が部屋のガラス窓を赤く照らしている。僕らのアパートがある長いブロックは道路の両側とも店はない比較的静かな通りだが、僕らが住むアパートビルディングから一〇〇メートルほど西へ行くと十字路になっていて、南北に走るストリートはずっと店の続く広い通りである。だから僕はてっきり繁華街の方で何か事件でも起こったのではないかと思っていたら、交差点とは反対のところに数台が停まっている。僕らのアパートのある北側は五、六階建てのアパートメントビルが続いているが、向かい側は三階建てのタウンハウスだ。僕が外へ出ていくと二台のポリスカーがタウンハウスの前に停まっている。そしてその前に十人くらいの近所の人々が固まっている。僕もすぐにその輪の中に入って行って何事が起こったのか聞いてみた。

「マリアの父親が撃たれたんだ」その内の一人が言った。

えっ何だって？　僕はその男が言っていることが一瞬理解出来なかった。あのマリアの父親が？　撃たれた？　つい二日前、「お父さんに貰ったの」と言って父のハーモニカを吹いていたあの可愛いマリアの姿が僕の脳裏をよぎった。目の前の冷たい道路に横たわっている男と、楽しそうにハーモニカを吹いている少女の姿がオーバーラップした。僕がショックで混乱しているちょうどその時、アパートの同じフロアーの住人に二人の子供を預けてクラリベールがやって来た。そこでクラリベールとマリアの父親を知っている数人と一緒に道路に倒れている男を確認に行った。すでに顔はポリスによって伏せられていたけれども、その髪型や着ている革のジャンパーからマリアの父親であることが分かった。彼はすでに死んでいた。

マリアの父親はそのタウンハウスの一軒に住んでいた。自分の家の前で撃たれたのだ。

ポリスカーの屋根についている赤いランプは相変わらずグルグルと回りながら四方に赤いライトを振りまいている。その時大型のバンで駆けつけたポリスたちが、二脚の木で出来たポリスラインと呼ばれる簡易の柵で、マリアの父親の遺体の周りを囲い始めた。そしてさらに数台のポリスカーもやってきた。そこで僕たちも柵の外に出た。近所の人たちも僕たちも、柵の外へ出てもずっとそこに立っていた。まるでその場に釘付けになったかのように立ち去ることが出来ずにそこに立っているという感じだった。僕は強いショックを受け、頭の中が真っ白になり、体が震え、鳥肌が立ち、いつまでも体の震えが止まらなかった。まさか僕がこんな事件に本当に遭遇するなんて考えてもみないことだった。映画の中では何度も見たことがある。いや映画ではなく、実際の事件として、テレビでも頻繁に見ている。この国では銃による事件は日常茶飯事だ。それでもテレビの画面で見るのと、実際に、しかも目の前の道路に横たわっている人物が、自分が知っている人だというのでは全く違う。その生々しい感触が、僕の体の中を貫くのを感じた。

クラリベールが震えている僕の体を黙って支えた。支えられながら僕は空を見上げた。春まだ浅いその夜の月はほとんど満月に近く、夜空をじっと見上げていると、月の光が彼の魂を天国に運んでいるように思えた。

マリア、一五歳で母となった少女

マリアの父親が何故殺されたのか、その辺りの細かいことは分からなかったけれど、ポリスの話では麻薬のトラブルで殺されたということだった。幸いだったのは、この時マリアは友達の家にいて、父の死の現場には居合わせなかったことだ。その一週間後にマリアは父親が住んでいた近所に葬式のためのお金を集めに来ていた。

「気の毒だったね。何か僕たちに出来ることがあれば言ってね。それからいつでも僕たちを訪ねてくれていいんだよ」僕とクラリベールが言うと「ありがとう」と声には元気がなかったが、もう泣き尽くしたのか、わずかな微笑を添えてマリアは言った。

その後マリアは寂しいのかよく僕たちの家に来るようになり、僕たちと一緒に買い物に行くこともあった。そんな時、しばしば行った店で、「あなたたちの娘さんは可愛いね」と言われたりした。そう言われてもマリアは微笑んでいるだけで否定しなかった。実際にはマリアと僕たちの年齢の差は親子といえるものではなかったが、僕たちは誇らしい気持ちがした。

マリアは父親が死んでから三ヶ月くらいは僕らのアパートに立ち寄っては僕たちの息子たちと遊んだり、時にはディナーも共にしていたのが、その少し後からぱったり姿を見せなくなった。どうしているんだろうと気にもなったが、僕たちはマリアの母親とはほとんど交流がなかったし、母親の方でもわれわれと親しくする気はまったくないようだった。

そして父親の死から六ヶ月ほどが過ぎた頃、「マリアはどうしているんだろう、近頃はちっとも顔を見せないね」と僕とクラリベールで話し合っていたある日、ひょっこりとマリアが訪ねて来た。

「久しぶりだねえ、マリア」と、まず始めにマリアを抱きしめるのは自分だと、クラリベールがドアを開けた。てっきりマリアだけだと思っていたのが、彼女の後ろに一人の男が立っていた。僕たちはちょっとびっくりしたが、二人が中へ入るとマリアがすぐに一緒に来た男を僕たちに紹介した。ハイメというのが彼の名前だった。

ハイメはマリアよりかなり年上に見えた。背が高く色白でハンサム。この当時、男女共に流行だった裾の幅の広いズボンに光沢のある黒のシャツを着て、胸もとを開けて地肌に下げた金の鎖のネックレスを覗かせ、白に近いジャケットを着込んでいる。髪はほんの少し長髪で、モミアゲをのばし、僕に言わせればキザこの上ない男だ。しかもこの頃短い期間だったけれど、ヒールのある男物の靴が流行り、綺麗に磨かれたその靴を履いている。

見るからに不釣り合いの二人だったが、マリアは彼のことが好きでたまらないらしく、しじゅう彼の腕にからみついている。

しかし僕らが驚いたのはそんなことではない。次にマリアの口から聞いたことは心底ショックだった。

「わたし、妊娠してるの。わたし、彼の赤ちゃんを産むのよ」

そう言ってマリアは微笑みながら同意を促すようにハイメを見上げた。しかしハイメはこの会話にまったく関心がないということを僕は感じとった。

それから数日した週末、今度は一人でやって来たマリアに僕たちはハイメの事を聞いてみた。まず年齢を聞いてみると彼は二七歳ということだった。次は彼が何をしているかだ。

「彼はどんな仕事をしているの？」

けれどもマリアは何も答えなかった。そのかわりに、

「もう少ししたらハイメが来るの。わたしたち買い物に行くんだけれど、一緒に行かない？」

四歳と三歳の子供を連れて僕が運転して買い物に行くより他人の車で行く方が楽だ。そこで僕たちも一緒に行くことにした。それにハイメをもう少し観察することが出来る。

二人の息子の出かける支度をして外へ出ると、アパートの入り口の前にはピカピカに磨かれたブルーの車が停まっていた。ボンネットに二本の黒の縦縞のあるポンチャックのスポーツカーだ。僕たちが出ていくと運転席からハイメが出てきた。今日は裾の幅の広いパンツではないが、さっそうと着込んだ白地に明るいブルーの縦縞のクレープ地のブレザーとサングラスが、ブルーのスポーツカーとマッチしていて、道行く人たちが振り返って行く。

車が走り始めていくらもたたない頃だ。ハイメは車を停めると車を降り、歩道を歩いて行く。煙草でも買いに行くのかなと気にもとめなかったが、マーケットまでたいした距離でもないのに三回目に車を停めた時は僕も目でハイメの後を追った。すると彼は誰か人と会っている。会って何かを渡している。いや、渡しているというより何かを売っている様子だ。

えーっ!?　しまった！　まさか買い物に行く途中で麻薬を売るとは！　まるで予想しない出来事だった。それにもし捕まれば僕たちは共犯者だ。

運良くその日は何事もなく買い物を済ませアパートに帰ったが、その後二度とハイメ車の乗ることはしなかった。その後でクラリベールはマリアに、

「ハイメもいつかはお父さんのようになるよ」と何度も言ったけれど、ハイメと別れる気など

まったくないようだった。

次の年になり、マリアは彼女一人で僕らのアパートに来ることが多くなった。そして春の近づきと共にマリアのお腹も大きくなり、もう一ヶ月で出産という頃、彼女はハイメに捨てられたことを知った。

それ以前にも何度か、僕らはハイメが若い女の子を二、三人連れてドライヴしているのを近所のストリートで見たことがあった。特にこの時代、しかもブロンクスという貧困の地域で、ピカピカの新車のスポーツカーを見ることは珍しかったので目についたのである。そして麻薬で稼いでいるのだから金回りもいいのだろう、若い女の子が憧れるような服装でハンサム、おまけにかっこいいスポーツカーに乗り、彼はプエルトリカンといっても肌の色が白いということも女の子が群がる理由だったと思う。

それから一ヶ月、ともかくマリアは無事女の子を出産し、一五歳で母親となった。

同人種間にもある肌色の差別

さらに三ヶ月ほどした頃、またマリアが訪ねて来た。新しいボーイフレンドが出来たという。その彼をお母さんに会わせたいのだけれど、僕たちに一緒に来てくれないか、という依頼だった。この時マリアは赤ん坊と母親の住むアパートで一緒に暮らしていた。そのアパートへ彼を連れて行くのに僕たちも一緒だと紹介しやすいということだった。

新しいボーイフレンドはスーパーマーケットで働いていて、ハイメのように派手ではないけれど、何といっても堅気な仕事だし、見たところまじめそうな男だった。

月曜から金曜日までは僕は働いているし、週末なら、ということでマリアとボーイフレンドが僕たちのアパートに迎えに来て、僕たちは家族四人、僕の運転する車で出かけた。

マリアと彼女の母親の暮すアパートは僕らのアパートより南、サウスブロンクスだ。ここは二〇二一年の現在でも全米で最貧困地域の一つだが、サウスブロンクスは一九六〇年から急速に下降の一途をたどり、僕が住んだ一九七〇年代にはすでに貧困地域だったブロンクスの中でも特に貧困地域で、失業率は高く、急速に貧困化して行く中で住宅価格が急落し、売却も出来ないビルディングの持ち主たちが税を逃れるために放置したり、火をつけて崩壊したりしたビルディングが町のあちこちにあった。空きビルや崩壊しかかったビルは浮浪者によって占拠されたり、また麻薬取引の場に使われていたりした。そしてストリートギャングが横行していた。

マリアの父親は僕たちと同じストリートに住んでいたので何度か顔を会わせたことはあったが、僕たちは今まで一度もマリアとその母親の住むアパートに来たことはなかった。

マリアと母親の住むアパートの周辺は少し前に通ったストリートほどひどくなかったが、同じブロンクスとはいっても、僕たちが住んでいる近所とは違って荒んだ感じだった。ゴミやアルコール類の空き瓶の転がる歩道には、何となくうさん臭そうな連中が数人かたまって周辺に目を向けている。もちろん彼らに仕事がないのは明らかだ。まるで何処かに獲物はないかと探しているような目つきだ。

具合良くマリアの住むアパートメントビルディングの真ん前に駐車出来るスポットがあった

が、僕はこんなところに車を停めて、出て来た時には車が消えているか、タイヤやテールランプが盗まれているのではないかと急に不安になった。

そんな僕の不安を見越したのか、マリアとボーイフレンドは車を降りるとビルディングの一階のグロサリーに入って行った。

「リョウの車はここの店が見張っているから大丈夫よ」

すぐに店から出てきたマリアが言った。そこで僕たち家族はマリアの後に続いてアパートの玄関に向かった。三、四人も入ったら一杯になる玄関口の一面の壁にはメールボックスが取り付けられていたが、けっこう空き室も多いのか、蓋のないボックスもあった。玄関口のすぐ前には二つ目のドアがあり、ドアを開けるといたるところがはげ落ちた、薄緑色のペンキで塗られた壁の細い廊下が目に入った。入ってすぐ右側にこれも幅の狭い階段があり、螺旋状に上がって行く階段を三階まで、僕は四歳の息子をかかえ、クラリベールは三歳の息子をかかえて登って行った。

「マーム」（お母さん）

マリアがドアに向かって叫ぶと数分してドアが空いた。三〇歳代半ば過ぎくらいの女性が顔を出した。マリアの母親らしく結構な美人だ。

ところが母親はドアを半分開けたところでマリアと一緒に立っているボーイフレンドを見ると部屋の中へは入れず、激しい剣幕で暴言を吐き始めた。彼女はスペイン語で言っているので激しく怒っているという以外僕には何を言っているのか分からなかったが、クラリベールは彼が黒人系だから彼女は彼を罵倒したのだという。

　クラリベールが中に立ち、取りなしをしたが無駄だった。そもそも僕たちが付き添って来たということにさえ何の敬意も払わなかったし、こっちは子供連れなのに部屋の中に入れることもしない。それでもクラリベールは、何とか話し合うようにと何度も説得を試みたがマリアの母親は相手にしようともしない。そしてその場の異様な情況と、マリアの母親が大声でわめき散らすのに、息子たちが怯えて泣き出した。その内マリアも泣き出し、泣きながらも尚も母親とやり合っているので、僕らは立ち去ることにした。マリアのボーイフレンドは、たしかに肌は濃いめの褐色で髪の毛はちぢれていてアフロスタイルにしているけれど、顔つきはむしろ一般的なプエルトリカン。同じプエルトリカンの中で、こんなに激しい差別があるのかと、僕は驚き、怒りが込み上げてきた。


　たしかに僕がまだニューヨークに来て一週間もしない時、YMCAでも同じ人種間での差別があって驚いた。そしてこの時からずっと経って、三〇年以上もアメリカに住み、いろいろな事が分かって来た頃に、社会学を教えている女性の大学教授から、人種差別の根源は皮膚の色だと聞いた。肌の色？　肌の色⁉　ただそれだけ⁉　僕は社会学の教授に何度も念を押した。

「ただそれだけ。ただそれだけなのよ。理不尽でしょう。肌の色は変えられない。努力して勉強しても変えられない」

　ヨーロッパ系白人以外は有色人種。白から黒までの肌の色の段階で、差別の度合いが決められる。駄目だ！　それはこの差別を作った側、白人が決めたことじゃないか、何でそんなものにやすやすと影響されるんだ！　僕は叫びたかった。

しかし実際にこの国では自分の肌の色を気にする人は多い。南米ヒスパニックや、アフリカ系黒人の場合、自分の肌の色の濃さを気にしていると答える人は多いと聞く。特に、アフリカ系黒人の場合には、人間として劣っているという堪え難いレッテルを貼られているから尚更だ。時に皮膚の色が就職にも関係することがある。

では白人はどうなのかというと、抜けるように白い肌、金髪、そして青い目は、白人にとっても理想なのだ。白人種と言っても肌の色には微妙な違いがある。目も全ての白人が青いわけではない。だからせめて金髪に、という理由で染めるのかどうか僕は知らないけれど金髪の白人女性はやたらと多い（男性で髪染めをする人は極めて少ないので、男性で金髪を見ることは滅多にない）。

なぜこれほどまでに皮膚の色が問題なのだ！　と怒鳴りたいのをこらえる時がある。

そういえばハイメのようないい加減な男と、ティーンエイジャーの自分の娘がつき合っていても何も言わなかったのは、ハイメが色白だったということもあったのではないかと、僕は後になって疑いを持つことになった。

「人種」は日常会話のアメリカ

人種差別、人種問題というのは日本を出る前にも僕はもちろん知識として知っていた。しかし日本ではそれを実感を持って考える機会はなかった。現在でも大多数の日本人はそうだろうと思う。

アメリカでは、とにかく日々、日々、人種のことを言わない日はない。ことにニューヨークのような都会では様々な人種、民族が住んでいるので、「人種」は日常会話である。

「彼、ドイツ系だからああいう態度を取るんだよ」

「まったくなー、イタリア人ってのは、いつもそうだよ」

ニューヨークのことだ。一時滞在やそれこそ不法滞在もいる。しかし多くはアメリカ国籍。鷲のマークが印刷されている、濃紺の手帳のパスポートを持つアメリカ人なのだ。

しかし人々は、自分の、あるいは他人の、ルーツの出身国で自分を、他人を定義する。僕もニューヨークに来た始めの頃は日々の会話の中に行き交う人種の定義に頭がこんがらがったけれど、今ではすっかり慣れ、僕自身、お向かいのコロンビア人のダンナが、とか、あそこのジューイッシュの奥さんがなど、人種、出身国を表す固有名詞を名指す人の上につける習慣が身についている。

アメリカ国籍で、鷲のマークのアメリカパスポートを持ってはいるが、それぞれは、日系アメリカ人、スコットランド系アメリカ人、ドイツ系アメリカ人、インド系アメリカ人、中国系アメリカ人、アフリカ系アメリカ人、イギリス系アメリカ人、イラン系アメリカ人など、アメリカ人の頭の上に北米大陸へ移住の前の出身国や、アジア系アメリカ人などのように、人種の名称が付く。

そのように毎日、人種のことが頭から離れないということは、人種間の確執が、そして差別も頭の中に常時あるということだ。相手の人種によって最初から頭の中に用意されている偏見の目で対峙する人は多い。また必ずしも偏見はなくても、自分と異なった人種の人をステレオタイプで判断することは多い。これらのことは全く習慣化している。

では有色人種の日本人の僕はどうなのかというと、僕はこれは人種差別だな、と感じたことは何度もあるし、僕の友人たちもその経験はあるという。短期旅行などではなく、就職などを通して、あるいは学校で、深くアメリカ社会に接していればその経験はあるはずだからである。僕個人の場合、僕が働いている職場で差別を感じたことはない。しかし普段付き合いのないカスタマーのオフィスなどで、初対面の場合に不快な思いをすることがある。

差別的態度で一番多いのは「冷ややかな無視」。例えば僕を入れて三人で、あるいは四、五人で話していて、僕はその場にいて会話に加わっているのに、彼らはまるで僕はそこに存在していないとでもいうように振る舞うのだ。時にはその数人のうちの一人の場合もあるが。

これは僕の経験だけではないが、アメリカでは田舎に行くと多くの店にはトイレがある。それは、人々は遠くから車でショッピングに来るからだが、「ソーリー、うちにはトイレはありません」と断られたことがあると何人かの日本人の友人に聞いた。またモーテルなどで「空室あり」のサインが出ているので行ってみると「空き室はありません」と断られたりなど、ひとたび白人種が大多数の地方都市や田舎に行くと差別に遭遇することがある。ニューヨーク市のような人種の坩堝の大都会では、普段の生活の中では僕ら日本人が差別に会うことは少ない。

一ブロック歩くだけでどれだけの異なった人々とすれ違うのかという大都会では、様々な人がいるということに皆が慣れているからだ。

世界には様々な生活習慣や信条や、そして容姿の違う人々がいる。それが当たり前の環境の中で暮らしていると相手のやることに腹はたっても、差別の感情に至ることは少ないのだ。

長年アメリカに住んでいると全くこの国は人種差別の国だと思う。しかしアメリカ人が誇りを持ってアメリカの価値と言うフリースピーチ（Free Speech＝自分の考えをはっきり言う、はっきり言える）は権利であるということも人々に浸透している。権利であるということは、人がそれぞれ自分の意見を持つことを互いに承諾していることである。だから「あなたは人種差別主義者？　私は違うね」と、差別主義者に向かってはっきり自分の意見を述べるのもアメリカ人である。

ニューヨーク大停電

一九七七年七月一三日、この日は夕方になっても昼の間の熱気が収まらず、暑い一日だった。七〇年代、アメリカには住宅やアパートでも冷房装置を入れている家庭はあったが、今日のように多くの家庭でということはなかった。ことに低所得者や貧困地域ではほとんどの人々がエアーコンディショナーなど持ってはいない。扇風機だって誰もが持っていたわけではない。だからこういう地域では人々は外に出て、またアパートの前に椅子などを持ち出して夕涼みをしていた。

そういう僕も扇風機は持っていたがエアーコンディショナーはなく、その蒸し暑い夕方、僕たち家族も近所の人たちに混じってビルディングの前の歩道で涼んでいた。

しばらくして突然外灯が消えた。電気の球が切れたのかなと思って周りを見ると、向かいのアパートメントビルディングの明かりも、さらに商店の並ぶ十字路の方の電気も、道路の信号も消えている。何事かなと夕涼みをしていた連中と話していると数分して明かりが灯り、そのすぐ後また周り中の電気が切れると今度はいつまでたっても戻らない。しばらくして、その叫び声「Blackout! Blackout!」（停電だ！　停電だ！）と誰かが叫んでいるのが聞こえた。その叫び声とほとんど同時に、急に辺りが騒がしくなり、一変して異様な雰囲気に変わっていった。

電気が消えたその時はまだ辺りがまったく暗くなっていたわけではない。アメリカは夏時間を使用しているので、七月では夜九時にならないと暗くならない。電気が消えた午後八時半はまだ夕刻の明るさが残っていたが、次第に夜へ向かうと共に、ストリートには異様な緊張が満ちていった。しかも普段なら人通りが少なくなる筈なのに、人波が増えていく。まるで何処からともなく沸いてくるように人々が集まって来る。それはまるで夜のジャングルのようで、僕たち家族はその異様さに異変を感じアパートに戻ると、もしもの時に戦える準備をした。

僕は日本で剣道を習ったことがあったので、まず木刀を身近に置き、心を落ち着かせると窓から外の様子を見た。僕らの部屋は一階だったので、まるで目の前で起こっているように外の様子が見て取れる。子供たちを寝かしつけると僕とクラリベールは懐中電灯とろうそくの用意をし、窓に下ろしたブラインドの陰から外の様子をうかがった。

僕たちのアパートメントビルディングのある通りには店舗がないので、普段は夜になると人通りが少なくなる。ところがこの夜はどんどん商店街の方へ行く人々が増えているようだ。明かりがないからはっきりとは見えないが、暗闇がうごめいているのがわかる。うごめく暗闇の中で、時々懐中電灯の明かりが見える。そしてはっきりとは見えないのに、人の叫び声や怒声が暗闇から立ち上っている。

人々の叫び声の中にはすでに殺気のようなものが感じられる。いつまで停電が続くのか、とにかく電気がないのだからテレビもラジオもつけられない。どんな情報も入らないまま、僕たちは暗闇に放り出されたようなものだった。いったいこの停電がこの近所だけのものなのか、それとももっと広範囲のものなのか、もし外に出られればどこかから情報が得られるかもしれないが、この地域で、このような事態の時に、僕のようなアジア人が一人で外に出ていくのは危険だ。そうして停電から二時間ほど経った時だった。何かが壊れる凄まじい音がした。僕とクラリベールはとっさに窓へにじり寄った。

続けてパン、パンとピルトルを撃つ音が聞こえ、店舗のガラスの割れる音が聞こえた。さらに何か武器のようなものを使っているのかシャッターを打ち破るような音。さらにガラスの割れる音は尚も続いている。そして人々の争う怒声。続けさまに放つピストルの音。

アパートの廊下も騒がしくなった。そこで僕は部屋のドアをそっと開けた。数人の住人がロビーに固まっている。そこで僕はロビーに出て行き、この停電について誰か知っているならとそこにいる人たちに聞いてみた。とにかく正確な情報が欲しい。

この停電はニューヨーク市に電気を供給しているCon Edisonという電気会社の変電所に雷が落ちたのが原因で、市のほんの一部を除いて（そこは別の電気会社の範囲なので）ニューヨーク市ほぼ全域が停電している。復旧のメドは今のところ分からないというのが、そこに居た人々の話をまとめたものだった。

少ししてクラリベールも出てきた。僕たちのアパートからも何人かは略奪に加わっているようだったが少し様子が分かってきたので入り口のドアから外を見てみた。僕らの住むアパートメントビルディングは商店の立ち並ぶ交差点からから五〇メートルほど入ったところの角のビルディングで、僕らの部屋はいちばん交差点に近い部屋だ。だから交差点から三方に延びる商店街の様子が見える。その時クラリベールが突然道路に向かって走り出した。

「何をしているんだ！　危ない！」と僕が叫ぶと彼女は一人の少年を抱きかかえるようにして戻ってきた。

「ドアを開けて」とクラリベールが荒い息をしながら言った。

クラリベールに支えられて少年は肩をおさえ、よろけながら部屋に入ってくると、すぐにソファに倒れ込んだ。ろうそくの明かりでよく見ると僕も知っている近所の子供だ。

「肩を撃たれた」

見ると右肩をピルトルの玉がかすったらしく、火傷をしていて少し血が出ている。

「弾がかすっただけだったから良かったけれど、もうちょっとで首か頭に当たっていたんだよ。もしそうだったら、死んでるよ！」

クラリベールは少年の手当をしながらスペイン語でこんこんと言い聞かせていた。少年はその後二、三時間ほど僕たちのところにいて、痛みが少しおさまったと言って帰って行った。

「もう店に入るのは、やめなさい！　家に帰るんだよ」クラリベールはドアの所まで送って行くと、もう一度しっかりと念を押した。

この夜は長い夜だった。僕はほとんど寝ることが出来ずに、夜が白みかけてくるとようやく外も静かになり、僕たちはベッドに倒れ込んだ。

それでも夜が明けると今度はポリスカーがやって来て、再び外は騒がしくなり、外へ出てみると打ち破られた店舗の窓ガラスの破片や壊れた箱、壁の板、書類などが散らばり、何処かで火をつけたのか焦げ臭い臭いが漂い、凄まじい昨夜の出来事を物語っていた。そこにいたポリスに聞いてみると市の一部は今朝方電気が戻ってきたけれど、ほとんどの地域は修復のめどはまだはっきり分かっていず、まだ今夜も続くのかと僕は不安になった。

昼近くになるともっとポリスが増えた。市のあちこちで略奪があったということで、多くのポリスたちは急きょ集められたらしく、上だけポリスのユニホーム、そして下はジーパン姿で、僕にはそれがまたアメリカらしく思えた。

けっきょく停電はもう一晩続き、陽が沈み、だんだんあたりが暗くなってくると、昼間あんなに居たポリスも少なくなり、二晩目の夜は暗くなると同時に略奪が始まった。

二日目の夜になり、僕も少しは状況に慣れて来たので、この夜は同じビルの人たちに混じってアパートの外に出て行った。略奪に加わる者と、それを見物する人たちで道路は結構混み合っていた。それでも僕はもしポリスが来た時に略奪組に間違われないように、アパートメントの入り口のすぐ近くに立っていた。

今度は昨夜ターゲットにならなかった店が襲われ、僕の部屋のすぐ横の交差点からちょっと入ったところの酒屋の前に略奪者たちが結集していた。周りはいくつもの懐中電灯で結構明るく、しばらくして一台の大型バンが酒屋の前に止まると、中から三人の黒人の大男が出てきた。そして群集に向かって大声で叫んだ。

「この中に店のオーナーはいるかー！」

まず店のオーナーがその場にいるかどうかの確認だ。いなければ入るということらしい。

「Ｎｏ！」と群集のほとんどが、まるで合唱でもするように大声で答えると、それが合図とばかりに三人の黒人の大男だけでなく、群集も一緒になって酒屋に突撃して行った。

略奪者たちは破壊に必要な武器を用意して来ていて、シャッターの鍵をぶち壊すと、ショーウインドウのガラスを割り始めた。暴徒の一人はガラスを割った時に破片が腕に当たり、腕から血を流していたけれど、それでも血だらけで店の中へ入って行った。

ごみごみした下町地域や貧困地域の酒屋はほとんど、客は店の中を歩き回って酒瓶を手にとって選ぶということは出来ないようになっている。何故かというと、そのような地域の酒屋では食料品店などに比べると万引きが多いからだ。また酔っ払いもやって来ては酒をゆすられたり暴れられたりする。

入り口のドアを開けると客と店内を隔てる壁がある。壁といってもちょうど郵便局や駅の切符売り場のような胸の高さくらいまでの壁で、それより上は太い頑丈な金網が天井まであって、客は中へは入れないように作ってある。

道路から店に入ると正面には金網でできたドアがある。品物を出しれする為のドアだが、まるで刑務所の留置場のようだ。留置場の中にいるのは店の人だが、違っているのはそこには酒瓶の並ぶ棚があることだ。そして客と店内を隔てている金網張りのガラスの壁の一箇所に金と酒瓶を交換する小窓がある。窓口に金を入れるとそこから酒瓶が差し出されるという仕組み。全く駅の切符売り場と同じ作りだ。今、暴徒たちはその壁と金網のドアを壊そうとしているのだ。

「こんちきしょうの壁をぶち壊せ！」

日頃の恨みを晴らそうとでもするように、暴徒たちは夢中になって太い鉄棒、鉈、かなてこなどで壁や金網をぶち破っている。

ごつい金網のドアを破ると先頭になってぶち壊しをやっていた三人組が掛け声と共に酒蔵へ入っていった。彼らは周到に大きな木箱を持ってきている。続いて暴徒たちが突進した。彼らが店の中へ入ったのを見ると、見物人も中の様子をみようと動き出した。そこで僕も彼らに混じって店を覗きに行った。

そして三〇分くらい経った時、店の外に居た誰かが「ポリスが来るぞー」と叫んだ。見張り役だったのかもしれない。大型バンでやって来た連中はすでにかなりの量の酒瓶のケースをバンに詰め込んでいたが、さらに持てるだけ持つと荒々しく車を発進して逃げて行った。残りの連中も蠅が散るように暗闇の中に姿を消した。

ポリスカーが到着した時にはもうほとんどの略奪者たちは逃げ去った後だった。それでもまだ略奪者たちは何処かに潜んでいて、獲物を取るチャンスを窺い、暗闇にいくつもの目がギラギラと光っている夜だった。

電気はその夜一〇時過ぎにほとんどの地域で戻ったが、翌日の朝目覚めてすぐに外へ出て行くと多くの店はハイエナに食い荒らされた動物の死骸のように、無惨な姿に変わっていた。その後、ほとんどの店は閉まったままになり道路は暗くなり治安も一変して悪くなったので、その年の秋、僕たちはブロンクスを去り、クイーンズ区に引っ越すことにした。

ブロンクスを去り、クイーンズへ

マンハッタン、ブルックリン、クイーンズ、ブロンクス、スタッテンアイランドの五つの区から形成されているニューヨーク市で、クイーンズ区はアートやミュージックなどの、文化的面白さはほとんどないが、中流階級の、ファミリー・オリエンテッド（家族生活重視、家族志向）の地域だった。多くの人々はマンハッタンに働きに行き、クイーンズはベッドタウンというところだろうか。

アートと文化と言えば、三ヶ月前まで住んでいたブロンクスはサウスブロンクスだけでなく、一帯に治安の悪い、しかも全米で最貧困地域と言われるところだったが、面白い文化も生んでいるということも付け加えておきたい。

七〇年代、ニューヨーク市の多くの場所でグラフィティ（落書き）が流行していた。ビルディングの壁は代表的だが、この頃の地下鉄の電車はグラフィティの標的だった。電車の車庫に不法侵入してスプレーペイントで車体に文字や絵を描く。しかも車体の外側だけでなく、車体の中、座席も窓も壁も、隙間がちょっとでもあれば彼らは描くことに専念した。街の中、いたるところで落書きが見られた。その中でもブロンクスは傑出していた。このグラフィティの象徴的な風船のように膨らんだレタリングのスタイルを創ったのは、ブロンクスのグラフィティアーティストだ。グラフィティアートの父と呼ばれた人が何人もブロンクスから出ている。

ビルディングの壁に描かれた絵は古代からある壁画に似ている。時に壁に描かれた絵や文字は、社会的、政治的メッセージを表現しているものも多い。

地下鉄の車体への落書きは警察の取り締まりがきつくなり、その後ほとんどなくなったが、社会的、政治的メッセージを空き地の塀、ビルディングの壁、シャッターなどに描くMural（壁画）は盛んに行われるようになった。中には驚くほど精密で、高いアートセンスのあるものも多い。

二〇二〇年五月、警官に膝で首を圧迫され殺された黒人男性、ジョージ・フロイドさんの肖像もその日の内に彼が殺された場所に描かれたし、その他にも、不正義への抗議としてストリート絵画は力を発揮している。

また八〇年代以降、そして現在も大流行するラップ、ヒップポップ、ブレイクダンスはブロンクスで生まれたのである。ラップの歌詞は彼らの生きている情況そのものを唱っている。それらの多くは彼らの叫びである。一九七三年、その最初のコンサートが行われたのは、僕はずっと後になって知ったのであるが、僕が住んでいたところから歩いて一〇分足らずのアパートメントビルディングの中にあった、レクリエーションルームの一室だった。

天国と地獄を分ける河

僕たち家族がクイーンズ区、ジャクソンハイツに引っ越して来て最初に近所の人たちに聞いたのは、三ヶ月前の大停電の時この辺りはどんな様子だったか、ということだった。それは治安の目安になるからだ。

車のディーラーの店のウインドウが割られたこと、また一部の店が略奪にあったけれど、ブロンクスのようなことはなかったようだ。

ブロンクスに居た時は毎日の生活で、夜一一時以降は暗い道を歩かないなど、いろいろ気をつけながら暮らしていたが、ジャクソンハイツに来てからは女性ならばともかく、男の場合、それほど気を使わずに暮らせるようになったのはありがたかった。

新しい場所にも慣れ、長男は小学校のキンダーガーテン、次男は保育園に通うようになって一年が経った頃、僕とクラリベールは、やはりマリアのことが気になったので、ブロンクスに行ってみようと話し合った。公園や木々の多いジャクソンハイツの街路樹が紅葉し始めた土曜日、僕たちは一年ぶりにブロンクスへ行った。

クイーンズとブロンクスを隔てている橋を渡り、イーストブロンクスへ入り、中心部へ近づくにつれて、一年前の大停電の傷跡がまだ生々しく残っているストリートも多くあり、僕は悪夢のようだった二晩を思い出して身震いがした。

マリアと赤ちゃんは前と同じサウスブロンクスのアパートに母親と一緒に住んでいた。母親は前にマリアのボーイフレンドと一緒に行った時と違って、愛想良く僕たちを迎えてくれた。赤ちゃんは一歳半になり、マリアは生活保護金を貰って暮らしているということだった。話しているうちにマリアは僕たちの住んでいるアパートを見たいということになったので、彼女と赤ちゃんを乗せて、ブロンクスのアパートには一時間ほど居ただけで、僕たちはまたクイーンズに車を走らせた。

壊れたビルの多いストリートからハイウェイに入った。ハイウェイはブロンクス区とクイーンズ区を結ぶ橋へと直結している。ニューヨーク市は海に面しているから、独立した島のステッタンアイランド区を除いて四つの区の間には川があり、ブロンクスとクイーンズも川で隔てられているのだ。

その二つの区を結ぶホワイトストーンブリッジが見えて来た。

この橋は橋の入り口に来るまでの距離が長く、道路の両側が広い公園と空き地になっている。だからここへさしかかると急に視界が開けてのびのびとした気分になる。優雅な弧を描いた高い橋桁が行く手に聳えている。

橋の入り口で通行料を払うと両側は広々とした河だ。マンハッタンの東を流れるイーストリバーがブロンクスへぶつかると東に折れ海へ向かうので、ちょっとした湾のように広くなっている。右側には遠く、マンハッタンのビル群が青く連なっているのが見える。

「あれがエンパイアステイトビル？」

後部座席で赤ちゃんと息子たちと座っていたマリアが、窓に顔を寄せるようにして外を見ながら言っている。

「そう、あのアンテナが高く突き出しているのがエンパイアステイトビル。いい眺めでしょう？　ここを通るとほんとうに気持がいい」

そこでクラリベールがこの周りの風景についていろいろ説明を始めた。高い秋空の下で河の水がきらきらと輝いている。橋とマンハッタンの中間くらいのところには国内線の飛行場、ラグアディア空港があるが、ちょうどその時飛行機が飛び立った。二人の息子たちは飛行機を指差してはしゃいでいる。

まもなく橋の出口になりクイーンズ区に入った。この橋を出たところは大きな家が並んでいる美しいところだ。クイーンズ区は中流のホームタウンだから区の全域が決してこのあたりのようではないのだが、この一角は綺麗な区域だ。手入れされた芝生。秋の花々が咲き乱れる庭。紅葉が始まったばかりの木々。背の高いチムニーを備えた煉瓦作りの家。白亜の、といえるほどの白い三階建ての美しい家には大きなベランダがあり、夏の名残のアウトドアの椅子やテーブルが置かれているのが見える。

するとそれらの家々に見とれていたマリアがつぶやいた。

「ここは天国のよう。この河が天国と地獄を分けているみたいね」

僕はこの時のマリアの言葉をその時はあまり気にとめなかったけれど、それから一週間後、僕は深い失望と共にこの言葉を思い出すことになる。


僕らの住むストリートはアパートメントビルの並んでいるところだが、アパートから五〇〇メートルのところは大きな公園で、公園の中にはプレイグラウンドがあり、子育てには良い環境だった。マリアも気に入った様子で、一週間ほど僕たちのところに滞在することになった。マリアと赤ちゃんを連れてきた日の夜、僕とクラリベールは「もしマリアが、ここが気に入れば、僕らは彼女をヘルプしよう」と話し合っていた。

それはマリアを母親のアパートに訪れた時、マリアが僕たちが住んでいるところを見たいと言ったのは、「ブロンクス以外のところに住んでみることに興味があるから」と、マリア自身が言ったからだった。

年齢的に言えばマリアと僕たちは親子というほど年が離れているわけではない。ことにクラリベールとは一〇歳も違わない。けれども僕たちはマリアを何となく娘のような、あるいは妹のような気がしていた。この娘は幸せにしてやりたい、という気持があったのだ。

だからクラリベールはマリアが少しでも僕たちが住んでいるところを気に入ってくれればと一生懸命だった。彼女は朝息子たちを小学校と保育園に送っていくと、その後マリアと赤ちゃんを連れてスーパーマッケットに行ったり、近所の公園に連れて行ったりした。

そして一週間してクラリベールはマリア聞いた。

「どう？　クイーンズに来ない？　赤ちゃんの為にもここの方が環境もいいし、もしクイーンズに来るなら、わたしたちがあんたの仕事を探すことも手伝うよ」

ところがマリアの答えは僕たちの期待とは違っていた。

「この辺りは余りにも静かで面白くない」クラリベールはマリアがそう言っても何とか説得を試みたがマリアの気持を変えることは出来なかった。僕たちの失望は大きかった。そして次の日の日曜日、僕はマリアと赤ちゃんをブロンクスへ送って行った。

その帰り道、ブロンクスとクイーンズを結ぶホワイトストーンブリッジにさしかかった時、僕はクイーンズに彼女たちを連れて来た最初の日のことを思い出していた。そして僕は思った。「この河が天国（クイーンズ）と地獄（ブロンクス）を分けているみたいね」と言った地獄を、マリアは取ったのだと。

貧困、麻薬、そしてその連鎖

マリアはサウスブロンクスで生まれ、ほとんどそこから外に出たことがなかった。他の場所に行ったことがあるのは小学校や中学校で、課外授業としてマンハッタンの自然博物館やクイーンズのワールドフェアーなどに行った時くらいのものだろう。アメリカの学校には遠足というものはないし、両親がやって来たプエルトリコにさえ行ったことがないという。

マリアだけに限らず、貧困地域で育った多くの子供たちは、まったく他の場所を知らない。夏休みになっても親は子供を何処かへ連れて行ってやる余裕もないから、そういう子供たちは徒歩で動ける範囲の場所で、子供たちだけで一年中過ごすことになる。さらにアメリカは車社会なので、ちょっとした観光場所、遊園地へ行くにも車で行くしかない。日本のように電車やバスなど公共交通機関が発達していない。貧困地域で自家用車を持っている者は少ない。だから彼らはほんとうに小さな区域だけで暮らしている。煉瓦とコンクリートのアパートメントビルディングと、壊れたビルのある空き地だけが子供たちの知っている風景だ。歩道には酒瓶がころがり、ファーストフードの空き袋や紙屑や発泡スチロールの破けたコップが散らばっているのが日常の風景であり、仕事のない大人たちが昼間から道端にたむろしている。

夏はアパートメントの中は暑すぎるので夜遅くまで大人に混じって外で過ごす。ボリュームいっぱいのトランジスターラジオががなりたて、そこでは子供の世界ではないものを見たり知ったりすることもあるだろう。そして車道には頻繁にポリスカーがサイレンを鳴らして通り過ぎて行く。また消防車のサイレンもほとんど毎日だ。

そんな風景に慣れた、またそれ以外の風景を知らないマリアにとって、僕たちの新しい住まいの周りは静かすぎるということなのだろう。

僕たちの失望は大きかった。しかし、どうすることも出来なかった。

その後三年ほどした夏の終わり頃、マリアから電話があった。電話だけだから今はどんな様子なのか分からなかったが、その声はどこか裏寂れたような、かすれた声だった。「今一緒に暮らしている彼は一年前に監獄から出て来てドラッグ（麻薬）を売っているの」とか、また彼女自身ドラッグをやっていて、時々ドラッグ欲しさに体を売っているとか、もう僕たちには手もつけられないところにいた。

それでも僕たちはマリアに会うことにした。住んでいるところを聞くと、相変わらずサウスブロンクスで、母親の住んでいるところからそれほど遠いところではなかった。六〇年代になってサウスブロンクスが急激に貧困へと傾斜していった原因のひとつとされている、サウスブロンクスを分断したハイウェイ、クロスブロンクス・エクスプレスウエイのすぐ際のアパートに住んでいるということだった。

僕たちは彼女から電話があったその週末に、二人の息子を同じフロアーの住人に預けると、さっそくブロンクスへ出かけて行った。マリアの赤ちゃんはもう四歳になっていて、マリアに似て可愛い子になっていた。マリアが一緒に住んでいる男はちょうどその時アパートにはいなかったが、僕たちは部屋の中を見て驚いた。そこは少なくとも幼い子供が生活する環境とはほど遠いものだった。居間のテーブルの上にはマリファナ、ハシシ、ヘロインなどの麻薬の入ったビニール袋が散らばっていた。そして別のテーブルにはそれらのドラッグの目方を計る秤があった。僕はそれらを見て恐ろしくなった。それはドラッグの商売が見つかったら刑務所行きだからということではない。そんなことではない。僕とクラリベールが恐ろしいと思ったのは、このような環境で暮す子供のことだった。何も知らない子供がそれらを口に入れる危険性は充分にあるのである。そればかりではない。こんな環境の中で子供が育っていいのかということであった。この時にはボーイフレンドはアパートにいなかったので、僕たちはマリアと彼女の娘を連れて、クイーンズの僕たちのアパートに戻って来た。

僕たちのアパートに着いてマリアは男との生活について話し始めた。男が何で刑務所に入っていたのかははっきりしなかったが、麻薬の商売に手を染めたのは刑務所を出てからのようだった。多くの貧困地域で麻薬の商売に手を染めるのは、そのような地域では失業率が高いので仕事が見つからず、悲嘆から、そして結局麻薬の商売に入って行くというケースが多い。

マリアの父親が殺されたのも麻薬だったし、四歳の子供の父親のハイメもやはり麻薬の商売だったし、またしても麻薬なのかと、僕もクラリベールもどうしようもなく暗い気持になった。

「彼は暴力を振るうの」

次にマリアが男について語ったことだ。

「それならここに居なさい！　わたしたちと一緒にいなさい！」

マリアと四歳の娘の住むアパートを見てすでに悲嘆が限界に来ていたクラリベールは、もういたたまれないという感情をあらわにして言った。

「マリア、ここに居なさい、わたしたちと一緒に居なさい！　マリア、わたしたちはあんたをブロンクスに帰さないよ」

僕以上に、クラリベールは何としてもマリアを引き止めようとした。クラリベールはなんとかマリアを説得しようと一生懸命だった。彼女は半ば泣きながらマリアを説得しようとしていた。僕はクラリベールの心の痛みを痛切に感じた。

しかしこのような時、結局いつも僕は部外者だった。僕には彼らの会話が分からない。僕には彼らの生活や人生の価値や文化の本当のところが分からない。マリアを説得することも、マリアの夫と口論することも、怒鳴りつけることも出来ない。この葛藤はほとんど結婚当初から付きまとうものだった。

あるときは人間同士として理解し合うことができる。しかし事柄によっては同じ人間同士なのだからとして解決することは極めて難しい。言葉では簡単だが、多くの場合、平行線である。それは日本人の間で、意見が違う、考え方が違うことで平行線、というのとも違う。この場合、意見の違いで平行線は言ってみれば浅いレベルだ。深いところでは、あるいは意識下では繋がっているのだ。

日頃の平面的な付き合いでは仲良くやっていけても、問題が起こった時、彼らは僕を受け入れない。それは意地悪でも排他主義でもなく、お呼びではない、ということなのだ。異なった民族、人種間の相互理解は難しいということを、僕は日々経験している。

その日の夕方、階下のベルが鳴った、誰だろうと思ってインターカムに出ると男の声で知らない名前だ。すぐにマリアが居間から出て来た。そしてその男は彼女が現在一緒に住んでいる男だという。

そういえば少し前、彼女は何処かへ電話をしていた。だから男はマリアを迎えに来たのだ。

マリアのお腹の中にはこの男の子供がいて、もうどうにもならないと彼女は思ったようだった。すぐにドアをノックする音が聞こえた。開けると痩せて一見おとなしそうな、ごく平均的な容姿のヒスパニックの男が立っていた。

僕は呆れて何も言うことが出来ず、何とかマリアを引き戻そうとするクラリベールの肩を抱いて、マリアと四歳の娘を見送ることしか出来なかった。秋風が冷たく感じたその夜、マリアが文字通り震えながら娘を抱き取り男と去って行った後、僕はいつまでもクラリベールを抱いていた。

それから四年ほど過ぎ、珍しくマリアから電話があった。その日は平日だったので僕は家にいなかった。仕事から帰ってきて、クラリベールからその日の午後、マリアから電話があったことを聞いた。話し始めるとその時のことを思い出したのか、クラリベールは目に涙を滲ませてマリアとの会話について語った。

マリアはこの時もまだ四年前にマリアを迎えに僕たちのアパートに来た男と一緒に暮らしていたが、少し前に三人目の赤ちゃんがアパートのヒーターが壊れていて寒くて風邪を引き、それがもとで死んだということだった。

そしてクラリベールは一年前に弟のホーへが死んだことをマリアに告げた。

ホーへはプエルトリコに帰ってしばらくしてガールフレンドが出来、女の子が生まれたが二年ほどで別れ、二人目のガールフレンドとの間に二児の男の子をもうけた。それまでの彼の生活は一定の職業に着かず、不安定な生活を送っていたが二人目の子供が出来た頃から真面目になり、将来は神父になると教会で勉強をしていた。

そんな彼のところへ、ある日昔の悪友が訪ねて来た。そこで口論になり、頭に銃弾を受けて即死したのだった。もう少しで二七歳の誕生日だった。ホーへの死は、家族に大きなショックを与えた。

マリアはその話を聞き、電話の向こうで長い間嗚咽していたとクラリベールは言った。ホーへはマリアの清い初恋の人だったのだ。そして多分彼女にとって最後の希望の光だったのかもしれない。

第三章　ジャクソンハイツの長屋

ジャクソンハイツ探索

僕がやって来た一九七〇年のアメリカは、ヨーロッパ系白人が八五％、アフリカ系黒人は一一％、メキシコ、南米、プエルトリコなどのヒスパニック（南米、ラテンアメリカ）は四％という人口構成だった。七十年代も後半になるとヒスパニックだけに限らず、アジア人の流入も増え、人種の多様化が進む。

アメリカは国勢調査を十年ごとにする。前回の調査は二〇一〇年。そして今回、二〇二〇年の最新調査によると、白人は五七・八％、南米ヒスパニックは一九％、アフリカ系黒人は一二％、アジア系が六％、残りはその他という結果で、十年前より白人の割合はさらに減っている。最も存在感が大きくなっているのはヒスパニックだ。そしてニューヨークなどの大都会の非白人の割合は国全体の比率とは違っており、ニューヨーク市の現在の人口比率はヒスパニックが二八％、続いてアフリカ系黒人二四％、アジア系一二％、そして白人は四二％という低さだ。

とにかく南米ヒスパニックの躍進はすごい。ことに選挙となると、少し前まではそれほど気にしなくて済んでいたのが、ヒスパニックの票をいかに取るのか、ということが、共和党、民主党、両党にとって死活問題になっている。アフリカ系黒人の大部分は以前から民主党支持だから、人口が増え続けているヒスパニックの票は両党にとって重要なのだ。アメリカは何でもかんでもすぐに政治化するので年がら年中、人々は政治の話をする。大統領選挙のたびに政権が変わる。とにかくいつも動いている社会だ。これは僕が日本との違いとしていつも感じていることだ。

それではひとまず僕が住んだジャクソンハイツを紹介しよう。

日本で普通ニューヨークというとほとんどマンハッタンを指しているけれど、東京の山手線内より小さいマンハッタンに、政治、文化、教育、経済、それも高い水準のものがぎっしり詰まっているのだから、ニューヨーク市は世界で最も面白い都市の筆頭に立っているのも当然だ。しかし、ニューヨーク市は後四つの地域、ブロンクス、クイーンズ、ブルックリン、そしてステタン島で構成されており、マンハッタンの面積は市全体の一三分の一なのである。僕ら家族が住んでいるクイーンズ区は市の五つの地域の中で一番大きい。

地下鉄に乗るとわかるのだけれど、トレインがマンハッタンの中を走っている間は白人が多い。それがイーストリバーを渡り、クイーンズ区やブルックリン区に入ると白人は減り、車内は様々な人種で埋められる。ことにクイーンズ区は地球上で最も多様な言語が話されている地域だという。何と、一九〇の言語が話されているのだ。ちなみに家庭でも使う言語は英語という、英語だけの人々は区の約四四%。もちろんアメリカの公用語は英語だから、残りの五六%の人々も外では英語を使っているわけだけれども、自分の住むコミュニティーや家庭ではそれぞれの言語で暮らしているわけだ。そういう僕の家族だって単純ではない。クラリベールの第一言語はスペイン語。僕の第一言語は日本語。そして息子たちの場合は英語。息子たちはスペイン語も日本語もほとんどわからないので、家族のコミュニケーション言語は英語である。

ブロンクスから移り住んだジャクソンハイツは一九一六年にマンハッタンの中高所得者の移住区として開発されたという。僕らが住んだところはジャクソンハイツといっても東の外れ、白人移住区（僕らが来た頃はすでに大方ヒスパニックが占領）と非白人人移住区のコロナ地区を分けるストリート、ジャンクション・ブルバードとは一ブロックしか離れていないところだったせいか特に美しい街並みではない。しかしジャクソンハイツも中心部へ行くと〝ガーデンアパートメント〟〝ガーデンホーム〟などといって、大きな美しいプライベートの中庭を備えたTudor Building（チューダー様式のビルディング）が並んでいる。一九九〇年の末には国の重要な歴史的地域に指定されているが、これは一四〜一五世紀のイギリスで始まった建築様式で、独特なデコレーションを施しているのが特徴だ。

この建築様式はジャクソンハイツだけでなく市内の数カ所で見られるが、今日も金持のエリアとして知られる同じクイーンズ区のジャクソンハイツから地下鉄で急行なら一〇分ほどのフォーレストヒルズには、豊富な緑に囲まれた豪華なチューダー様式の家々が立ち並んでいる。

ジャクソンハイツも一九六〇年を過ぎた頃から、それまで多数を占めていた中産階級の白人が郊外へ移住するようになり、変わって白人以外の様々なバックグラウンドの人々が移り住んで来るようになった。

それでも僕ら家族がブロンクスから引っ越した一九七七年当時はまだアイリッシュ系などの白人もいたのだが、次第にインド、そしてコロンビア、メキシコ、ドミニカ、エクアドル、プエルトリコなどの南米アメリカ人（ヒスパニック）が占領するようになっていった。

とにかく多様な人々が集まっているところだからいろいろな文化を見ることが出来る。僕も引っ越した当初は興奮して歩き回ったものだ。また、ジャクソンハイツのインド系の店は有名で、ヒンドゥー教の女性が体に巻く布地のサリー、その他クッションやハウスデコレーションなど遠方からショッピングにやってくる人々も多い。僕の目当ては特に食料品店やレストランだったが、この頃にはスパニッシュ料理だけでなく、いろいろな国の料理も食べられるようになっていたので、一時期、週末ごとに食べ歩きに忙しかった。

ジャクソンハイツは急行ならマンハッタンまで一〇分という距離で、僕にとっては通勤に便利、そしてクラリベールには南米ラテン文化の集まったところなので暮らしやすいところだった。とにかく活気のある街なので近隣の商業の中心点となり経済は発展していたが、そのうち違法薬物の犯罪も多くなり、組織犯罪では全国的な注目を集める場所に変わっていった。

付け加えておくと、マンハッタンは安全な場所だったのかというとそんなことはない。二〇〇〇年以降になり、ニューヨーク市は全体的に治安が良くなっているが、七〇年代、八〇年代のマンハッタンは恐ろしくて行かれない場所が幾つもあった。世界の有名店の集まる華やかな五番街があるかと思えば、あちこちにスラムのエリアがあったのだ。また、ニューヨークに関心のある人なら誰でも知っているワシントン広場だって夜になると一変して、暗闇の中で麻薬の売買が行われていたし、他の公園も同様で、夜間公園はどこも行く所ではなかった。そしてもちろん、ブルックリンも治安の悪さでは引けを取らなかった。また、前章に書いたブロンクスは、二〇二一年の現在でも貧困と治安の悪さから抜け出していない。

沢山の異なった背景の人々がやって来て集まる都会とはこうした場所なのだと、「水と空気と安全はタダ」が当たり前と思っていたナイーヴな日本人の僕は、それから多くのことを学んでいった。

ジャクソンハイツの長屋

ジャクソンハイツのアパートに引っ越して五年後、三男が生まれ、この頃にはアパートの同じフロアー（同じ階）、同じビル内、隣のビルと、三人の息子とクラリベールの関係で多くの住民を知ることになった。

僕たち夫婦はプエルトリカンとアジア人のカップル。だいたいアジア人、それも東北アジア人となると、たいていの人は中国人、日本人、韓国人の区別がつかず、みな中国人になってしまう。日本人だと言っても、ほとんどの人が日本は中国の一部と思っていて、「日本は中国の何処にあるの？」とか、僕は日本人だ、と言っても、「日本人って、中国語で何と言うの？」

など、なかなか分からせるのに苦労する。

向かいのビルにはワイフが韓国人でハズバンドがプエルトリカン、そして男の子が三人の五人家族。僕たちのビルの下の階には香港から来た中国人家族。やはり同じアジア人なので、お互いに親しみを感じ、よく話すようになった。

また僕たちが引っ越してきて二、三ヶ月した頃僕たちの下の階にメキシコ人の若いカップルが引っ越してきた。そのうち彼らの親達が時々顔を見せるようになった。そしてある時、夫の方の父親がビルの一階で僕を呼び止めた。

「ウステ　ハポネス？」（あなた日本人？）

僕がそうですよ、ぼくは日本人ですと答えると父親は急に親しげに話しかけてきた。

「ハポンはすごい。戦争には負けたけれど、アメリカのように大きな国を相手に戦ったのだから」

僕は初めきょとんとしてしまったけれど、昔からメキシコはアメリカの裏庭のように扱われている悔しさを考えれば、とにかくアメリカのような大国と正面から戦ったというだけで溜飲が降りるらしい。それがどのような戦争だったのか、ということは知る必要がないのだ。世界の覇権者アメリカ。ほとんど僕の親の年齢の男の顔を見ながら僕は複雑な気持になった。

またこんなこともあった。

僕がクラリベールと最初に住んだイースト・ヴィレッジを南へ数ブロック下るとイタリア人街。そこにあるブッチャー（肉屋）で僕は時々買い物をしていた。すると店の主人や、時に買い物に来ていた中年のイタリア人から僕が日本人だとわかると、「俺たち一緒に戦ったよな」と親しく声をかけられた。第二次世界大戦での日独伊連合軍のことを言っているのだった。

また、これは僕の体験ではないけれど、僕の複数の友人から聞いたことだが、見ず知らずの白人のアメリカ人からジャップと怒鳴られ、一九四一年の日本海軍による真珠湾攻撃のことであわや喧嘩をふっかけられそうになったことがあるという。そこで広島、長崎の原爆投下のことを言ってやろうと思ったけれど、本当に喧嘩になると怖いのでやめたよ、と友人は言う。ジャップ(日本人に対する蔑称)という言葉が生きていた時代だったのだ。

七〇年代には第二次世界大戦を経験した人は沢山いて、つまり僕の両親の世代は五〇代から六〇代、僕の祖父母の世代もかなり健在だったから、かの戦争が話題になることはアメリカにきてからも多かったのだ。

クラリベールはお人好しなのかどうかは分からないけれど、友達になった隣近所に平気で物を貸すとか、あるいは上げているのか判断に困るのだけれど、とにかく家の物がしょっちゅう無くなる。僕が使おうと思って探してもない。昨日買ったばかりの食料品がない。扇風機、鞄、タオル、食料品、その他いろいろ。少し経って隣の家や下の階の家で発見する(もちろん食料品はなくなっているけれど)。

これは酷いという例では、隣に貸した圧力鍋が向かいのビルの住民へ渡り、その内何軒を渡り歩かされたのか、戻って来た時には壊れていた。

壊れているのを平気で持って来るのには呆れるし、僕としては腹がたつけれど、自分のワイフがやっているのだからどうしようもない。壊れたものでも返して来るのだからましと言うべきなのか。人の家も自分の家、ビルディングの中がまるで長屋のようだった。

同じビルに住むドイツ系アメリカ人のドナは、週末になると僕たち家族が車でスーパーマーケットへグロセリーショッピングに行くのを知っている。彼らの部屋は僕たちより一階だけ上で、僕たちが出かけるのを窓から見える位置にある。だから帰って来るのも見ているわけだ。そこで僕たちが買い物から帰って来ると、ものの五分もたたない内にドアをノックする。

「あなたたち買い出しに行ってきたのね。わたしたち、これこれが無くて困っていたの。ちょっと貸してくれない?」

スパゲッティーソースの瓶詰め、スパゲティー、バター、トイレットペーパーに洗剤。あなたの物はわたしの物、ちょっとくらい貸してくれたっていいじゃないの、と言わんばかりの素早さで物色している。僕たちだってまだ戸棚の中にしまう前で、キッチンのテーブルに買ってきた物を広げているところなのだ。

しかし一番始末に悪いのはクラリベールだ。「貸してくれ」と言われるとことわらない。あるいはことわれないのか、「いいよ、いいよ」と貸しているのだから夫の僕としてはどうしようもない。

近所の子供たちも似たようなものだ。ある時「リョウ、リョウ」と僕の名前をよびながら誰かがドアをたたいている。また近所の誰かだな、うるさい奴らだ、と思いながらもドアを開けた。すると向かいの部屋の子供が立っている。そしてドアを開けるなり「ケチャップ貸して」と言いながら強引に部屋の中に入ってくる。

「ケチャップないよ」ちょうどケチャップを切らしていたので僕は正直に言った。

するとと子供は怒った顔をしてズンズン部屋の中へ入ってくるではないか。しかもそれだけではない。他人の家の（多分彼らは他人の家とは思っていないのかもしれないが）戸棚や冷蔵庫を勝手に開けて探しまくっている。そして本当にないと分かると今度も怒った顔をして出て行ったのにには心底たまげてしまった。

このアパートの住民はどうやら僕の家を福祉施設と思っているらしい。そして事は食料品や電化製品だけとは限らない。

多くの住民は「お金を貸してくれ、すぐ返すから」と言いよってくる。聞いたところによるとアジア人は皆金持ちで、現金を持ち歩いていると思っているとか。僕のような例外もあるのに。それにもし本当に金持ちならこんな安アパートになんか住んでいないのだけれど、と僕はよっぽど言ってやろうかと思ったこともある。

とにかくそれまでの経験で、最初は少なく貸し、期日までにきっちり返すかということを見る。返せない人には二度と貸さない。僕はこれを原則にしていた。確率は八〇％。僕らがスーパーマーケットへ買い出しに行くのを窓から見ていて、帰ってくるなり食料品や雑貨を借りにくるドナのコロンビア人の夫も中々返さない人の一人だった。

この僕のお人好しを聞いた人はきっと呆れるだろうと思う。しかし僕がお金を貸している相手というのは全員、子持。そのほとんどは息子たちの関係から日頃から付き合いのある、低賃金の仕事についている人達だった。子供の誕生日やクリスマスのプレゼント、衣類などに使うらしく、「リョウのおかげでプレゼントが買えてよかった」「リョウのおかげでノースフェイスのジャケットが買えて、息子が大威張りで学校に行けると言って大喜びだ」と言われると次にまた断りきれずに貸してしまう。

僕だって決して金持ちではない。金を貸すといっても、もちろん僕らのできる範囲だが、僕もクラリベールも子供達が惨めな思いをしているのを見るのが耐えられなかったのだ。

隣の住民と悪女三人組

僕たちと同じフロアーに住むイルマはシングルマザーで三人の息子と彼女の弟のカリートの五人家族である。この家族と知り合った初めの頃は、イルマとカリートがとても仲が良いので僕は彼らを仲の良い夫婦だと思っていた。それくらい仲の良い姉と弟だったのだ。

イルマはほんの少し太り気味だけれど目が大きく、どちらかというと口も大きく、特に美人というのではないけれど、彼女の笑った顔は明るい感じがして可愛らしさがある。肩までの黒髪の間からいつも大きな金の輪のイヤリングがのぞいている。

カリートは背は高く細身、アフロヘアーでチョビ髭を生やし、太い黒ぶちの眼鏡をかけ一見コメディアンのようだ。そして週末になるときょうだいのお母さんが遊びに来る。

このお母さんはとても面白い人でユニークな性格の持ち主だ。飾り気のない人で誰とでも親しく話すし、まあ人懐っこい人という感じだ。そればかりでなく、話す相手を自分の会話の中に引き入れるのがうまく、ジョークをふんだんに交えて話す。また人をリラックスさせる能力があるのは、息子のコメディアンのような風采に影響しているかもしれない。そして話の最後にはいつも「わたしのところへ遊びに来てね」と招待を忘れない。

イルマにはいつも一緒にいる二人の女友達、クラウディア、そしてジェニーがいた。三人の子持ちのイルマが一番年上で、次にジェニー、クラウディアが一番若い。クラウディアはニューヨーク生まれで育ちのプエルトリカン、ふっくらとしたカーリーヘアーで何となく憂いを含んだ目が特徴で、全体的には歌手のドナ・サマーに似ている。彼女は一〇代で子供を産み、僕らが出会った八〇年始め、二三歳くらいで五歳の男の子を持つシングルマザーだった。

悪女三人組。まあ悪女といってもクラウディアの働いているバーで、飲んで金蔓の男をあさる程度。ジェニーは亭主持ちで二人の子供がいるのに平気で夜遊びに出かける。へー亭主がよく許すねえ、と僕が言ったら、クラリベールが話してくれた話には仰天してしまった。

僕たちの住むアパートメントビルディングは道路から見るとただ四角いビルディングのようだが中に入るとコの字型になっていて、中央には噴水がある中庭がある。かつてはチュウダー様式を取り入れた結構綺麗なアパートメントだったのだろうと思われるが、噴水は枯れたままだし、今ではほとんど手入れはされていない。

だから中庭を通してイルマの家のキッチンからジェニーの家の居間が見えるのだ。そこでジェニーが居間の窓越しに時々向かい側の窓に向かって叫ぶ。

「あんたのボーイフレンドが呼んでるよー」
「分かった、後で行くからって言っといて」イルマが答える。
何てこった、ジェニーは時々亭主をイルマに貸していた。

アメリカには日本に沢山あるホステスバーというものはなく、バーで働いているのはバーテンダーと客のテーブルに酒を運ぶウェイターかウェイトレスだけだ。またバーによってはビリヤードのテーブルを置いているところもあって、客たちは酒を呑んではビリヤードに興じ、人と知り合う社交場にもなる。

イルマ、ジェニー、クラウディアの悪女三人組がバーに行くのは男を物色するのが主な目的のようだが、その三人の中でもジェニーは一番活発だった。痩せ形で、ちょっと目のつり上がった中々クールな美人のジェニーは男を引っ掛けるのが中々うまい。ちょっと目が合うとすぐにその男のテーブルへと移動し、いつの間にか消えている。酔ってすぐにその場で知り合った男と出ていくので、何時も僕たちは心配していた。

ある週末、長男と次男がそれぞれの友達の家に招待されて自由時間が出来たので、僕ら夫婦はクラウディアが働くバーにジェニーとイルマとに誘われて行った。

ジェニーがいつものように二杯ほどのラム&コークをひっかけると僕たちが囲んでいるテーブルを立ち上がった。彼女の今日の出で立ちは紫色のショートパンツに花柄の胸が大きく空いたブラウス。セシールカットの髪の横から垂れ下がったイヤリングがキラキラと揺れている。

ジェニーが歩いて行くのを見ると、三〇代後半くらいの案外真面目そうなインド人が歩いて来るジェニーを見つめている。前にもこのバーに来ていた男で、僕もちょっとだけ言葉を交わしたことがあった。

「今夜もジェニーは早々に男を見つけたわね」とクラウディアがカウンターの中でオンザロックの氷の上にウイスキーを注ぎながら言った。すぐにイルマがジェニーとインド人のテーブルを振り返っている。ジェニーは新たにラム&コークを注文し、インド人もウイスキーをおかわりしたようだ。

そしてまた僕たちのカウンターで会話が始まってものの一五分もたたない内に、もう一度ジェニーのテーブルを見ると二人は消えていた。

その後このインド人とは同じバーで何度か会って、僕も良く話すようになった。

彼は小さいながらもコンストラクションの会社をやっていて、数人のインド人の大工を使っているということだった。だからある程度の金もあるらしく、いい車を持っていたし、身なりもきちんとしていた。

彼は僕がアメリカ生まれではないと分かるとビザの話を始めた。アメリカへ来た外国人なら共通に経験している問題だ。僕にならその苦労を分かってもらえると思ったのだろう。

何とかして永住権を手に入れたいという。だから偽装でも、もちろん本当でも良いから結婚相手を探しているということだった。そんなこともあって彼はバーに来て女性探しをしていたのかもしれない。ジェニーは亭主持ちだったから駄目。それからもこのインド人はクラウディアの働くバーにしばしば通って来た。しばらくしてクラウディアに結婚申し込みをしたという話を聞いたが、クラウディアが「およびじゃないわね」と断ったということだ。

そんな風に僕も彼と親しく話すようになり、今度は僕たち家族を彼のアパートに招待してくれた。その内悪女三人組も一緒に招待され、いつの間にか皆友達になっていた。彼のアパートは、僕たちのアパートから数ブロックのワンベッドルームのアパートで、男の一人暮らしにしてはこぎれいな部屋だった。インドの更紗模様のテーブル掛けやベッドスプレッド、ビーズをあしらったクッションなど、テキスタイルデザイナーの僕には大いに興味を引くものがあった。

タイヤ泥棒はＮＯ！

ジャクソンハイツに引っ越して数年が過ぎたある春の日、イルマが彼女のお母さんの家があるブルックリンに一緒に行かないか、と誘ってきた。本音は僕の車で行くと楽だからだ。それでも僕たちもお母さんがイルマを訪ねて来た時に何度も誘われているし、小春日和で気持のいい日曜日だし、この際行ってみようということになった。

イルマ、弟のカリート、そして彼女の三番目の息子のエディ、そして僕らの二人の息子という大所帯を乗せて、お母さんの住むブルックリンへ出かけた。

ブルックリン区はクイーンズ区の南、ブルックリンにはいい美術館があるのと日本庭園があるのでそこへは出かけることはあっても、特に知り合いが住んでいるわけでもないし、この頃僕はほとんどブルックリンについては知らなかった。

六〇年代末、広いスペース、その広さに対してかなり安い家賃というところに目をつけたアーティスト達がマンハッタン、ソーホー地区の倉庫街に住み始めた。同時にそれまでアップタウンに集中していた画廊が大挙して移って来るようになり、ソーホーは芸術家の街として発展して行った。

その後八〇年代になると、アーティストたちが改革したソーホーのロフト住まいはかっこいいと目を付けた金持ちたちが、それまでロフトを住居にするのは違法だったのを合法にし、大金をかけて改造して住み始めた頃から家賃が高騰し、住めなくなったアーティスト達が移り住んだのがブルックリン。

そうやってアーティストたちが住み始めると、その地域は何故かかっこよくなり、二〇〇〇年に入った頃からブルックリンはアート、ミュージック、ファッション、フードと年々トレンディな場所に変わって行った（ブルックリンの全域ではないが）。そして現在は住宅価格もうなぎ上りだ。だが僕がイルマの姉弟を車に乗せて行った八〇年の始めは、そんな気配もない頃だった。

イルマのお母さんが住んでいた地域は崩れかかったアパートメントビル、空き地、アパートの壁、いたるところに落書きのある異様な雰囲気の所だった。イルマのお母さんの家があるストリートは、綺麗とは言えないが、それでもそれまでに通って来たストリートよりはましで、彼女は二階建てのこぶりなタウンハウスに住んでいた。

皆が車から降り、家の中へ入っていった後、僕は駐車違反にならないように家の向かい側の通りへ車を停めに行った。そして車を降りると一人のヒスパニックの男が、僕を待っていたのか、すぐに話しかけて来た。

「あんたに売りたい物があるんだが、一緒に来てくれないか？」

「僕は友達のところへ来たので、あんたの話を聞いている時間はないんだ」と僕が言っても引き下がらない。そして僕が歩き始めようとすると、その前に立はだかり、尚もちょっと来てくれとしつこくつきまとって来る。僕はこの男が何を売りたいのか予想はついていたが、喧嘩をするわけにはいかない。そんな危険きわまりないことは出来ない。そうして僕がてこずっていた矢先、多分中々来ないので心配して様子を見に出てきたのだろう、イルマのお母さんがやって来た。

僕と僕につきまとっている男を見ると彼女はすぐに怒鳴り始めた。

「わたしの友達に何を言ってるの？　まったく油断も隙もないわね」

何だ、このおばさん。びっくりした顔をして男は一歩引き下がった。

「わたしの友達を少しの間も一人で外に出せないわ。あんたのような人がたかるから」そう言ってイルマのお母さんはもっと激しく怒鳴り散らすと、男はあわてて逃げ出した。さすが地元の人だ。女性でも肝っ玉があると僕は感服してしまった。

イルマのお母さんの家は小さいけれども明るい家で、一階はリビングルームとキッチン、奥には小さなテーブルとロッキングチェアーが置いてある、三畳ほどの大きさのベランダがあった。

山盛りのスパニッシュフードのランチの後、カリートがタイヤを買いに行こうと僕を誘った。僕が車のタイヤを買わなければと言っていたのを覚えていたのだ。何処かこの近くに安く買えるタイヤ屋があるのだろう、来る道々にも中古車や車の部分品を売っている店がいくつもあった。こういう場所なら安い店があるのだろう。

カリートと僕が外へ出ると、隣のアパートの前で三人の若い男たちがたむろしているのが目に入った。カリートはまっすぐにその男たちの方へ歩いていくと、その内の一人の男と何か話している。そして振り返って僕を呼び、タイヤを探していることを確認した。すると若い男は「ＯＫ」と言って僕とカリートと一緒に歩き出した。そして彼も僕の車に乗っていくようだ。

僕はその時どうしてカリートの友達も来るのかと要領を得なかったけれど、とにかく二人を乗せてカリートの指示どうり車を走らせた。

僕はてっきり中古タイヤを買いに行くのだろうと思っていたら、カリートの友達が路上駐車の多い方向へ行くようにと言う。

イルマのお母さんの家からものの五分も走ったその辺りは、お母さんの家のある近所よりも良い家の並ぶ所で、駐車している車が続いている。

「リョウ、ここで停まってくれる?」

カリートは僕に停車するように言うと、今度は駐車している大型車を指差している。

「あのタイヤならこの車にぴったりだよ」「いや、あっちの方が良いかも」「お前の言うとおりだ。オーケー、あれにしよう」

そう言って二人は車を降りようとする。

「NO！　NO！　私はこんなことを望んでいない」

僕はようやく彼らが駐車している車のタイヤを盗むつもりなのだ、ということが分かり、大声で叫んだ。

「心配しなくてもいいんだよ。簡単に取れるのに――」

僕がそんな二人を無視して車のエンジンを入れると、カリートは残念そうに狙っていた車を見ていた。この事があってからカリートは信用出来ないと思うようになり、また何度か実際に疑うようになった。

ポラロイドカメラが盗まれる

このタイヤのことがあった日からそれほど経たない時のことだ、アパートの僕らの部屋の鍵が一組ないことに気がついた。息子たちに聞くと次男のダニエルが無くしたという。たしかいつもの様に入り口のドアの横に取り付けてあるフックに掛けておいたのに、と次男は言いながら部屋中を探している。僕は嫌な予感がしたので、鍵を変えることにして新しいシリンダーを買って来た。

僕がシリンダーを変えている時にちょうどカリートが通りかかった。

「何故シリンダーを変えるんだ？」怒った口調で彼が聞く。

「鍵を何処かに落としたのでね」

僕が平然と答えるとカリートは何も言わずに立ち去ったが、その態度はまるで鍵を変えられると盗みに入れないと言った感じだった。

次の日、カリートが、ちょっと煙草をと、煙草を貰いに僕らのところへやって来た。そしてしばらく息子たちと遊んで帰り、その直ぐ後に次男のダニエルが、「ダディ、キー、見つけたよ」「ソファの下にあったよ」と僕のところへ持って来た。

僕はやっぱりカリートが持っていったと確信した。なぜなら昨日、ソファの下を探した時には無く、彼が帰った後で出てきたからだ。

一週間後、一階下の階の、クラリベールが仲良くしているローザのところでもまったく同じことが起こった。鍵が一組なくなったので彼女もあたらしいキーシリンダーに変えたすぐ後にカリートが来て、鍵がソファの下から出てきたと僕たちの場合とまったく同じストーリーで、犯人はカリートだとローザも言い、とにかく気をつけようと話し合った。

その夏、ファイヤーエスケープ（非常時の時のための、窓の外についている階段）のある窓にエアコンディショナーを取り付けた。ファイヤーエスケープに出られる窓ということは、外からの侵入も楽ということで、僕としては余り利口な選択ではなかったのだが、取り付けが終わってちょっと数時間買い物に行って帰ってきたら、エアコンが外されていて、そこから泥棒に入られていた。

一週間後、イルマが別れた夫と五年ぶりに再会するパーティーをすることになった。もちろん僕たちも招待されていて、クラリベールと二人、ワインを持って出かけた。

前夫は久しぶりに会った子供たちを見て大変な喜びようで、食べて飲んで、そして楽しくダンスをして、彼ら家族だけでなく、招待された人々も大いに楽しい時を過ごした。そこでカリートが記念写真を撮ろうと言い、ポラロイドカメラを持ってきた。

ところが僕はそのカメラを見てびっくり。それは僕が盗まれたカメラで、どこにでもあるブランドではないのですぐ分かり、僕は怒りがこみ上げてきて、その日はクラリベールと共に即刻立ち去ることになった。

プエルトリコに帰った兄弟

一年後、イルマとカリートのきょうだい、パコがプエルトリコからやって来た。カリートの盗みは許せないけれど、カリートもイルマも性格的には明るくオープンな感じなのに、パコは彼らのきょうだいとは思えないほどに違ったタイプで、何かとげとげしく、荒々しい感じのする男だった。

パコが来てからというもの、何となくカリートも変わり、僕たちはイルマ姉弟とは以前のようにはつき合わなくなっていた。

カリートが変わったのは、どうもパコと二人で良からぬ商売をしているという噂を聞いた頃からで、ひょっとすると麻薬の商売かもしれないと僕は疑うようになった。だから近づかない方がいいよと、僕とクラリベールは話し合ったのだった。

それまでもカリートは時々刑務所に入っていた。それらはショッピングリフト（万引き）など軽い刑で、ある時は車のタイヤを盗んで、こそこそ持ち帰るどころか、道路を転がして歩いていたらポリスに捕まったなどだったが、今回はそれらとは違う。まあ、良からぬ商売にそれほど選択肢はない。

パコが来てほぼ一年半が過ぎた頃、カリートとパコはプエルトリコに帰ることになった、そんな話をイルマから聞いたのはサンクスギビングが近づいた週末で、僕らがその買い物から帰って来た時だった。一階のビルの入り口のドアを開けたところでイルマに出くわした。イルマの様子はどこか沈んだ感じで、その時はどうして兄弟がプエルトリコに帰るのか、という理由も口籠もっていたので、いずれにしても良いことで帰るのではないということを僕らは推測した。

そして明日はサンクスギビングという日の昼頃、我が家は慌ただしく明日の料理を仕込んでいる最中「カリート」という声がしてドアをノックする音がした。ドアを開けるとカリートとパコが立っていた。

「グッドバイを言いに来たんだ。ぼくたちプエルトリコに帰ることになったんで」

これまでのカリートのひょうきんさは全くなく、イルマと同じように沈んだ口調だった。しかしパコを見て僕らは驚いた、パコの顔はまるでこの世に未練を残して旅立つ者のようで、それまでのタフで荒々しい表情とは全く違って、いかにも弱々しい姿だった。

彼らが帰ってしばらくしての近所の噂では、二人ともエイズに罹り、特にパコは余命二、三ヶ月ということだった。

イルマがアパートを追い出される

次の年の春の朝、僕が会社に行く支度をしていたらドアの外で騒がしい人の声、そしてあらあらしい足音が聞こえた。そしてすぐにドアを強くノックする音。開けるとイルマがすぐに部屋に入ってきた。彼女は呼吸もままならないといった様子だ。

「七〇〇ドル要るの。今すぐ出してちょうだい！　お願い！　今すぐ！」

イルマはほとんど泣きそうになっていて完全に取り乱している。

「今すぐ！　そうしないとアパートを追い出されるの」

僕はすぐには情況が呑み込めなかったが、いま直ぐといったって、とにかくそんなお金は持っていない。七〇〇ドルなんて大金をキャッシュで家に置いてあるわけがない。

「すいません。今すぐと言ったって、今ここにそんなお金持っていませんよ」

イルマの苦境を目の前にして、僕もクラリベールも動揺していたがとにかくここニューヨークで、普段から七〇〇ドルの現金を家に置いて置くことはないのだ。

「マーシャルが来てるの。今すぐお金を渡さないとわたしたちアパートを追い出されるのよ！」

イルマがそう言っている間に、廊下をどんどんと数人の大きな足音が聞こえた。

「あの人たち、わたしたちの物を全部持っていくって言ってるのよ。早くお金を渡さないと大変なことになるのよ、リョウ！」

イルマが僕に向かって泣き叫んでいる時、イルマのお母さんが叫んでいる声が聞こえた。僕らは急いでドアを開けて廊下を見ると、腰にピストルを下げたプロレスラーのように体の大きな法廷執行官のマーシャルに、イルマのお母さんが泣きついているところだった。

イルマのお母さんの手には一〇〇ドル札が七枚握られている。お母さんはお金を持って駆けつけたのだ。

しかしこれは法廷ですでに決定したことなので、今ここで彼にお金を渡しても何の役にもたたない。そのお金は受け取らないと、マーシャルがお母さんに説明しているところだった。

その間にも五、六人の運び屋が段ボール箱をイルマの部屋に運んでいる。僕たちのフロアーの他の部屋の住人たちの何人かがドアを少しだけ開けて事の成り行きを見ている。

イルマは半狂乱に近く、駆けつけたお母さんと二人抱き合っている。イルマの三人の子供たちはマーシャルが来るほんの少し前に学校へ行ったので、この場面に居合わせなかったのはせめてもの幸いだった。

その間にも運び屋たちは次々に家具を階下に運び出している。道路には大きなトラックが停めてあって、法廷の定めた一時保管倉庫に持っていくということだった。

出勤の時間が迫っていたが、僕は立ち去ることが出来ずにクラリベールの手を取って、ただ呆然と事の成り行きを見ていた。もしかしたら、これがイルマとの永遠の別れになるのかもしれないと、何か胸の中にぽっかりと穴が開いたような、空虚な思いに胸が締め付けられた。

昼休みにクラリベールが僕の仕事場に電話をして来た。ちょうど今朝のことをデザイン室の同僚たちと話していたところだった。

「リョウが会社に出かけてから二時間くらいで全てが運び出されたわ。最後にマーシャルから保管倉庫の書類を渡されて、その後でお母さんと二人で私たちの部屋に来て、これから子供たちを学校に迎えに行く、そしてとりあえずブルックリンのお母さんの家に行くって話してた」

ともかく、今朝はお母さんが来てくれてよかった、それに、行くところがあるのは本当によかった。クラリベールの言葉を聞いて僕はいくらか気が収まるのを感じた。

とにかく会社に着いてからも僕は気持が落ち着かず、仕事が手につかなかった。何しろあんな荒々しい場面を見たのは初めてだ。確かに日本にだって家賃を滞納してアパートを追い出されることはある。しかしプロレスラーのような法定執行官がピストルを構えて事を進行するなど日本ではあり得ない。

僕が出かけてからのイルマと彼女のお母さんの話をいっときすると、クラリベールが

「イルマの部屋は明日にでも貸しアパートとしてマーケットに出るかもしれないわ。だから、すぐに管理人に言って彼らの部屋に移りましょう。わたし、これから管理人に電話するから」

「そんなことを言っても、またイルマたちが戻って来るかもしれないよ」

僕はまだこの突然の出来事の整理が頭の中に出来ていないのに、彼女の言葉について行けない気持ちで答えた。

「そんな事絶対ないよ。一度裁判所が出した判決を変えるのは難しいし、それにお金もかかる

から」

クラリベールはあっさりと言い、僕はこの時も日本人とのカルチャーの違いを思い知ったのだったが、後でイルマの怨念を知ることになる。

確かにイルマ家族が住んでいた部屋は僕らの部屋とは違い、キッチンは小ぶりなテーブルを置いて食事ができる、いわゆるイート・イン・キッチン、大きなリビングルーム、そしてこれも破格な大きさのベッドルームと、同じアパートなのにどの部屋もサイズが大きい。初めてイルマのところに呼ばれて行った時には、こんな部屋だったらいいなーと思ったことは確かだ。


結局僕たちはイルマの家族が住んでいた部屋に移ったのだけれど、何週間かしてイルマと彼女のお母さんがアパートを訪れた。僕たち家族も含めて、幾人かの親しい友達がアパートにいたので会いに来たということだったが、僕たちが彼女たちの部屋に移ったことを知ると、かんかんに怒っていた。僕は身の置きどころがなく困ったが、クラリベールは涼しい顔。

「もしわたしたちが入らなかったとしても、どうせ他の家族が入るんだからリョウ、気にしないで」

言われてみればたしかにそうだ。いずれ部屋は誰かが入る。いろいろあったけれど、イルマ家族とは親しくして来たのだ。そして家賃を滞納していて追い出され、その部屋が空いたからといって、待ってました、とばかりに彼らの部屋だったところに移るのはちょっと出来ないよね。というのはナイーヴすぎるのかもしれないと僕は自分に言い聞かせた。

クラウディアのボーイフレンド

ジャクソンハイツに移って五年した頃から、クラリベールはアパートの中、また近所で知り合いが出来、ベビーシッターを頼まれるようになった。そして六歳の息子がいるクラウディアもその一人だった。

クラウディアにはおばさんがいて、僕たちのアパートメントのすぐ近くに住んでいた。クラウディアは子供の時からこのおばさんに育てられたらしく、二人はしょっちゅう行き来していた。おばさんは彼女にとって母親同然だったようだ。

クラウディアが働くバーはジャクソンハイツに隣接したコロナ地区のスパニッシュハーレムにあり、バーのオーナーはスペイン人のおじいさん。この人も日本人、中国人の区別がつかず、それだけでなく、日本人も中国人も皆スペイン語を話すと思っている。

いったいどうして彼がそう思っているのか、僕は不思議だった。もちろん日本人の中にも、中国人の中にもスペイン語を話す人はいるだろう。けれどもこのスペイン人のおじいさんは僕らが皆スペイン語を話すと思っているのだ。

「どうしてスペイン語が話せないのだ。テレビでは皆うまく話すのに」ある時彼は真剣な顔をして僕に英語で言うと、今度はクラリベールにスペイン語で同じことを言っている。

「彼はスペイン語に吹き替えてあるカンフーの映画を見て、映画の中の中国人が本当にスペイン語をしゃべっていると思っているのよ」

クラリベールの説明を聞いた僕は思わず吹き出すところだった。

またこの店の名前は「ラ・タベルナ」といって、スペイン語ではバーとか居酒屋とかいう意味だけれど、日本人には「食べるな」と聞こえ、僕は笑いをこらえるのに大変だったところへ持ってきて、こんなトンチンカンなことを言われて、ますます笑いをこらえるのに苦労をした。

クラリベールがクラウディアの子供のベビーシッターをするのは、クラウディアがバーで働く時だが、時々彼女のおばさんが子供を預かることがあり、そんな時は僕たちもクラウディアやイルマ、ジェニーも一緒に、クラウディアの働くバーに行くことがあった。

何回目かに「ラ・タベルナ」に行った時、僕たちはクラウディアのボーイフレンドを紹介された。彼はドミニカン（カリブ海にあるドミニカ島の人）で、名前はトニー。ドミニカでは少しは有名なボクサーだったらしく、目が鋭く、がっちりした体格で、いかにも喧嘩に強そうに見えた。僕が絵を描くと知って彼の肖像画を描いてくれと言われたけれど、忙しかったのでいつも聞き流していた。

トニーを紹介されてしばらく後の週末、クラウディアとトニーに誘われてクラウディアが働くバーではないが、ジャクソンハイツに隣接したスパニッシュハーレムと呼ばれているコロナ地区のバーに行った時のことだ。

テーブルについて飲み始めてしばらくすると、歯切れのいいサルサの曲が流れてきた。すると小さいながらも踊るスペースを作ってあるバーなので、待ってましたとばかりにあちこちのテーブルやカウンターから席を立って皆が踊り始めた。ダンスは苦手な僕はテーブルに座ったまま人々が踊る様子を見ていた。皆上手く音楽に乗って綺麗に腰が動いているなーと感心して見とれていると、トニーが何か大きな物を落としたらしく、重たい音がバーの中に響き渡った。

それは黒いタイルばりのフロアーに、天井からの光に照らされて黒光りしているショットガンだった。

踊っていた連中は皆みて見ぬふりをして何もなかったように踊り続けた。そんな暗黙の了解の雰囲気の中で、トニーはゆっくりとガンを拾い上げると、ニヤーとしながらまたゆっくりとガンを腰に戻した。

クラウディアのおばさんの予言

その数日後、クラウディアはトニーと喧嘩をして、その後でやけ飲みをして酔った勢いで拳骨を鏡にぶつけ、手を大きく切るという怪我をした。すぐに救急車で近くの病院に運ばれたが、神経が切れているというので、マンハッタンの病院に移された。

僕たちがその話をイルマから聞いた日から二日した週末の土曜日、クラウディアの見舞いに行きたいとトニーが言っているんだけど、とイルマが朝っぱらからドアを叩いてきた。

このアパートで車を持っているのはほんのわずかな人たちなので、人々は僕の車を当てにしている。クラリベールが、いいよ、いいよと安請け合いをしてくるので、何だかんだと僕はタクシードライバーにされてしまう。

「パブリックの交通機関のないところに行くわけじゃない、地下鉄で行けばいいだろう、病院は僕が働いている会社からすぐのところ、僕は毎日地下鉄で通勤しているんだ、第一トニーは病人というわけじゃない！」と言ってもクラリベールは「車で連れて行くって言っちゃったから」と譲らない。そして結局、僕たち夫婦とトニーを乗せて、僕の車でマンハッタンの病院に行くことになってしまった。

病院はダウンタウンの、すぐ近くに綺麗な公園のある静かなところだった。季節は五月の末、ニューヨークはこの頃になるとやっと緑が出そろうが、まだ新芽の若い緑で、さわやかな明るい緑が目にまぶしいほどだった。

車を降りて僕とクラリベールの前を歩いているトニーを見ると、首には大きなゴールドチェーンをさげ、まさに肩で風を切って大股で歩いて行く様は滑稽で、いかにもやくざのオッサンという感じで、何処の国でも同じだなーと僕は苦笑してしまった。

病院に着き待合室に行くと、クラウディアのおばさんがクラウディアの息子のリッキーと、隅の方の窓際の椅子に心配そうな顔つきで座っていた。

クラリベールはすぐにおばさんのところへ行き、二人はさっそくスペイン語で話し始めた。おばさんは僕たちが来たこと、そしてクラウディアに会いに来たことを看護婦に告げると、しばらくしてクラウディアが大きな包帯で巻かれた手を、首から下げたサポーターでつるし、病院のガウンを着て現れた。

「これでわたしはスーパーウーマンでないことが分かったわ」

皆のところまで来ると彼女は冗談を飛ばし、見舞いに来た僕らをくつろがせた。そして最初におばさんと長いハグをした。そして息子のリッキーを抱きしめると、

「心配しないで。マミーはすぐに良くなるから」

それでも手が元に戻るのか、不安は隠しきれない表情で、トニーと少し離れた椅子に座ると、深刻な表情で話していた。その間クラリベールとおばさんはスペイン語で話し合っていたが、後でクラリベールから聞いたところによると、

「わたしはトニーが嫌いだ。クラウディアがあの男とつき合っているとろくなことがない」と言っていたという。

その言葉はまるで後々の不幸を暗示しているようだった。

銃が三丁ナイフが二丁、長男ジュニアの一六歳の誕生日パーティー

一九八八年夏、長男のジュニアが一六歳になったので誕生日パーティーを開くことにした。そういえば一六歳の誕生日はそれ以外の年の誕生日とは違っているらしい、ということを僕は仕事場の同僚の女性たちから聞いたことがあった。

アメリカには女の子の一六歳の誕生日を特別にスイートシックスティーンといって、盛大に祝う習慣がある。一六という年齢の前につくスイートという意味は、純真とか、純潔を表すという。すなわちこの日のパーティーはGirlからWomanになる祝いのパーティーという意味があるのだ。でもうちの場合は男の子なのに、彼の一六歳の誕生日を今までの誕生日パーティーより盛大に祝うのはどういう意味があるのかとクラリベールに聞いてみた。

キリスト教にはもともと子供が一三歳か一四歳になった時に信仰の確認の式をする習慣があるという。けれども今日ではクリスチャンの場合それほど厳密に行っている人は少ないらしい。この信仰確認の儀式はユダヤ教にもあり、「バーミツバ」と行って一三歳にお祝いをする。そしてアメリカに住むユダヤ人の多くは「バーミツバ」の儀式を厳密にやっている。

プエルトリカンはカソリックで、信仰心の厚い人が多い。一六歳にそれをやろうと決めたのはクラリベールの個人的な考えのようだが、彼女は熱心なカソリック教徒だから彼女の息子の一六歳の誕生日を盛大に祝おうというわけなのだ。


息子の友達たちも張り切ってその少し前から手伝うと言っていたが、どんな計画があるのかを僕も知らないでいたら、当日は朝からDJシステムを持ち込んできた。これは大きいパーティーになるなと思い、パーティーの前にひとこと言っておこうと皆を呼び集めた。

「アルコール、ドラッグ、ケンカは絶対禁止だよ」

「オーケー」案外素直に皆は言ってまた持ち場に戻って準備に余念がない。雰囲気を盛り上げるために、ミラーボールや照明も取り付けなければならない。手伝いにきている三人の友達と息子のジュニアは大張り切りだ。パーティーは夕暮れと共に始まるので、玄関口スペースに置いたテーブルに食べ物、飲み物を置き、居間のソファーや椅子、その他の運べる家具は全部同じフロアーの二軒の家が置かせてくれることになった。皆が踊れるよう、少しでも広いスペースが欲しいからだ。

こんな時はどうぞ、どうぞとアパートの住民は協力してくれる。そして当日の昼頃に彼らはやってきて、僕は指図するだけで二軒の家の男たちが手分けして全て運び出してくれた。

僕が「喧嘩は禁止」と強く言ったので、息子の友達のひとりリッチーが、

「ぼくがボディチェックを引き受けるよ」と名乗り出て来た。

「ボディチェック？」

ボディチェックというのはピストル、ナイフ、その他の凶器の所持を調べることだけれど、まさか一五・六歳の子供のパーティーで、と僕は半信半疑だった。

そうと決まるとリッチーは「これ使ってもいい？」と言ってキッチンからTVテーブル（この頃流行っていた折りたたみ式の一人用のお盆ほどの大きさの簡易テーブルで、テレビを見ながら食事をする時に使う）を持って来た。箱が必要と言うので僕は靴箱を渡した。

けれどもリッチーがボディチェックと言ったのには訳がある。リッチーは一年前、彼の住むアパートメントビルの前で、一〇代のギャングに顔面を撃たれたという経験があるのだ。幸い弾が二二口径と小さかったのと、急所が外れて助かったけれど、それでもしばらく頬に穴が空き、目の周りが紫色に腫れていた。アメリカは子供の喧嘩、夫婦喧嘩でもピストルやナイフが飛び出すので、用心しなければならない。

七時を少し回った頃から子供たちが集まってきた。夏時間だから外はまだ明るいが、会場は数日前に僕が会社から貰って来た布地で（僕はテキスタイルデザイナーだから布地はいつでも好きなのが手に入る）窓を覆ってあるので外の光は入らない。赤や青の照明の中で回るミラー

ボールが会場の居間に入って来た子供たちの興奮を誘っている。

パーティーは外が暗くなる九時近くになるとピークになり、この頃には中に入りきれずに、ドアの外で待っている子供たちが沢山いた。

ラップの曲は暑い夏の夜を掻き立てるようにアパートメントの外にまで響き渡って行く。会場を見ると、三分の一くらいはまったく知らない若者たちで、「外を歩いていたら好きな曲が聞こえたから来た」と言うので、もちろんWelcomeと言って中へ入れる。

僕は長男ジュニアがどうしているかと気になり、誰が何処にいるのか分からないほどに若者でぎっしり詰まったリビングルームを掻き分けながら中へ入って行った。この頃には僕の家もエアコンディショナーを入れていたが、若者たちの熱気でまったくエアコンが効いていないように暑い。互いの体がくっつくほどの人数で、おまけに誰も彼も酔いしれるように踊っているのだから、簡単に進めない。やっと部屋の真ん中あたりまで来ると、楽しそうに踊っている息子を見つけた。またそのすぐ近くには一歳年下の次男も彼の友達と踊っている。二人とも僕が来たのは全く気がついていない風で、彼らがエンジョイしているのを見て、僕はこのパーティーをやって本当に良かったと思った。

しかしこんな暑さの中にはとても居られない。そこで今度は相変わらず一生懸命ボディチェックをしているリッチーのところへやって来た。どの子供たちも素直にリッチーのボディチェックに従っている。

「別に誰も危ない物は持っていなかっただろう？」

僕は半信半疑で聞いてみた。

するとリッチーはにやりと笑っておもむろにテーブルの上の箱を開けた。僕は箱の中を見て仰天した。ピストルが三丁、ナイフが二つ。

何だ、これは！　まるでやくざの出入りがあるみたいじゃないか。僕が驚いているのを見て箱に蓋をしながらリッチーが言った。

「Don't Warry Mr Wada ぼくがちゃんとやっているから大丈夫ですよ」

大人の僕よりしっかりしている。リッチーを襲ったティーンエイジャーのギャングといい、僕はこの時、僕が住んでいるのは未だに西部劇の時代の銃が捨てられないアメリカなんだという事を実感した。それでも帰る時、ピストルやナイフの持ち主の少年たちは、ゆっくりとピストルを腰のベルトに、ナイフをポケットに差し込みながら、「ありがとう。とっても楽しかった」と言って闇の中へ去って行った姿が、少しの間僕の目の奥に焼き付いていた。

近所から苦情が来る前に、一〇時半頃パーティーを終わらせた。その日は僕とクラリベールの願いどおり、アルコール、喧嘩、ドラッグなしで無事終わり、僕たち夫婦、息子たち、そして多くの若者たちにとって楽しい夏の夜の思い出になったことを感謝した。

独立記念日に僕らのアパートが火事になる

一九八九年夏、七月四日は独立記念日。早くも数日前からあちこちで花火を上げる音が聞こえ、人々はその日を待ちきれないといった感じだ。とにかくこの日は全米各地で花火が打ち上げられる。

ニューヨーク市は毎年アメリカの大手デパートメントストアー、メイシーズ提供の花火大会がイースト河で行われる。この花火を見に行く人もいるし、イースト河に近いところだと、ビルディングの屋上でパーティーもかねて花火見物をする人々もいる。また地域、地域で近くの公園など、時にはストリートで、近所の人たちが集まって花火の打ち上げに興ずる。

僕たちが住んでいるジャクソンハイツはマンハッタンからは遠いので、毎年近所の公園の花火大会を楽しんでいる。だんだん日が暮れるに従って花火の音も多くなってきた。窓からはそこら中から上がる煙や火薬の匂いが入り込んで来る。打ち上げられた花火がヒューという音をたてるとそれと同時に人々の歓声がわき起こる。

長男のジュニアと次男のダニエルは外が暗くなる前に友達と出て行ったが、七歳になる三男のケンが外で花火が見たいとせがむので、僕とクラリベールは外出の支度をした。

外へ出てみるとストリートは煙だらけで、普段のようには車も通っていない。走っている車はのろのろ運転で、実際この煙の中を運転するのは大変だ。時々煙の中から知り合いの顔が見えて、「ハーイ、リョウ元気?」という挨拶が聞こえたりする。

今年は例年より盛大で、かなり大きな花火を上げている。だから集まっている人々も多く、歩道にはホットドックや飲み物の屋台も出ている。夕涼みがてら、花火を見るのは夏の風物詩だ。僕は日本の花火大会を思い出し、すっかりいい気分になっていたその時、「火事だ！　火事だ！」と叫んでいる声が聞こえ、何人もの人々が僕たちのアパートメントの方へ走って行くのが見えた。どうやら僕たちのビルのようだ。そこで僕も人々の後について行った。そして僕は最初自分の目を疑った。火が四階の僕の家のキッチンの窓から出ている。炎はまるで悪魔が舌を出し入れしているようだ。

「Oh My God!」

僕はすぐさまビルの中へ入ると階段を駆け上がった。続いて何人もの人々も僕に続いた。僕より早くドアにたどり着いた下の階のマイクがドアに手を当てると、

「まだ熱くない」と言ってドアを開けた。

中は煙だらけでキッチンからは炎が吹き出している。しかし不思議に僕は余り怖さを感じなかった。と言うのは、僕のそれまでの人生で、ボヤ火事の経験が二度あり、これは三度目だったからだ。

一度目は京都の実家、二度目はやはり日本にいた時で職場。いずれも大火事になる前に消し止め、それがあったので、パニックにはならなかった。

一緒に階段を登ってきた近所の人たち、そして同じフロアーの人たちがすぐさまバケツリレーを始め、五、六杯水をかけたところで火は小さくなり、さらにリレーを続けたところで火を消すことが出来た。

火は一応消したけれど、キッチンはもちろん他の部屋も煙が充満していてほとんど何も見えない。そうだ！　猫はどうなっただろう。何処にいるのだろう。僕はすぐに猫のミッチーを探しにかかった。ミッチーは白黒の縞模様の虎猫で、飼って二年、おとなしく、人懐っこいメス

猫だった。

煙が目にしみるので薄目で部屋を見てまわった。そして僕は奥のベッドルームの窓に頭を向けて動かないミッチーを見つけた。多分窓から逃げようとしたのだろう。窓枠の下に鼻をつけるようにして死んでいた。

その頃には家に戻ってきていて一緒にミッチーを探していた三人の息子たちとクラリベールが、変わり果てたミッチーを見て泣き出し、僕も熱い涙がこみ上げてくるのを感じた。

消防車がやっと着き、念のためといって少し放水したので、キッチンとリビングルームの半分くらいは水浸しになり、また焦げ臭さが充満してとても住める状態ではなくなった。そこで消防士は僕たちに赤十字のシェルターに行くように薦めた。

この時クラリベールがつぶやいた。

「これでイルマも気がすんだと思う」

「あー。イルマはアパートの事で僕たちを恨んでいたからな」

そう思うと、何故か僕もクラリベールも気が楽になった感じがして不思議だった。

僕たちが赤十字のシェルターのことを話し合っていると、一階下に住むローザが、

「部屋が元通りに住めるように片付くまで、わたしたちの処にいなさい」と言ってくれたので、僕とクラリベール、そして三男のケンはローザの言葉に甘えて階下に住むことになった。そして一七歳と一六歳の長男と次男は彼らの友達の家に厄介になることになった。

ローザは息子が二人と娘と夫のボブとの五人家族で、七歳になる末っ子の娘のニーナは身体障害者だけれど、ローザはいつも明るく、クラリベールとも姉妹の様につき合っていた。ニーナが身体障害者になったのは、どうやら出産の時、医師が赤ちゃんを強くねじって脊髄を折ってしまった疑いがあり、弁護士が調べているところだった。

そんなローザとニーナを、クラリベールは車で医師、弁護士、身体障害者の学校と無料で長年送り迎えをしていたので、ローザのところに厄介になることについても気が楽だった。

とはいっても僕らは一週間後には自分たちの部屋に戻ることにした。クラリベールは毎日、昼間は掃除に明け暮れ、僕も仕事から帰ると手伝った。リビングルームにあったテレビは、部屋は焼けていないのに熱のため半分溶けていたり、ミシンも古いのと新品と二台あったのが、何故かこういう時は新品が溶けている。

しかし唯一助かったのは、机の上に置いてあった仕事中のデザインだった。煤だらけになっていたけれど、丁寧に煤を落とすと僕は一応クライアントにデザイン画を見せた。すると、たまたまこの仕事は博物館からの依頼で、アンティックプリントの復元だったので、アンティックの古い感じが出ていて良いということだった。まったくラッキーだった。もし駄目なら、もういちど描き直しをしなければならないところだった。

一週間後に戻って来た時はまだ完璧に元通りになったわけではなかったけれど、どんなに汚くても、焦げ臭い臭いが残っていても、やっぱり自分たちの家が一番落ち着けた。

火事の原因は、誰かが少し開いていた窓をめがけて花火を打ち込んだと、消防士は言っていた。そしてこれは後でわかった事なのだが、息子たちの友達のアレックスが、「ぼくは馬鹿だ！何てことをしたんだ！」と火事になった時に、泣きながら言っていたと、僕は近所の人たちに聞いた。だから多分花火を打ち込んだのはアレックスだろう。

この少年は小さい時からまるで我が家の子供のように、何時も僕らの家に遊びに来ていた。両親は亡くなったのかどうしたのか知らないが、彼のおばあさんが面倒を見ていた。だから家の息子たちが悪さをして叱っている時でも、彼は関係ないのに息子たちと一緒に直立して頭を垂れて僕の小言を聞いていた。

多分親子の関係というものが欲しかったのと、親の愛情が欲しかったのだろうと思うことが多かった。だからもう犯人探しは止め、また問いつめることもしなかった。本人が一番辛いだろうと思ったからだ。

姉妹のような友達との別れ

僕らの部屋の火事から一年後、ローザは訴訟に勝てるという見込みがついたらしく、「身体障害者用のバン（車）を買うので一緒に来て欲しいの」とか、他にも買い物をしたいので来てくれない？　という依頼が多くなった。

ところがそうこうしている内に、何故か僕たちを避けるようになった。訴訟に勝てるという見込みがつく前は、ほとんど毎週末、ローザと僕ら夫婦で近所のビリヤードに行ったり、時々僕の車でカジノに走らせ、朝帰りなどをしていたのだ。僕らの子供達は、三男は八歳だったが長男が一八歳、次男は一七歳になっていたので子供に留守番は任せておけたが、ローザには身体障害者の娘がいる。しかし彼女の夫は優しい男で、ローザが僕らと遊びに出かける時は娘のベビーシッターをいつも引き受けてくれていた。ところがローザは、この頃から、一緒に遊びに出かけていた時のような優しさはなくなり、何事につけても上目線で豹変していた。

しかしクラリベールは今までずっと姉妹の様につきあって来たので、ローザの変化に気がつかない。

「彼女は何か、冷たくなったような気がするよ」

僕がそう言っても「そんなことないよ。リョウ、気のせいよ」と言って取り合わない。

ある日アパートの階段で、クラリベールが封筒に入った小切手を拾った。宛名はローザの娘のニーナ。彼女は身体障害者なので、国から特別な手当が出る。一種の生活保護のようなものらしいが、クラリベールが見つけた封筒は毎月送られて来る小切手だった。僕は嫌な予感がしたので、クラリベールに言った。

「下のメールボックスに入れておいた方がいいよ」

ところが彼女はローザのところへ持って行くと言う。

「だってこれ、ニーナの小切手よ。わたし、彼女に渡すわ」

僕も少し前だったらそうしたと思う。しかし今はしない。下のメールボックスに入れておく。僕の言うことは聞かずにクラリベールは三階へ降りて行った。そしてローザの部屋のドアをノックした。

「ニーナの小切手が階段のところに落ちていたから持ってきたよ」

「あら、この小切手あなたが持っていたのね。探してたのよ」ドアを開けてクラリベールを見たローザの顔はもうまったく以前の友達ではなかった。

彼女は軽蔑したような顔をして、「ありがとう」も言わずに封筒を素早くクラリベールの手からもぎ取るように手にすると、バタンとドアを閉めた。郵便配達人が荷物を持って来た時だって「ありがとう」と言うだろうに。

階段のところに立っていた僕は、クラリベールの、彼女にしてみれば思いがけない友の行為に、当惑の表情を浮かべているのを見た。そして僕の方を振り返った彼女の目に涙が滲んでいた。

「わたしが小切手を盗んでいたと思っているのね。これではまるで泥棒あつかいね」

僕の思っていたことが汚い形で出て来たのだと思った。そしてこの時、クラリベールとローザの姉妹の様な関係は終わったのだった。

この後、皮肉にも一ヶ月後、僕らがもう一度ローザと顔を合わせることになったのは、彼女の夫、ボブの告別式だった。

ボブはニューヨークマラソンに毎年のように参加し、常に上位を取っていたランナーだったが喘息持ちで、何時も心臓に良くない口からスプレーをする薬を使っていた。その薬の使い過ぎで、朝仕事に出かけようとした時、アパートメントのビルを出たところで心臓発作で倒れたのだった。

その場で病院に運ばれたが意識不明になり、とうとう目覚めることなく二週間後に亡くなった。そして皮肉なことに、その間に娘の訴訟金が送られてきたのだった。

ローザは意識のない夫に、「わたしたちはニーナの訴訟金が貰えたのよ。わたしたちはお金持ちよ」何度も、何度も、泣きながら話しかけていたという。

後で彼のオーバーコートのポケットから、外れた宝くじのチケットが一杯出て来て、娘の訴訟で勝って、何億というお金が入った事を知らずに、三七年の人生を終えたのだった。

ローザはボブを亡くした後、フロリダに家を買い、ニーナと二人の男の子を連れて、新しい家に引っ越して行った。

季節は三月に入っていたがまだ肌寒く、もう少しで春が来る日の出来事だった。

誘拐事件

その年の初夏の週末だった。

「ダディ、ダディ、大変だ!」次男のダニエルと彼の友達が息も切れんばかりにハアハアいいながら慌ただしく駆け込んできた。

「リーとエディがよその子を誘拐してお金と引き換えする時に捕まったらしいよ」

「リーとエディが!?」

「テレビのニュースでやってるよ」

僕は直ぐにテレビをつけ、そのニュースをやっているチャンネルを探した。クイーンズ、フラッシング地区の画像が出て来ると、子供たちは「これだ！　これだ！」とテレビを指差した。

その画像は女性のアナウンサーが事件の現場に立って事件のあらましを語っているところだった。「犯人たちは此処でお金を受け取る時に捕まりました」女性アナウンサーは背後の街角を振り返って言った。そこで犯人の名前は出していたけれども、未成年なので顔写真は出さなかった。しかし大事件の扱いだった。結局事件に関わったのは、主犯がリー、イルマの息子のエディとあと二人は共犯者ということになった。

主犯リーは、息子たちの友達で、我が家にもよく遊びに来ていた。彼の両親は台湾人で、気さくな働き者で僕も彼らとはよく話していた。

それにしてもあのおとなしい子が、僕らも彼が我が家に遊びに来た時、おだやかな性格だし、礼儀も正しいし、いい子だなと思っていたのだ。しかも彼はこの辺りで一番の金持の子だ。両親は近所で繁栄しているレストランのオーリーで、リーの欲しいものは一見何でも与えられているようだった。また彼は黄色いジープを乗り回していて、他の子供たちから羨ましがられていたのだ。どうしてそんな子があんな大胆なことをしたのか、僕は疑問だった。

また共犯者になった三人の内のエディについては、僕らは彼が四歳の時から知っていて、イルマの三人の子供たちの中で末っ子の彼はお母さん子でスイートな子。きっとただ単にリーに付いて行き、その結末は犯罪の共犯者になってしまったのだ、と僕は推測した。

誘拐事件の内容は、リーの両親の友人で、大きなレストランを経営している夫婦の息子を誘拐し、電話で1億ドルの身代金を要求。しかし誘拐犯人たちは今までに犯罪の経歴もなく、考えることが子供で、身代金と誘拐された子供を引き換える時に扮装していた刑事にあっさりと捕まった、とアナウンサーは報道していた。

しかし誘拐は重刑で、彼らは長らく刑務所に入ることになった。

この時からさらに数年した時、アパートの前で偶然イルマに会った。以前に仲良くしていた友達を訪ねてきたという。彼女一家がアパートを出て行ったのは八七年だから五年ぶりという再会だった。

この時には僕たちがイルマの居た部屋に移ったということの恨みも消えていたし、アパートの火事のことなども話し、僕たちは昔のこととしてお互いに笑い合った。

そして話はイルマの息子のエディのことになった。

「あなたたちも知っているでしょう？　エディがリーにそそのかされて誘拐事件を起こしたこと」僕たちはうなずいた。

「ところでね、エディは刑務所で知り合った女囚人と結婚したのよ」

「刑務所で結婚出来るの？」

そんな話があるの？　日本でも出来るのかなあと僕は驚いてしまった。

「出来るのよ」

「それはよかった」

僕は本当に良かったと思った。エディは僕らの長男より二歳上だし、イルマの他の二人の息子たちはそれより上なのでとっくに独立していて、今は僕たちが八〇年の始めにイルマ姉弟を連れて行ったブルックリンで、お母さんと二人で暮らしているということだった。そして相変わらず明るい快活さは失っていなかった。僕は懐かしさが込み上げてきて饒舌になった。

そして僕は、エディが、いつ頃刑が終わって出てくるのかと聞こうと思ったけれど、彼女がその事を言わないのはまだ先のことなのだと察し、僕たち家族がジャクソンハイツに引っ越してきた頃の事、彼女やカリートのこと。そしてコロナ地区、スパニッシュハーレムのバーにしげしげと通っていた頃のことなどを話した。

麻薬、麻薬、麻薬

イルマと五年ぶりに会った次の年、九月も末だというのにこの年は結構暑く、そんなある朝、僕がいつものように出勤しようとドアを開けた時、下の階で、金槌で鉄を叩いた時のような強烈な音がした。いったい何事だ。その音を聞いた一瞬は何だか分からなかったけれど、すぐに、もしかしたらピストルの音かもしれないと思い、一度部屋に帰り、少し時間を置いてからゆっくりと階下に降りて行った。

一階まで行っても出勤の時間だというのに誰もいない。普段なら誰かしらが階段を降りて来るのに、皆怖くて姿を表さないのか、と思ってふと見ると、一階のクラウディアの部屋のドアに二センチくらいのへこみがある。貫通はしていないようなので僕はそのまま仕事に行った。

会社に着くとすぐに家に電話を入れた。クラリベールはまるで僕からの電話を待っていたかのように一回の呼び鈴で電話を取ると、僕の耳にも興奮が伝わってくるような早いテンポで話し始めた。

「朝は人の出入りが多いからそいつらはうまいことアパートの中に入り込んだの。そしてクラウディアの部屋のベルを鳴らした。そうしたらトニーがドアの覗き穴から誰が来たのかと確かめようとした時に撃ったの。相手はトニーを狙ったんでしょう。でも幸い古いアパートだからドアには両面鉄板が張ってあって、貫通しなかったの」

　クラリベールの声はまだどことなく上ずっていた。

「悪運強いね」

　僕はそう言って電話を切った。


　こんな事があったので、クラリベールは危険を感じたのか、クラウディアとはほとんど会わなくなった。そしてこの時からトニーはギャングとＦＢＩに追われる身になり、彼を見かけることはなかった。

　それから三ヶ月ほど過ぎたある日の夕方、

「助けて！　助けて！」とアパートの外でクラウディアが叫んでいるというので、アパートの誰かがポリスを呼び、近所の人々が数人外へ飛び出して来た。アパートの廊下にただならぬ人々の声が聞こえるので、クラリベールはすぐに廊下に出て行って何事が起こったのかとその中の一人に聞いた。するとその中の一人がクラウディアに何かが起こったらしいという。クラリベールはすぐに階下に降りて行くと、玄関ホールに数人の人々に囲まれているクラウディアが目に入った。クラリベールは人垣を掻き分けるとクラウディアを抱きしめた。彼女にはクラウディアに何が起こったのかはその時は分からなかったが、クラウディアはものすごく取り乱していた。ほとんど錯乱状態だった。しかも彼女の頬は紫色にふくれあがっている。

「クラウディア、わたしはここにいるよ、クラウディア、クラリベールはここにいるよ」

クラリベールはクラウディアを抱きしめながら何度も言った。そうしている内にやっと数人のポリスが来た。ポリスは腰を落とし、クラウディアに何事があったのか話して欲しいと言った。ポリスを見ると彼女はまるでしがみつくように話し出した。

「三人の男が窓をこじ開けて入ってきた。そしてトニーは何処だ、と聞くので、わたしが知らないというとあいつらはわたしのことを思いっきり叩いたの」

クラウディアはほとんど半泣きだった。

「そして、そして、ピストルで脅かされて」

その時の事を思い出して（つい三〇分も経っていないのだ）彼女は再び半狂乱になった。

「三人の男たちから」

「レイプされた」

クラリベールは最後の言葉を聞くとクラウディアを固く抱きしめた。

三人の男たちはしばらくトニーが帰ってくるのを待っていたようだが、帰ってくる様子もないからクラウディアをレイプしたのだ。

殺されなくてよかった。僕は心の中で一人思った。ポリスが調書を取るというので僕とクラリベールはクラウディアと一緒にクラウディアの部屋に行った。

前にも数度来たことはあったが、部屋はかなり荒れていた。クラウディアはぬいぐるみの動物が好きで、ベッドの上は勿論、キャビネットの上、ソファの背もたれの上、いろいろな場所に可愛らしく熊やその他の動物のぬいぐるみが整頓されておかれてあり、一目で綺麗好きの人の部屋という印象だったのだ。

しかしその時の部屋は、ぬいぐるみはあったが、キャビネットの上はぬいぐるみ以外のものが雑然と置かれていて埃を被っていたし、部屋全体が長いこと片付けをしていないというのが明らか、という状態だった。まさかギャングが荒らしたとは思えないし、即席に荒らした、という感じではなかった。

ポリスが帰ったのと入れ違いにクラウディアのおばさんがやって来た。部屋に入るなりおばさんは強くクラウディアを抱きしめると、泣き叫ぶように言った。

「トニーが、トニーが、あたしはずっと前からあいつが嫌いだった。あいつのおかげでお前がこんなことになって」

「何度も、何度も、あたしは言ったんだよ。あいつと付き合っていたら、いつかこんなことが起きるって」

今度はクラリベールに向かっておばさんは吐き出すように言うと、放心したようにソファに座っているクラウディアを再び抱きしめた。

クラウディアはもちろんだが、僕はクラウディアのおばさんが気の毒でならなかった。おばさんは本当にクラウディアを愛していた。クラウディアだけでなくリッキーのことも親身になって面倒をみていたのを僕は見てきたからだ。おばさんの悲嘆はどれほど深いだろうと思うと、僕は涙をこらえるのがやっとだった。

以前、クラウディアが手の怪我をした時に病院で言っていたことは、やはり今日のことを暗示していたのだと僕は思った。

それから三ヶ月後トニーとギャングがＦＢＩに捕まったということをクラウディアから聞いた。それで彼女の身辺は静かになったが、クラウディア自身が深刻な状態に陥っていた。

それは何かというと、またしても麻薬だった。僕もクラリベールもクラウディアが麻薬をやっていたとは知らなかったので、二人とも打ちのめされたような気持になった。

クラウディアがいつ頃から麻薬をやっていたのか、トニーとつき合い出したのはこの時から一二、三年ほど前だったが、いつから彼が麻薬のディーラーのボスになったのか、僕らは正確には知らなかった。クラウディアはバーテンダーという仕事でずっと生計をたて、息子のリッキーと一緒に暮らしていたし、そんな環境で麻薬をやっていたとは思えない。息子のリッキーが高校生になり、おばさんと暮らすようになった頃から今度はトニーがクラウディアのアパートに頻繁に出入りするようになり、ほとんど一緒に暮らしている状態だった。多分、その頃から麻薬を始めたのだろう。最初は遊び程度だったのが、次第に常習になっていったのだろう。トニーがいなくなって薬を手に入れる事が出来なくなり、クラウディアはその後遺症に苦しむようになった。状態は次第に悪くなり、時折アパートの隅で薬が切れて震えている彼女を見た。ギャングがクラウディアを襲った時に部屋が荒れているのに驚いたが、すでにあの時以前から麻薬の影響があったのだろうと、僕とクラリベールは話し合った。

しかし何故なんだと僕はいつも同じ問いに戻って行く。どうして麻薬なんかに溺れてしまうんだ！　お前たちは麻薬がどんなものか十分に知っているはずなのに。

誰に対してでもない、何に対してでもない、重い怒りを僕はひとり心に秘めて、ただ沈黙するしかなかった。

その後クラリベールは時々クラウディアを訪れて何かと助けていたようだが、それからほぼ一年、しばらく会わない間にクラリベールには何も告げずに、クラウディアはいつの間にかアパートから消えていた。管理人に聞くと、一ヶ月前に引っ越したということだった。おばさんのところへ行ったのなら、おばさんはすぐ近所に住んでいるのだから見かけることがあっただろうが、それから一年後、僕たちがジャクソンハイツのアパートを去るまでクラウディアを見ることはなかった。もしかしたらドラッグ患者の施設に入れられたのか、僕たちには知ることは出来なかった。

第四章　異文化の中で奮闘する

僕らのアパートがキャンプ場になる

一九九〇年の初夏、「ギフトとスケートボード」の店をジャクソンハイツにオープンした。この店をオープンすることは僕たち家族の念願で、家族で話し合って決めたことだった。

スケートボードは息子たちの夢だったので、店の半分はスケートボードを置くことにした。ほとんどは仕入れだったが、一部店のオリジナルも作った。オリジナルのデザインはほとんど僕が手がけたが、いくつかは息子たちのアイディアも取り入れて、最終的には僕がアートワークをまとめた。

スケートボードに関しては、息子たちのスケート仲間だけでも二〇、三〇人はいて、またその子供たちが知り合いを連れてくるという口コミで、店は結構忙しく、スケートボードもコンスタントに売れるという情況だった。

僕は朝九時から五時までは勤めがあるし、仕事が終わって店に来るのはどうしても六時にはなってしまう。そこで昼間働いているクラリベールと交代して、二時間ほどは僕が店番。そしてもちろんウイークエンドは稼ぎ時なので、僕はずっと店にいることになった。

この時長男ジュニアは一八歳、次男のダニエルは一七歳。学校が休みの時や週末などは手伝うと言っていたのが、実際に店をオープンしたら、息子たちはいっこうに手伝わない。

オープンして一年近くなって来ると、息子たちの友達や、常連客で賑わうようになって来たが、万引きも多く、知っている子などでも隙があれば盗むし、アルバイトさせた従業員までもが盗って行く。

そして結局ギフトショップは一年半で閉めることになった。大もうけではなかったけれど、商品はともかくコンスタントに売れていた。しかしそれ以上に、万引き、盗み、人を使うことの困難さ、また僕自身は昼間仕事を持っているのに（この仕事でずっと家族を養ってきたのだ）、息子達家族の協力があてにならないとなると、僕の負担が多すぎて、それ以上店を続けることが困難になってきたのだ。またそれだけでなく、店の家賃のリースが切れ、更新の家賃が高すぎたこともあった。


店を始めて一年した頃のことだ。その夜も「今日は疲れたね」と言って八時頃店を閉めてクラリベールと八歳になる三男のケンと三人でアパートに帰ると、二人の息子と彼らの友達、男女あわせて六、七人がリビングルームでテレビを見たりソファに寝そべったりしている。リビングルームにあるクロゼットに荷物をしまっていると、背後で僕のことを言っているのが聞こえた。

「あのチャイニーズのおじさんは誰？」その内の一人の女の子が次男のダニエルに小声で言っている。

「ああ、おやじだよ」

まったく興味のない会話をしているという雰囲気で次男が答えている。

親たちがいないのを幸いとばかりに、我が家は入れ替わり立ち替わり子供たちが集まるたまり場になっていたのだ。

ところが毎度のことながらクラリベールは一向に驚いたり、腹を立てたりせずに、平然と大量の夕食を作っている。そして料理が出来上がると子供たちをダイニングルームに集め、

「さあみんな、食事にするでしょう?」と呼びかけ、

「食べて行きなさい、マイク」と半分押し付けるように料理を皿に盛っている。

いつもの事だ。今更文句を言ってもどうなるものでもない。僕の方がこういう生き方に慣れるしかないのだ、と、またしても僕は自分に言い聞かせた。

だからその夜は僕も特に何も思わなかったけれど、次の日の朝に起きてリビングルームを見ると、一人か二人は帰ったようだったが、残りの子供たちはリビングルームで雑魚寝をしている。

今回はちょっと人数が多いけれど、ああ、またいつもの事だと、僕もクラリベールもこの日は特別何も思わなかった。なぜなら、二、三人が泊まっているのはしょっちゅうだったからだ。

今までにも、ある時は近所の女の子が泣き顔でやって来て、三、四時間リビングルームのソファで寝て、また何も言わずに出て行ったことがあった。その子は二人の息子たちと同じ高校で、勉強も出来る子供なのでいったいどうしたのかと、その時はクラリベールに聞いてみた。

すると、彼女が言うには、その女の子の父親は子供に厳しく、時には叩くことがあるということで、僕はあえて何も聞かずにいたいだけ居させ、また帰る時も何も聞かずにいた。
六、七人が泊まっていった日から二、三日すると、四人が六人、六人が八人と増え、とうとうクラリベールが息子たちに聞いてみた。
「だんだん泊まる子が増えたけれど、あの子たちの親は心配していないの？」

するととんでもない、いろいろな答えが返って来た。

「アンドレはお母さんが怒って彼を家から追い出して、行くところがなかったから」

「ジョナサンは家で喧嘩をして出て来たし」

「マイクとレイも両親と喧嘩して出て来て、みんな行くところがないから少しの間うちに泊めてやって？」

「後の子はただ何となく泊まっているんだよ」

どこの親からも電話一本ないし、いったいどういうことなんだとは思ったけれど、ほとんどの親たちは自分の子供が僕たちのところに泊まっていることは知っているらしく、と言っても「すみません」とか、「ありがとう」という電話をかけてもこない。また二、三人の子供は親と喧嘩して本当に追い出されたとかで、いくら喧嘩をしたからといって、子供が何処へ行ったか心配ではないのだろうかと思い、日本人の僕の理解の限界を越えていた。

だからこういう時、僕はプエルトリカンになる。僕が日本人の考えを押し通そうとすると気が狂いそうになるから「僕はプエルトリカンになった」と自分に言い聞かせる。それでなければやっていけるものではない。こうやって僕は何度も怒りを飲み込んで来た。実際、怒りを飲み込むか爆発させるかのどちらかしかないのだ。爆発させるというのは離婚し、家庭を崩壊するということだ。爆発の瀬戸際で思い止まったことは数知れない。

しかしクラリベールは当たり前のように大量の食事を作り、子供達の面倒をみている。面倒をみられる者がみればいいじゃないと言わんばかりだ。ここはニューヨーク、その中の村共同体。

確か、まだ息子たちが小学校低学年だった頃、友達のところに遊びに行っていたので夕方迎えに行った。ドアを開けると六、七人ほどの子供達が飛び回っているし、また何人もの大人がいて、テーブルの上には何やら色々食べ物もある。とにかく子供達も大人も賑やかなのだ。誰がこの家の主人なのか誰が息子の友達の親なのか分からない。僕が息子たちを迎えに来たと言うと、一人の大人が「またおいで」と言いながら息子たちを連れてきたがその家の親ではないようで、一体どの人にお礼を言ったらいいのか分からなかったという経験を何度もしたことがある。息子たちは「美味しかった、お腹いっぱい」と上機嫌。誰も気にしていない、お礼なんか必要ないんだよ、と彼らは思っているようだった。

とにかく、僕らの住んでいるアパートもアパート中が村のようなのだ。いや、僕らの住んでいるアパートの中だけじゃない、ゆうに一ブロック先のアパートの住人も村のように知り合いなのだ。

そしてその中のひとりの親は、僕たちが子供を誘拐したと警察に訴え、ある日、僕がギフトショップに居る時に、ポリスが突然やってきた。もちろん事情を説明したから何事も起こらなかったけれど、いったいどういう連中なのかと、僕は腹を立てると同時にまたしてもカルチャーの問題なのかと理解に苦しんだ。

とにかく、この頃は息子たちも含め、ティーンエイジャーの反抗期で難しい年頃なので、結局僕もクラリベールも「まあ、いいや」と受け入れたのだった。ところがその後、

「ジョーも」

「イグナシオも」

「デリックも」

気が付くとリビングルームには常時一〇人以上の子供たちが寝泊まりしている状態になっていて、足の踏み場に困る状態だった。

そうこうしている内に夏休みも終わりに近づき、八月も半ば過ぎになった。蝉の鳴き声もピークになり、秋の気配が忍び寄ってきた。そんなある日、僕は子供たちを集めた。

「皆学校だけは行きなさい。そうすれば何日でも居てもいいよ」と言って、一人ずつ名前を呼び、学校へ行くことを約束させた。

その時はもちろん皆九月になったら学校へ行くと言っていた。そしていよいよ九月、風も急に涼しくなり、何かに向かって進めそうな気候になった。

アメリカの公立学校は九月の第一月曜日のレイバーデー（Labor Day）労働の達成を祝う、労働者の日）の次の日から始まる。人々はレイバーデーが近づくと、「夏も終わりだなあ」という気分になる。大人たちにとっては、レイバーデーは夏の休暇、あるいは楽しく遊んだ夏の日々は終わってまた仕事に精を出す、子供たちは学校に戻って勉強に精を出すという区切りの日なのだ。

ところがレイバーデーの次の日の火曜日の朝、誰一人として起きてこない。

「君たち学校に行くという約束だっただろう⁉」僕はリビングルームに行くと大声で怒鳴った。

「僕たちはまだ学校、始まっていないよ」とジョーとデイビット。

九月の第一月曜日というのは一日のこともあり、もっとも遅いのは七日だ。だから学校は始まるのが九月二日の年もあれば、一番遅い九月八日のこともある。

「高校はまだかも」とクラリベールが言うので、僕も「もう少し様子をみよう」と言った。

なぜこんなことになったのか、僕らの不甲斐なさを聞いてほとんどの人は不思議に思うだろう。僕とクラリベールはここに泊まっている誰かが真面目に学校に行けば、いつも授業をさぼっている我が家の息子たちも少しは変わるのではないかと、甘い考えを持っていたからだった。

ともかく夏休みも終わり、我が家の二人の息子たちは学校が始まって二日目からは行くようになったが、他の子供たちは一向に腰を上げない。二週間ほどチャンスを与えたけれども何も変わらない。

そんなある夜、クラリベールと僕は店を閉め、三男とアパートに帰ると何時ものように子供たちがリビングルームに居て、「お腹が減った、お腹が減った。何か食べさせて」とクラリベールに向かって言っている。その光景はまさに小鳥のヒナが、口を開けてピイピイと口を開けて鳴いている小鳥のヒナの様に見えた。

その夜ヒナたちに食べさせた後、いくらなんでも僕も限界にきていたのでクラリベールに言った。

「もうどうにかしないと。学校に行くという約束も守らないし、ただ寝て食べているだけ、僕らが彼らを養わなくてはならない義務はない！」

「僕は僕の家族のために毎日働いているんだ。彼らを養うために週七日も、休みもなく働いているわけじゃない！　第一彼らは家なしの孤児というわけじゃない。彼らには親がいるだろう？　君が甘いから彼らの親たちもほったらかしにしているんだ。僕らの家にいれば安心、一体これは何なんだ！　なめているんだよ、僕らを！」

僕たち夫婦の喧嘩の原因は僕らの個人的な性格の違いよりも、社会習慣によることとの方が多い。

「あんなに約束したのに――」僕の剣幕にクラリベールは肩を落として沈んだ顔をして言った。実際、僕が怒っているのは子供達ではなく彼らの親たちなのだ。そこのところがクラリベールにはわかっていない。

しかし僕はクラリベールが彼らを追い出すことは出来ないと知っていて、いつも嫌な後始末は結局僕の仕事だった。

翌日は土曜日だった。僕は朝早く起きるとリビングルームへ行った。

「Sorry パーティーは終わったよ」

「皆家に帰りなさい。僕たちは学校に行かない君たちを置いておくわけにはいかないから」

とにかくこれを片付けなければならなかったので、店に行くのは午後になると思いながらも、まず家の近いジョーとマイクを車に乗せて、最初にジョーを家の近くで降ろした。

「本当に学校へ行くんだよ」と念をおすと、「オーケー」とは答えたものの、背ばかり高いけれど、いつもやる事が幼い彼は、今ひとつその答えに自信がないようにも聞こえた。

そして次はマイクだったが、彼は「いろいろありがとう」と言ってくれた。マイクは子供の頃、タイから両親に連れられて来た子で、アメリカ生まれではないので、同じアジア人の僕に親しみを感じるのか、よく日本のことを聞いていた。しかし息子たちの話では、マイクはキックボクシングをやっていて、彼がキレると手がつけられないらしい。

家に帰るとアンドレだけが寂しそうに一人ソファに座っていた。あとの子供たちは家が近く、何となく泊まっていたので、問題なく帰ったようだった。

アンドレはお母さんのボーイフレンドが彼女に暴力をふるっていたので、ナイフを持って彼にかかって行ったのを止められ、その事で家から追い出されたのこと。彼は女の子のようにおとなしい黒人の子で、マイケル・ジャクソンの歌をいつも上手に唱っていた。僕がプロデューサーなら、磨いて歌手にしたかも、というほどだった。

彼を追い出すのは可哀想な気がしたけれど仕方なかった。

「ぼくはおばさんの処へ行くよ、彼女は昼間働いていて夜に帰って来るの」

そこで夜まで待って、僕はアンドレを車に乗せて彼のおばさんの住むアパートの近くまで送って行った。

「元気でね」

「ありがとう」

僕は夜道を走って、おばさんの住むアパートへ入って行く彼を見送った。その時コオロギの鳴き声がやけに弱々しく聞こえ、僕は彼が幸せになることを祈って車にエンジンを入れた。

「アンドレはどうした？」家に帰るとすぐにクラリベールが聞いた。彼女は僕と同じように、やはりアンドレのことが気になっていたようだった。

アンドレ、女の子に変身

やっとアパートに何ヶ月ぶりかで居候がいなくなって、ほっとしたのもつかの間、それから一週間した時に、息子たちのスケートボードの仲間でもあり、店の客でもあるリッキーが、ガールフレンドを連れて僕らのアパートへやって来た。

「一晩でもいいから泊めて下さい」

僕はもう居候はおことわりだと説明したが、口コミで僕らの処へ来れば、なんとかなると聞いてきたらしい。リッキーは真面目でおとなしい子なのに、パンクの女の子を連れて来たのには少々驚いた。僕たちは彼の両親も知っていて、子供思いの優しいお母さん。けれども親の思いとは裏腹に、この年頃の子供は危ない行動をする。僕は多分彼らは駆け落ちして来たのではないかと推測した。

ともかくもう夜になっていたので、この夜だけは泊めるということにした。

その夜、夜中に目覚めてバスルームへ行く時、リビングルームの方から強い視線が僕を見ているような気がして、正にこれが殺気を感じるということなのだと思った。それはリッキーのガールフレンドが僕の方を見ていたのだったが、その目は異常なほど鋭く、暗い部屋の中でぎらぎらと光って、不気味な感じさえした。

朝になって朝食を済ませると二人は出て行った。そのあとで、リッキーの友達たちも僕と同じことを言っていた。

「あのおとなしいリッキーが彼女と？」

「彼女は刺傷事件を起こして逃亡中だよ」

それを聞いて僕はあの夜の殺気は普通ではないと感じたことに、やっぱりと納得が行っただけでなく、リッキーのことが心配だった。

そんなリッキーもそれから一〇日ほどで振られたのか、飽きられたのか、または利用されたのか、一人で家に帰ったとの情報が入ってきて僕らは一安心した。

やっと居候がいなくなって半年ほどした次の年の、ニューヨークはまだ寒い冬の夕方、クラリベールがニコニコして、しかもいくらか興奮気味で買い物から帰って来た。

「買い物に行く途中、偶然アンドレに会ったよ」

荷物をキッチンのテーブルに置くとクラリベールはさらにニコニコして続けた。

「彼、綺麗になっていたよ」

「綺麗に?」僕は意味が分からなかった。

「彼は彼女になったの。名前もアンドレからアンドレアと女の子の名前に変えて。ロングヘアーでスカートをはいて、とっても可愛かったよ」

「エッー?」僕はまだ何が起こったのか本当には分からない感じだった。

「彼女はゲイバーで働いているんだって。とにかく楽しく元気で過ごしているって聞いてよかったよ」クラリベールは喜んでいる風だった。

「でもアンドレのお母さんは女装を認めていないんで、まだおばさんの家に居るっていっていた。でもわたしなら認める」

「僕も。子供が女装したいと言うんなら、それはそれで受け入れよう」僕は答えた。

少年ギャング

この頃から上の息子二人は反抗期に入っていた。外でよく喧嘩をしていて、ある日アパートの外があまりに騒がしいので出て行くと、二〇人から三〇人近くの若者たちが、二手に別れて今にも殴り合いになりそうな様子で怒鳴り合っている。

よく見ると先頭にたっているのは長男のジュニアで、相手方は他のブロック（区画）の少年ギャングループだった。

少年ギャングというのは、一〇代の少年たちが自分の住む区画を自分たちのテリトリーとして守っていて、そこによそから少年が入ってくると、俺たちのブロックに入れと言って入らないと時には果たし合いになったり、お互いにいろいろルールがあるようだった。一種の縄張り争いだ。

だからこの時の喧嘩もすごくシリアスで、相手側はまだまだ人数が増えそうで、遠くの方から七、八人の少年たちがバットや棒切れを持って来るのが見えた。そして彼らが到着すると、今度はそれを見た近所の大人たちが息子と息子の友達の方に加勢にやって来た。

「ジュニア！」

僕が息子のところへ行こうと走りかけた時に同じアパートに住む住人の一人が僕を引き止めた。

「ポリスにはもう連絡してある。あんたが出ていくのはかえって危険だ。父親が助けに来たと相手方のグループに知られてみろ、あんたの息子はこの先ずっと向こうのグループに狙われる。だからポリスが来るまで待て、それにいざとなったらこっちには大人が控えている」

そう言われても僕が生きた心地もなく近所の人たちに交じって様子を見守っていた時だ。

「これはやばくなって来た。俺も手伝うぜ」

大人の出番となったので、その前からそこに立って様子を見ていた二五歳くらいの男が、勇み込んで自分も息子たちの方に加勢すると少年たちの列に加わろうとした。

「あなたは駄目よ！　あなたには関係ないでしょ！」

男が踏み込んで来ると横にいた奥さんがあわてて夫の服の袖を引っ張って連れ戻した。

「本当にしょうがない人なのよ。だって彼は少し前に刑務所から出て来たばっかりなの。何かあればまた戻ることになるのに――まったく彼の喧嘩好きは治らないね」

奥さんはそれでも行こうとするハズバンドの服の袖を離さないで言った。

「子供の喧嘩だから加勢しなくてもいいんだ」

僕はその奥さんに言ったけれど、僕はにらみ合っている二つのグループの先頭に立っている子供の父親だから気が気ではなかった。早くポリスが来ないかとイライラしながら待っていた。するとどこからか貫禄のある五〇歳くらいの体の大きいヒスパニックの男が子供たちの中に割り込んで来た。この男には双方のグループとも一目置いているようで、三〇人以上もいる子供たちが急に静かになった。

「あいつが来れば大丈夫だ」

さっき、睨み合っている少年たちのところへ行こうとした僕を引き止めたアパートの住民が僕に言った。

子供達の間に割り込んできた男は、ジャクソンハイツで生まれてずっとこの界隈に暮らしているということで、彼自身一〇代の頃は少年ギャングのリーダーで、しばしば警察のご厄介になるほどの相当の暴れ者だったらしい。だから子供達の、特に少年の成長過程には精通していて大人になってからは自分の若い頃のことを省みて、今では少年たちから慕われるほどの存在だということだった。

そして喧嘩にならないと分かると、解散するのも早く、ポリスが来た時にはほとんどの子供たちはいなくなっていて、四、五人で、彼らは何事もなかったように振る舞っていた。

そもそもの発端は、何処かの壁の落書きから始まったらしく、それらの落書きはギャングのイニシャルであることが多く、その上に落書きすること、あるいは何かを描くことは喧嘩の果たし状になるということらしい。そして息子のジュニアが何処かの壁に描かれていたイニシャルの上に絵を描いたということになり、今回の喧嘩になったということだった。映画、ウエストサイドストーリーの少年たちの縄張り争いそのものだし、ヤクザの仁義の世界にも似ているが、ただアメリカの場合、ティーンエイジャーの喧嘩といっても一対一の殴り合いなどというものではなく、かりにそこで勝ったとしても後でナイフとかピストルが出てくることが多いので、子供の喧嘩といっても命がけである。そしてそれはまた後で経験することになる。

初孫ができる

一九九三年、長男のジュニアが二一歳の時、それまでつき合っていた年上のガールフレンドから、今度は同い年のコロンビア人のガールフレンドを連れてきた。名前はバーバラ。初めて僕らのアパートにバーバラが来た時、彼女が右腕にギブスをしていたので、彼女が帰った後に息子に聞いてみた。するとバーバラは最近、彼女の友達の車に乗っていた時に交通事故に遭ったということだった。

「一週間意識不明で助かったんだって。それからギブスが取れた後、腕や手を何回か手術するらしいよ」

ジュニアの説明からかなりひどい事故だったのだろうと思った。ジュニアはすっかりバーバラに入れあげているようで、その後はよく彼女が僕たちのアパートに来るようになった。

それから二、三ヶ月すると、バーバラは頻繁に息子の部屋に泊まるようになった。というか、入り浸りと言った方がよい状態になった。そこで僕とクラリベールはどういうことになっているのか、ジュニアに聞いてみた。

「彼女はこの頃ずっと泊まっているけれど、彼女の両親は心配していないの？」

「あーバーバラはお母さんと喧嘩して、家を追い出されて行くところがないんだ」

「だけど彼女は大学に行っているんでしょう？　その為の費用なんかはどうしているの？」

クラリベールが言った。

「それは交通事故のことで調べている弁護士が、授業料や本代、生活費なんかを払っているの。だからバーバラは学校を続けられるんだ」

「弁護士が？」

この国の弁護士は金になると踏めばどんなことでもしてくれる。ならないとケースを受けないので、バーバラのケースは勝てるという事だなと僕は思った。

「だからお父さん、しばらくバーバラを僕の部屋に泊めてもいい？」

ギブスをしながら大学に行っていることだし、何より息子が惚れ込んでいるのだからオーケーと言うしかないと、僕らはバーバラがしばらく泊まることを承諾した。

三ヶ月ほどしてバーバラが妊娠していると告げられた。彼女の両親には彼女が僕たちのアパートにいることは知らせてあるようなので、その後もバーバラは僕たちと一緒に暮らしていた。

ところがバーバラが妊娠六ヶ月になった頃、ジュニアに新しいガールフレンドが出来たとかで、その女性エルマとバーバラが反目を始めた。

そんなある日の夕方、我が家の犬を連れて散歩に行ったバーバラが泣きながら帰って来た。

「エルマに襲われたの。ココ（犬）は守ってくれなかったわ。襲われた後でわたしの顔をなめたわ」

それを聞いたクラリベールは飛んで階下に降りて行った。

クラリベールが帰って来てバーバラが大丈夫か確認していると、「ポリスだ」とドアを叩く音がした。開けるとポリスがすぐに部屋の中に入って来た。

「クラリベールはいますか？　未成年者に暴力をふるったという訴えで来ました」

クラリベールが未成年者に暴力をふるったって？　いったいどういうことだと思ったけれど、僕はすぐにポリスに説明した。バーバラが犬の散歩をしているところへエルマがやって来て、妊娠しているバーバラにいちゃもんをつけ、彼女に暴力をふるったので、妻が階下に降りていったのだと説明していると、エルマがやって来た。そしてバーバラに汚い言葉を尚も浴びせかけた。とにかくエルマの激情は凄まじく、今にもバーバラに挑みかかる勢いだ。

「静かにしなさい！　しないと君を逮捕するよ。今後バーバラに手を出したら君を逮捕するよ」

結局エルマは何の為にポリスを呼んだのか分からない羽目になり、ポリスに促されて僕たちの部屋を出て行った。

ポリスとエルマが出て行ってから僕はクラリベールに聞いてみた。

「エルマを叩いたの？」

「ちょっと触っただけなのに、大げさに言ってポリスを呼んだのよ。バーバラのことが憎いものだから、何かしてやりたいと思ったんだと思う」

ただエルマはバーバラが妊娠していることを知っていたのかどうかということは分からなかった。もし妊娠していることを知っていたなら喧嘩をふっかけることはしなかったかもしれないし、いずれにしても事の起こりは僕らの息子のジュニアが二人の女性に手を出したからだ。この事件の時ジュニアは家にいなかったが、彼が帰宅してから僕は、もうすぐ父親になる身で、今日のこととの責任はお前にあると言うことを忘れなかった。

このことからしばらくして、バーバラに巨額の事故訴訟金が入ったらしく、バーバラは僕たちのアパートから出て行った。こうなるとお金というのはおかしなもので、両親も今までのバーバラではなく、彼女をお姫様あつかいするようになった。

長かった冬も終わり、やっと春になった五月一七日、バーバラは元気な男の子を産み、僕とクラリベールにとっては初孫だった。

その一年後には次男に孫ができる

長男ジュニアに初孫が出来た次の年、一九九六年一〇月七日、その日は月曜日だった。だいたい会社というのは週の始めの月曜日の午前中は忙しい。その週のアポイントメントの予約の電話がある。僕らの仕事の場合はその週にエングレイバー（製版や）に送るデザインの選別をして電話を入れるなど、僕は自分のデザインを作る仕事の他に、ディレクターの秘書的な仕事もやっていた。

その日も朝九時早々から二、三のデザインスタジオから仕上がったデザインを見せたいという電話があり、僕はスタジオとの面談のためのディレクターのスケジュールを作っていた。いくつかの電話をこなして一息入れたところへまた電話が鳴った。受話器を取ると珍しく次男のダニエルのガールフレンドのリサからだった。

「わたし、今朝早くダニエルの子供を産んだの。今NYUホスピタル（ニューヨーク大学の付属病院）にいるの」

三ヶ月ほど前に、リサの父親の主催でマンハッタン、アップタウンのスパニッシュハーレムにあるリサの父親が経営するナイトクラブでベイビーシャワーがあり、僕たち夫婦も出席したけれど、出産の予定日は知らなかったのだ。

「おめでとう。出産は順調だった？」

「思ったより楽だったわ」

「男の子？　それとも女の子？」

「女の子よ」

「Everything OK？」

「Everything OK」

リサは元気な声で答えてくれた。

「ここから近いから昼休みに赤ちゃんを見に行くよ」

そう言って電話を切ったものの、僕はそわそわしてじっと座っていることが出来ずに、ディレクターのデスクまで歩いて行った。そして彼女に僕の次男に子供が出来たことを話した。

「リョウ、おめでとう」

ディレクターのキャサリーンはにこやかに祝福してくれた。彼女は祝福の言葉を言うと大きな青い目を輝かせてさらに続けた。

「リョウ、昼休みまで待たないで、今すぐ赤ちゃんを見に行ってきなさい」

「サンキュー、キャサリーン」

僕はすぐにデスクに戻ると広げてあったデザイン画をトレイシングペーパーで覆い、スタジオのデザイナーたちの「おめでとう」の声を後ろに、すぐにストリートに飛び出した。

家族が何よりも一番大事と考えるアメリカではこんな事はそれほど珍しいことではない。アメリカ人は自分の家族の話をするのが好きだ。だからディレクターも含めて僕らデザイナーもしょっちゅう家族、親戚の話をしている。おじ、おば、果てはいとこに至るまで、やれ誰が結婚したとか、子供を産んだとか、娘が、息子が学校に入ったとか、時には悲しい話やあまり良いこととは言えないようなことや、日本人なら恥と感じるようなことでも、そんなことは特に気にする様子もなく、皆おおっぴらに自分の家族の話をする。

そんなことが可能なのは、アメリカの人々はネガティヴな事実と、個の尊厳とは別のものだと皆が認識しているからである。

また家族、親戚の結婚や出産、学校の卒業式となると、話だけでなく写真も持ってきて、昼休みには皆で楽しく写真を見る。

だからもちろん皆はダニエルのガールフレンドが妊娠していたことは知っているのだ。

僕が働く会社は五番街の三一丁目、病院はアップタウンの六八丁目だ。病院に行く途中花屋に寄って花のブーケを買い、カードショップでは「It's a Girl」と書いてある風船を買った。病院に着き受付に行くと、「It's a Girl」と書いてある風船を持っているので僕が聞くより早く、「新生児は三階」と即座に教えてくれた。エレベーターで三階に行くと、また風船を見て白衣を着たドクターらしい人が、リサがいる部屋まで案内してくれた。

部屋は四人部屋で、それぞれカーテンで仕切られていた。リサはどこかな？　と部屋の入り口で中を見回した時、「オギャー、オギャー」と赤ちゃんの泣き声が聞こえた。

「リサ」と僕が呼ぶと、

「ここよ――」カーテンの向こうからリサの答える声がした。

声の聞こえた方へ行くと、彼女が赤ちゃんを抱いてベッドの横の椅子に座っていた。ところがその姿はとても数時間前に初めての出産をしたようには見えないほど平然としていたので、僕は冗談まじりに言った。

「リサ、君ほんとうに赤ちゃんを産んだの？　とてもそんな風に見えないよ」

「皆にそう言われているのよ。さっきまでいた友達も、看護婦さんまでも」

そう言ってリサは笑い出した。彼女は大柄な女性で、妊娠中はお相撲さんくらいの大きさになり、しかも髪を後ろに束ねていたので、僕が密かに思っていただけで、もちろんダニエルにも彼女にも言わなかったけれど、本当にお相撲さんのようだった。

そんな彼女も今は顔のむくみも取れ、すっかり一児の母親の顔になっていた。

リサの父親はプエルトリカン、母親はドミニカン。僕の息子のダニエルはプエルトリカンと日本人。この様に僕たちの孫たちは多国籍が入り交じって、そこに日本人の血が入り込んでいるという感じだ。

「ダニエルはまだ？」

「お昼にならないとどうしても仕事を抜け出せないって、少し前に電話があったわ」

ダニエルは子供の時からおとなしくて、いつも寝ているような子だったけれど、その子もとうとう父親になった。ダニエルの子供を抱いて、僕はどうかこの子が健康で無事に大きくなってくれることを祈った。そしてその時、ダニエルが三歳の時、もう少しで彼を失うところだった、その日のことを思い出していた。

一九七六年、夏

ニューヨーク大停電があった一年前の夏のことだ。長男ジュニアは四歳、ダニエルは三歳だった。

八月初旬の週末、僕たち家族はクラリベールがブロンクスに来て友達になったアン母子とイーストブロンクス、オーチャードビーチに行った。僕らは四人家族だったけれど、アンは彼女の五歳の息子のエリックの他に、彼女の妹の子供でまだ赤ちゃんの女の子、そして彼女の友達の八歳と六歳の二人の子供も一緒だった。アンの妹の赤ちゃんはクラリベールが預かり、友達の二人の子供たちはアンの車で行くという大所帯だった。

アパートを出発したのは午後になっていたが、その日は特に暑い日だった。ブロンクスのストリートを抜けて行く途中、子供たちが歩道に据え付けられている消火栓を開けて遊んでいるのにいくつも出会った。消火栓から勢い良く出て来た水に穴を開けた空き缶を当て、水の方向を変えてそこら中に水を飛び散らせて遊ぶのだ。一人の子供が空き缶で水を操作し、あとの子供たちはキャアキャア飛び回りながら水を浴びている。それが前方に見えてくると、急いで車の窓を閉める。そしてそこを通る時、僕らの車も思いっきり水を浴びた。

夏になっても行き場のない子供たちの、貧困地域では見慣れた風景だ。都会の夏の一風景になって久しい。

やって来たオーチャードビーチはロングアイランドの西端と北へ延びるアメリカ大陸の海岸線のつくる湾で、ペルハムベイと呼ばれているところだ。ロングアイランドの長い島影が右手に見え、その先は広大な大西洋へ延びている。

このビーチにはレストランやアイスクリームなどを売る売店だけでなく、バーベキューも出来る広い公園、バレーボール、野球のコートなどもあり、海水浴だけでなく一年を通して市民のレクリエーションの場としても親しまれている。

僕らは広大な駐車場に車を停めると持ってきた荷物を広げた。ビーチパラソル、浮き袋、タオルなどを手分けして子供たちに持たせ、アンは赤ん坊を抱いているので飲み物をいっぱい詰めたアイスボックスなど重いものは僕とクラリベールが運んで行った。

八歳のアンの友達の子供を先頭に、ほとんど一列に並んで荷物を運んで行く姿は、まるでアリの行列のようだった。

ビーチに着くと、いつも陣取る場所が運良く空いていたので、僕はそこへ家から持ってきたベッドシーツを広げた。ビーチパラソルを立て、場所作りをしている間に子供たちは早くも水着に着替え、僕らがひとまず腰を下ろした時には子供たちは海辺へ走って行くところだった。

一番若いダニエルも大きい子供たちに混じって砂の上を駈けて行く。早くもクラリベールとアンはスペイン語でおしゃべりを始めた。八月のギラギラと輝く太陽は容赦なく地上に照りつけ、思わず目眩がするほどだ。僕はアイスボックスの中から冷えたソーダを取り出すと、一気にボトルの半分くらいを飲み干した。

冷たい液体が体の中を流れてゆく心地よい感触を味合うと、ようやく僕はほっと息をついた。パラソルの日陰の下に座り海の方を見た。子供たちは水際で水をかけ合ったり、打ち寄せる波しぶきに体を任せて遊んでいる。このビーチは湾になっているので波は穏やかだ。海は照りつける太陽の下で真っ青に光っている。まさに夏はまっさかりだ。おしゃべりに夢中の二人の女性の横で僕はゆっくりとソーダを飲みながら、しかし目は海の方へ向け、子供たちを目で追いながら確認を怠らなかった。

人慣れしたカモメが食べ物を狙ってやって来る。手で追い払うとちょっと休むだけと、僕はシーツの上にあおむけになった。海の空気を胸いっぱいに吸い込んだ。潮の香りがした。パラソルの陰から突き出している脚を太陽がじりじりと焦がしている。ビーチほど夏をおもいっきり感じさせる場所はない。あー、今年も夏がやって来た。僕は目をつむり、過ぎて来たいくつもの夏を思い浮かべた。ところが今の僕はそう長く横になっているわけにはいかないのだと、思考を途中でやめると起き上がった。そして再びまぶしく光る海へと目を向けた。

——Oh No!　ダニエルがいない！

僕の目がどうかしたのか？　僕は自分の目を疑い。もう一度丁寧に一人ずつ子供を見ていった。ほんの少し前まで五人の子供たちは固まって遊んでいた。子供は五人いるはずだ。僕の二人の息子たち、アンの息子、アンの友達の子供二人、全部で、四人の男の子と一人の女の子だ。そこで今度は丁寧にひとりひとり見ていった。そこで少し周りも見てみた。しかし何回見てもダニエルの姿がない。

いない！　ダニエルがいない！

「ダニエルがいない！」僕は叫ぶと狂気のように水際に駆け出した。

ジュニアとアンの息子のエリックは砂の上に寝そべって、波がやって来ると波をかぶって泳いでいる格好をして遊んでいた。僕はそこを飛び越し水の中へ入って行った。

水の中には沢山の子供や大人が海水浴を楽しんでいたが、僕は人にぶつかることもかまわず、夢中で水を掻き分けながらダニエルを探した。やってくる波に正確に乗ることをしなかったので、僕自身もう少しで転倒するところだったが、僕の目には、頭には、何事も入る余裕はなかった。どれくらいの間水の中、ダニエルのことを探しまわっていたかわからない。

「リョウ――！」

その時クラリベールが叫んでいるのが耳に入った。僕がちょうどライフガードのところへ行った方がいいかもしれないと思った時だった。僕は浜にとって返すとクラリベールに子供たちを見ているようにと言って、僕らの荷物のある場所へと引き返した。

アンが僕を見て泣き出した。そこでアンにも子供たちをよく見ているようにともう一度言うと、濡れた海水パンツの上に半ズボンをつけ、Tシャツを着て、財布と運転免許証を持つとライフガードのところへ行った。

公共のビーチなのでライフガードは長い海岸に点々といる。僕らが座っていたところに一番近いところへ行くと、溺れた子供を見ていないかと聞いた。

「そんな子供は見ていない。他のライフガードからもそんな情報は入っていない」

それじゃあキッドナップ（誘拐）？　恐ろしい考えがうかんだ。あるいは何処かで迷子になっているのか。

「警察署に行け。駐車場の直ぐ先だ」海とは反対の方へ体をむけると、警察署の方向を指差してライフガードが言った。

僕の目は今度はビーチにいる人々に向けられた。この人々の群れの中にダニエルがいるような気がした。どこかに泣いている子供はいないかと目をこらした。どの人もが怪しいように感じられた。

しかしそこにはダニエルの姿を見つけることは出来なかったので、僕は警察に行くことにした。すぐに走って行きたいのに、砂の上はおもうように走れない。いら立ちながらやっと砂地を抜けると走るように警察署を目指した。汗が滝のように流れていたが、僕はそれに気を止める暇もなかった。

警察署に着いた時はほとんどずぶぬれだった。警察署といっても小さな建物だったが、ドアを押して中に入ると突然冷たい空気の中に投げ込まれて、かえって汗が吹き出すようだった。

「子供がいなくなったのです。いえ、ビーチで水際で遊んでいる時に。でも溺れたのではなさそうです。ライフガードがそのような子供は見ていないといいました。もしかしたら迷子の届けがあるかもしれない。だから警察署に行った方がいいと」

僕がそこまで説明すると僕の話を聞いた中年の白人のポリスは彼の後ろを振り返り、他のポリスに確認を取ると言った。

「この署には迷子の子供はいない」

僕の雷に打たれたような表情を見て取って、彼はもう一度言った。

「ここにはいないけれど、もう一つここから近いところに警察署がある。そこへ電話をしてみよう。もしかしてそっちに保護されているということもある」

彼がもう一つの警察署に電話をしようと受話器を取った時、僕は藁をもつかむ思いで、どうかそこにダニエルがいますようにと祈った。

こちら側のポリスは相手に簡単に事情を告げると僕を振り返った。

「迷子の子供が一人いるということだ。あなたの子供の年齢は？」

「三歳です。ヒスパニックの男の子です」

「年齢は当たっているようだが、しかし、そこにはアジア人の子供が一人いるだけで、ヒスパニックの子供はいないと言っている」

僕の頭の中が再び衝撃で真っ白になりかけた時、ポリスが僕に受話器を渡した。

「子供の名前は？」

電話の向こうでもう一つの警察署のポリスが僕に聞いた。

「ダニエルです」

「ぼうや、君の名前は何というの?」

ポリスが子供に言っているのが聞こえた。僕は受話器を強く耳に押し付けた。

「ダニエル」

小さな声が聞こえた。しかしそれは確かに息子のダニエルの声だった。

僕は緊張が一気に解けていくのを感じた。ほとんど震え出すほどに安堵が体中を駆け巡った。

「サンキュー、サンキュー、すぐにそちらに向かいます」

僕はもう一つの警察署で、どうしてダニエルがそこに保護されたのかという経緯を聞いた。ポリスの説明によると、若いヒスパニックのカップルが「迷子の子供がビーチで泣いていた」と言って連れて来たという。僕がほんの一分もしない時間寝転がった間に、一人で水際を離れビーチを歩いて行ったらしい。多分僕らのところへ戻ろうと思ったのだろう。僕たちは水際から一〇メートルほどしか離れていないところにいたのに、ビーチにはあまりに多くの人々がいたので、どっちに行けばいいのか、三歳の子供には方向が分からなくなってしまったのだろう。もし広いビーチに僕たちの他に誰もいなかったら、きっと彼は僕たちのところへ歩いて来たはずだ。

そしてある程度歩いたところで、僕たちを見つけることが出来なかったからだろう、カップルがダニエルを見つけた時には彼は立ち止まって泣いていたという。カップルは何とかしてダニエルを彼の親のところへ連れて行こうと「ダディはどんな人? マミーは?」といろいろダニエルに聞いたらしい。けれども三歳の子供には、彼の両親のことを正確に説明する力はなかったのだ。そこで彼らは、ダニエルを警察署へ連れて来たということだった。

親切な人たちに見つけられて本当に良かったと、僕もクラリベールも幸運に感謝した。そしてこの時の事にはもう一つの話がある。

それは警察署でのやりとりだ。僕がダニエルをヒスパニックの子供と言い、警察ではアジア人と言われたことだ。僕には（またほとんどの僕の日本人の友達にも）ダニエルはヒスパニックに見える。ところが非アジア人からはアジア人に見える。

しかしこれは僕らの子供たちだけでなく、人種の異なったミックスドマリッジの子供たちではいつものことである。どちらにも属していない、または、どちらにも属している。二つの異なった文化を具現しているのが彼らたちなのだ。

三男ケンがアメリカンフットボールでヒーローになる

ケンは生まれた時早産で、二五〇〇グラム以下のちいさな赤ん坊だった。しかも生まれた時から体も弱く、医者通いの多い子供だった。そして中学に行くようになってから体は同年齢の子供たちよりむしろ大きくなったけれど喘息持ちで、相変わらず心配が絶えなかったが、そんなケンが中学に入るとアメリカンフットボールチームに入りたいと言い出した。前に彼の主治医が、何かスポーツをやらせれば喘息が治るかもしれないと言っていたので、彼自らやりたいというのなら「それは良いことだ」と僕もクラリベールも賛成した。

アメリカンフットボールはアメリカで最も人気の高いスポーツだ。NFL（ナショナル・フットボール・リーグ）の王座決定戦はスーパーボールと呼ばれ、この試合のある日は街の人通りが減るくらいだ。どういうことかと言うと、家族、友達などが集まってスーパーボールの日お決まりのフードを食べながらテレビ観戦をするからだ。テレビのニュース番組の最後には「スーパーボール観戦のための特別料理」のレシピを紹介するほどの熱の入れようである。

試合は必ず週末だから、バーでビールを飲みながら観戦する人も多い。アメフトはアメリカの国民的娯楽なのだ。

ところがアメリカンフットボールをやるという事は、それほど簡単なことではないということを、僕たちはケンがやり始めてからすぐに知ることになった。それはどういうことかと言えば、アメリカンフットボールは相当危険なスポーツだということだ。練習日、また試合のある日は一緒に付いていかないと何が起こるかわからない。まったく親子ぐるみのスポーツだった。

現に練習中に一人、試合中に一人、チームのメンバーが気絶して救急車で運ばれていくのを見たことがあるし、また自分たちのチームだけでなく、相手方の選手も腕の骨を折ったとか、足首を曲げたとかと聞いていた。それでも試合のある日は皆張り切って、「今日は勝てるかな、試合のある処はどんな処かな」など、心弾ませながら、コーチ、チームの子供たちとバスに揺られて行った。

アメリカンフットボールを始めて三年、ケンも猛練習に続く猛練習で、いくつもの試合に行き、選手としてだんだん一人前になって来た。

そんなある時の試合に行った時のことだ。この時はケンのチームは何故かふるわず、かなり負けが込んでいた。だから味方の応援にも熱が冷めてきていて、僕ら観客席にいる親たちも意気消沈しかけていた。

そんな時、相手のチームがボールを落とし、それを拾って走って行く味方の選手がいた。

「誰だ！　今走って行くのは誰だ！」観客席と応援団は突然の出来事に皆総立ちになった。

「あっ、ケンだ。ケンだ！」

「すごい！」

「素晴らしい！」

いままで冷めていた応援団は突如熱を取り戻し、

「レイダー！　レイダー！」ケンの所属しているチーム名を叫ぶ歓声がひときわ高くなった。

観客席の親たちや応援に来ている子供たちも総立ちだ。

「レイダー！　レイダー！」拳を上げて叫んでいる。

そしてケンの功績はすぐにタッチダウンに繋がり、とても無理だと思われていたのが逆転勝ちになったのだった。ケンは一躍この日のヒーローになり、この事があってから、彼とコーチ、そしてチームメイトの間に絆が出来た。

そして夏から始まったフットボールも一一月の半ばには終わり、最後にはニューヨーク市五区から優秀、功績などで選ばれた選手にトロフィーを与えるパーティーがあった。息子のケンのチームからは、四、五人が選ばれ、ケンはその中の一人だった。

助っ人ケンの受難

一九九九年、ケン一七歳。アメリカンフットボールの功が奏したのか、病弱だった子供時代には考えられなかったほどに体も大きくなり逞しくなった。そうなると近所で喧嘩があると直ぐに助けてくれと呼び出しがかかり、僕とクラリベールはほとほと困っていた。時には彼よりも年上の者たちまでが頼んでくるので僕たちが止めても、友達思いのケンは聞かずに出て行くことが多かった。

そんな春のある日、僕とクラリベールが夕食を食べていると電話が鳴った。クラリベールが立っていって電話を取った。

「Oh No!」大声で叫ぶとすぐに彼女は半泣きの顔でテーブルに戻ってきた。

「ポリスからの電話よ！　ケンが喧嘩をして事故に遭ったから直ぐに病院に来るようにって」

僕は途端に頭の中が真っ白になった。起こったことを頭の中でまとめようもなく、とにかく直ぐに出かける支度をした。そして僕たちがドアを開けようとしたとき、あわただしくドアを叩く音がした。開けると近所の子供が立っていた。

「ケンが喧嘩をしてナイフで刺された」

息子が事故に遭ったというだけで頭の中が真っ白になっていたのに、具体的なことを聞いて僕もそしてクラリベールも心臓がドキドキして生きた心地もなく、タクシーですぐに病院へ向かった。タクシーの中でお互いに話す言葉もなく、クラリベールは僕の手をきついほどに握りしめ、二人ともただただ軽い怪我であるようにと祈り続けた。

病院に着くと、ケンの友達の家族が泣きながらわめいていた。

「私たちの息子も刺されたのよ！」エリックの母親が駆け寄って来て大声で叫んだ。

僕たちはそれよりもケンのことが聞きたくてすぐに受付に向かった。

「今は治療中ですから、もうすこし待ってください。会えるようになったらすぐにお呼びしますから」

待合室に戻るとエリックの家族が相変わらずけたたましくわめいていた。でも僕はわめく気にもなれず、目を閉じてクラリベールと二人、椅子にうずくまるようにして、ただ最悪の事態ではないように祈り続けるしかなかった。

「少しなら今会えますよ」

しばらくして看護婦がやって来た。

その言葉を聞くと僕たちは飛ぶようにして治療室に行った。入ると思ったより元気そうな息子と友達のエリックが椅子に座っていた。ともかく二人の顔を見たので半分くらい気持がおさまったが、怪我の状態はどうなのだろうと思っているところへ医者が入って来た。

「背中の傷が肺を傷つけていないかレントゲンで調べ中です。ですからもう少し待ってください」

肺を？　再び頭が混乱しそうだったが僕らは外に出てすこし頭を冷やすことにした。息子の顔を見たので少しは落ち着きを取り戻して待合室の椅子に座っているとポリスがやって来た。

「わたしたちが車で巡回しているとあなた方の息子さんが腕と肩から血を流して歩いていたの

で、病院に連れて来ました。刺した男を捜していますがまだ捕まっていません」

　ポリスの説明に今度はクラリベールが答えた。

「子供の喧嘩はしかたないけれど、ナイフを使って刺すのは殺意があり、また別ですよ」

「わたしもそう思います。ナイフを出すのはもう子供の喧嘩ではない。わたしはそういう奴を許せない」

　ポリスは怒りの表情をあらわにして僕たち以上に興奮して言った。

　そして僕たちが「サンキュー」と言って彼の顔を見ると、頬から口にかけて長いナイフで切られたらしい傷跡が彼の顔にあったので僕はびっくりした。

「彼の顔見た？　だからナイフを使う人を嫌っていたのね」

　クラリベールも気がついていたらしく、ポリスが去るとすぐに言った。

　そのすぐ後で医者がやって来た。ケンの怪我は肺にはぎりぎりで達していなかったということだったが、しかし当分左腕は使えないということで、もしかしたら障害が残ることもあるかもしれないと言われた。だがなにより肺を傷つけていないということを聞いて、僕たちはひとまず安心した。

「最初病院に着いた時、エリックの家族が大勢来ていて、大声でわめいたり泣いたりしていたから、僕は誰かが死んだのか、重体なのかと思ったよ」

　今までの緊張が解けたので僕たちはいくらか饒舌になった。

「あの人たちはいつも大げさなのよ。エリックはほんのかすり傷なのに」

クラリベールはアパートの住民のことにくわしいので僕は彼女の言う通りなのだろうと思った。でもケンもエリックも大事にはならなくて本当によかったと僕たちは話し合った。

今回の出来事の発端は僕たちと同じアパートに住む家族の息子たちだった。この家族は二年ほど前に引っ越して来たシングルマザーとティーンエイジャーの娘二人と息子二人のコロンビア黒人の家族だ。

その息子たちが何時も何処かで喧嘩をしてはケンに助けを求めてくるので、僕はいつも言っていたのだ。「彼らの喧嘩の助太刀をしていたら、いくら命があってもたりないよ」

しかし今回はケンも僕の注意が骨身にこたえたようだった。

そしてこの時は後にこの家族と親戚になるとは思いもよらなかったが、それから五年後、次男のダニエルがこの家族の娘の一人と子供をもうけることになる。

ヒスパニックコミュニティーを去る

この時より少し前から僕は何処かもっと静かで安全なところへ移ろうと考えていた。クラリベールにも真剣に考えるように言っていたが、彼女にとって、スペイン語の通じるヒスパニックのコミュニティーから離れることは難しく、「ここはあんたの通勤に便利じゃないの」などと言ってははぐらかし、何とかジャクソンハイツに留まろうとした。ジャクソンハイツはクラリベールにとっては住み易いところだったのだ。だから何度かその話を持ち出しても、引っ越しすることを嫌がっていた。

ケンの怪我は軽いものではなかったが、それでも肺までは達していないということを聞くとそれまでの緊張が解け、今度はアパートをもっと以前に引っ越さなかったことに腹がたってきた。

「こんな事にならない内に引っ越そうって、僕があれだけ言ったのに！」

「君は真剣に考えなかったからだ！」

僕はありったけの暴言を吐きながら、今度こそは譲らないぞとクラリベールを威嚇した。とにかく息子が大怪我をしたのだ。だからこの時の彼女は一言も反論せず、目に涙を滲ませていた。

小学生の喧嘩ならたいしたことではない。僕も子供の頃はしょっちゅう取っ組み合いの喧嘩をやってきた。しかしここでは一〇代の喧嘩でもすぐにナイフや銃が飛び出す。ブロンクスの時代もそうだったが、ジャクソンハイツのヒスパニックコミュニティーに移ってからもずっと銃は身近な問題だった。


たしかに銃はアメリカの深刻な問題だ。自分の身は自分で守る自由、自己防衛の権利など、銃規制に反対する人たちは主張する。

二〇二〇年、コロナ感染症が流行り始めるとトイレットペーパーなどが品薄になり、テレビは毎日スーパーマーケットの空っぽの棚を映していた。するとすぐに銃器店が大繁盛、銃が品薄というニュースが流れた。トイレットペーパーが品薄というのと、銃が売れているというのがどう結びついているのか、わかった時には仰天してしまった。パンデミックという非常時にトイレットペーパーに限らず他の物でも奪い合いになった時、身を守るため、家族を守るために武器が必要という論理なのだ。全くたまげた。

アメリカの国土は広大だ。人里離れた林の中に、近隣に家屋のない広野に好んで住んでいる人が多くいる。南部の大平原まで行かなくても、ニューヨーク市から一時間も車を走らせれば山の雑木林の中に、ポツンと一軒家を見つけることがある。何かあった時に怖くないのかなーと僕なら思ってしまうが、そのような場所では自分の身は自分で守る。だから銃は自由のための武器というわけなのだ。このアメリカ人が言っているところの「自由」を日本人が真の意味で理解するのは難しいだろうと思う。僕はしばしば思うのだけれど、自由という概念だけでなく、日本がアメリカから輸入して来た行動様式、言葉はいくつもある。しかしそのどれもが日本に入るとねじれた形で定着している場合が多い。土壌が違うのだから同じ花は咲かないのだ。安易な輸入はやめたほうがいいと思う。

銃の問題に戻すと、ニューヨークシティーにいると気がつかないが、ハドソン河を渡って一五分も車を走らせれば「GUNS」という看板を下げた店を見ることは多い。

また南部や中西部の州ではスーパーマーケットで銃が買える。子供が一三歳になると銃をプレゼントする習慣は今でも多くの家庭にある。しかしそのように銃が安易に手にはいるので犯罪に銃が使われるだけでなく、ポリスもいとも簡単に銃を使う。ポリスの場合は黒人に対してのことが多く、再度、再々度、人種差別の問題が浮かび上がってはまたかき消されて行く。また近頃では小学生やそれ以下の子供たちが、偶然手にして事故で死んでいるケースも増えている。毎日のテレビのニュースで、犯罪事件といえば必ず銃が使われている。ポリスと容疑者の間の銃撃戦も頻繁にある。あーまたか、と思いながらも、慣れっこになっているほどだ。実際、「銃＝日常」と言っても過言ではない。

しかし、銃規制は大きな政治問題だが解決にはほど遠く、全米ライフル協会の銃規制反対、また、銃規制には積極的でない共和党へライフル協会からの多額の寄付などもあり、議会に議題が乗ってもすぐにうやむやになる。アメリカ合衆国の人口は約三億二千万人。そしてこの国には四億以上の銃があるという。生まれたばかりの赤ん坊も入れて国民一人一人が銃を持っているという計算になる。

とにかくこの様な政治問題は脇に置くとしても、僕はもっと安全で静かなところに移りたかった。九〇年代も末になってきた頃のジャクソンハイツは、僕らが来た七〇年代より治安が悪くなってきてもいたのだ。たとえば勤め先の会社でクリスマスパーティーなどがある時、僕は普段は着ないがこの日はスーツなどを着て行く。しかしそういう時は地下鉄には乗らず、アパートの前からタクシーで会社まで行く。スーツ姿で地下鉄の駅まで数ブロックを歩いて行くのはあまり賢いとは言えない。それが特に僕のようなアジア系だと目立つということもある。現在ではアジア人の人口は増加しているし、ことにニューヨーク市ではアジア人は年々増え、市に占める人口比は一二%である。しかし人種によって棲み分けている都会では、ここはヒスパニック、ここはアジア系、ここは白人とエリアが別れている。そしてジャクソンハイツのアジア系の人口はほとんどゼロに近いほど少ないのだ。

だからこんなふうに気を使うことも面倒くさくなってきていた。だから今回の事件で僕は、これ以上は譲らないとクラリベールに釘をさしたのだ。

また安全ということ以外にも、僕がジャクソンハイツから引っ越しをしたいという理由が二、三あった。

ヒスパニックコミュニティーに三〇年近く住み、僕は「あれを貸してくれ。これを貸してくれ」、時には「お金を貸してくれ」と言ってくる隣近所が心底じゃまくさくなってきていたのだ。クラリベールの相変わらずの「いいよ、いいよ」を許容するのも限界だった。

ええかげんにせー!

時に僕は怒鳴りたくなる。しかしこれは僕個人の問題であるのかもしれないと思うこともある。仮に僕が彼らのような生き方をすれば、「ケチャップ貸してくれ、金貸してくれ」と言えるならば、それは受け入れられるだろう。なぜなら、彼らは普段このように暮らしているようだし、彼らの間では特に問題はないようだからだ。

まだ子供たちが小さかった頃、僕ら家族はプエルトリコで夏の休暇を過ごしてきた。プエルトリコに行く度に、風土、気候がその民族の行動、考え方の基本を作っていると感じた。

とにかく暑い！　ほとんどの地域が温帯に属している日本や、冷帯に属しているとはいうものの基本的に過ごしやすいニューヨークに慣れている体には、プエルトリコの気候はとにかく暑い。

だからだろうか、人々の行動は緩慢で、社会そのものも厳しさがない。

何かと言うとアスタマニアーナ。本来は「明日会いましょう」という意味だが、「明日ね」という調子でも使われる。

「これ、いつ出来上がるんですか？」「アスタマニアーナ」

「バスは何時に来るんですか？」「アスタマニアーナ」

と言った具合に「明日ね」で済まされ、せっかちな日本人の僕はイライラするけれど、こんなに暑いのだから時間も暑さで間延びしているのかとも思う。とにかく、家がなくても樹の下でも寝られるところなのだ。自然条件が人の性質を作っているのだ。それは当然のことなのだけれど、それをくっきりと考えるようになったのは常夏の島に来るようになってからだ。

ただし、このように理解しても、異なった生活様式、人生観を丸ごと受け入れるのは容易いことではない。

アメリカは、ことにニューヨーク市のような大きな都会は、人種や信条、また経済状態によってモザイクのように人々が棲み分けている。自分のコミュニティーでは気楽に暮らせる。

異なった文化背景を持つ人々との交流は面白いし楽しいし、世界を見る目を広げる。しかし当然のことながら難しさもある。これは僕個人の問題であるだけでなく共存の難しさはグローバル化した今日の世界のこれからの課題だろうと思う。だからこれも引っ越しをしたいということの大きな原因になっていたが、これだけ様々な人々、人生観があるということを肌身で学んだことは僕の財産だと思っている。

僕は物事に対して普段はそれほどむきにならない性格だ。よく人からひょうひょうとしているとか、マイペースだね、と言われる。しかしそんな天性の天然の僕も、三男ケンの事故で怒りが爆発したのだ。

また僕の週日の昼間と住まいのある場所とのギャップということもあった。毎朝、（僕はデザイナー、アーティストだからネクタイこそしめないが）出かける職場はマンハッタン五番街にある会社。

僕らの住んでいたジャクソンハイツは僕が引っ越して来たばかりの頃はごく平均的中流の地域だったが、プエルトリカン、南米スパニッシュの移民が増えてからはいつの間にか低所得者の地域に変わっていった。それと共に治安が悪くなって来たのは前述したとおりだ。

週日の昼間の世界と、それ以外の時間を過ごす場所とのギャップの整合。会社の僕にたいする処遇にそれが影響するということはまったくなかったが、僕自身、この二重性にいやけがさしてきてもいたのだ。

長々とヒスパニックコミュニティーでのトラブルについて書いてきたが、僕が彼らのあまり先のことまで考えないという生き方が、時に僕を救ってくれるという体験を付け加えておきたい。それは三男ケンが生まれて一年もたたない頃のことだ。

僕はその頃働いていたアメリカのテキスタイルの会社を自分から辞めた。何故辞めたかというと、その会社の社長の人使いの荒さが我慢出来なくなったからだった。

僕はこの会社でデザイン画を描く仕事の他に、ミル（布地の製造工場）の仕事もやっていた。これはどういう仕事かというと、布地をプリントする工場に行き、そこで刷り上がってくる布の色をチェックする仕事だ。「この赤少し明るすぎる。もう少し色を落としてくれ」「この葉っぱのグリーンを、もう少し青みを強くするように」などの指示をする仕事だ。柄のデザインはもちろん大切だけれど、最後は色で決まる。

ところが工場はニューヨーク近郊ではない。南部、ノースカロライナ。サウスカロライナ州への出張である。飛行機で飛び、空港でレンタカーをしてホテルへ。そしてすぐに工場へ出向く。工場の輪転機は二四時間休みなく動いているからほとんど工場に詰めっぱなしになることもある。くたくたになってホテルへまた車を運転して帰る。滞在は三、四日のこともあるが、一週間になることもある。

以前はこの仕事にはたいてい二人のデザイナーで行くことになっていた。ところがこの会社ではほとんどの場合一人で行かせる。それでも二、三ヶ月に一回ならまだいいが、それどころか最低月に一回、それ以上のことも多くなってきた。

家族を持つ身でそれは Too Much だ。だから僕は辞めたのだ。

その日、帰る道々クラリベールはきっと怒り出すだろうと僕は覚悟していた。何しろ家には一〇歳と九歳、そして生まれてまだ一年にもならない赤ん坊がいるのだ。

「辞めちゃったよ」

その夜家に帰ると僕は言った。ところがクラリベールは怒り出すどころか、まったくいつもと同じ調子だ。

「いいよ、いいよ、何とかなるよ、リョウ」

僕が会社の愚痴を何度か言っていたので彼女にとっては寝耳に水ではなかったけれど、僕は拍子抜けしてしまった。夕食の後も僕の深刻な顔を見て、彼女は「心配しないで、何とかなるから」とむしろ慰めてくれた。

確かにここで妻に「あなた、どうするの？　私たち」などと深刻な顔で迫られたら、僕は二重の責め苦を負う気持ちになるだろう。何とかしなければならないということが分かっているのは誰よりも僕なのだから。

次の日の土曜日、三人の子供を連れてジャクソンハイツから車で一五分ほどのフラッシングにあるニューヨーク市職業紹介所に行った。どうして家族全部で出かけたかというと、ベビーシッターを頼むお金を節約したいからだった。

僕の一番の希望はデザイナーの仕事だったけれど、とりあえず僕が出来そうな仕事なら何でも、ということで書類を提出した。

そして僕らが帰ろうとドアの方へ歩き始めた時、僕が申請書を出したカウンターではないデスクに座っていた女性の職員が僕らを呼び止めた。

「あなたたち、フードクーポンを貰えるように、私が手続きをしてあげましょう。フードクーポンだけならすぐに貰えますよ」

フードクーポンというのは生活保護の一部である。アメリカの生活保護は全額を現金ではくれない。アパートの家賃は市の行政機関が直接大家に払い、食費にはクーポン券をくれる。このクーポン券はスーパーマーケットならどこでも、高級食料品店などは受け取らないが、街のグロセリーでも受け取るところは多い。特に低所得者の多い地域ではどこでも受け取る。その他衣料や靴、交通費のために現金が支給される。アメリカの医療保険の制度が悪いのは有名だが、ボトムラインの低所得者には無料の健康保険が保証されている。

彼女が僕たちのために手続きをしてあげようというのは、生活保護の一部の食料品である。

そこで僕たちはまた所内に戻って彼女のデスクへ行った。しかし今度は彼女の質問に答え、彼女がすべてをタイプして最後に僕がサインするだけで、僕らにかわって申請書を作ってくれた。

「大丈夫、きっと貰えますからね」

僕たちが子連れで来たので気の毒に思ったのかもしれないが、わざわざ呼び止めて「フードクーポンをもらえますよ」と言ってくれるだけでなく、すっかり申請書を作ってくれた彼女に僕は感謝した。彼女が呼び止めてくれなければ、僕はこんなベネフィットに気が付くことはなかったのだ。帰る時僕たちがお礼を言うと、

「Good Luck」

彼女が手を振って激励してくれた。

職業紹介所のドアを押して外へ出ると、今度はクラリベールがにっこりとして言った。

「ほーらね、何とかなるものでしょ」

フードクーポンをそれほど使わないうちに、僕は一ヶ月半ほどして新しいテキスタイルの会社に入社した。この時この仕事を始めて一〇年、何人かの同業の友人の紹介があったのだ。そして僕が新しい会社を見つけただけでなく、クラリベールもそれほどの収入ではないけれども仕事をみつけていた。それらはベビーシッターや掃除の仕事だけれど、商業紹介所に行った次の日から彼女は行動を開始し、日頃のおしゃべりが役立って、プエルトリカンコミュニティーから見つけてきたのだ。

人は時に失敗をする。そんな時クラリベールは悲壮にならない。そしてこれはクラリベールの性格であると共におおかたのヒスパニックの人たちの生き方でもある。普段は先のことをあまり考えないというのは困るけれど、失敗をしても笑ってすませる。アスタマニアーナ「明日の風は明日吹く」。こんな時は彼らの先のことを心配しないという生き方が良い方向に動く。

妊娠騒動

新しい家を何処に見つけるかということについて、僕は地下鉄の行かない地域と決めていた。それはどうしてかと言うと、もし地下鉄の通っている地域ならば、それまでのように息子たちの友達が入り浸りになる。これはどうしても避けたいからだった。
地下鉄の行かない郊外なら、郊外列車の料金は高いし、たいていの場合は郊外列車を降りてから車で数分はドライヴしなければならない。そんなお金をかけてまで彼らは来ないだろうと僕は考えたのだ。またアメリカは日本のようにバスがいたるところに走ってもいないから、たとえ高い運賃を払って郊外列車でやって来たとしてもバスはほとんどの場合ないので、そこから長時間歩いてまでは来ないだろうと僕は踏んだのだ。そして僕の予測は当たって、実際郊外に引っ越しをしてから息子たちの友達は一度も来ることはなかった。

一九九九年の秋になって僕たちはロングアイランドに気に入った家を見つけた。広い庭、緑の多い静かな家並み、今までとは全く違った環境で住むことになった。そして今度はこれまでのように賃貸しではなく、僕たちは自分たちの家を持ったのだということが何より満足感を与えた。

長男のジュニアと次男のダニエルは郊外に移るのが嫌で、今までどおりジャクソンハイツのアパートに残ることになり、ロングアイランド、ベイショアの新しい家には僕とクラリベール、そして三男のケンとで移ってきた。

この時から、四年経った春、ケンのガールフレンド、ステファニーが妊娠しているという連絡が彼女の両親から僕たちにあった。

ステファニーは妊娠したこの時一七歳。エクアドル人で三年前からの付き合いだった。ラテンアメリカではこの年で子供を産むのは珍しくなく、将来のことなども余り気にしていない。しかし僕たち夫婦は二一歳のケンにはまだ結婚や子供を持つというのは早すぎるし、彼としてもまだこれから人生に基礎を築くのにやりたいこと、またやらなくてはいけないことなどがあるだろうと思っていたが、ステファニーの両親は子供が出来るということをむしろ喜んでいた。

僕がプエルトリカンや南米スパニッシュと長年つき合ってきた経験では、彼らは子供を持つということにとても大きな価値を置いている。それは日本人でも他の人種でも同じだが、彼らの場合ちょっとニュアンスが違う。

前にジャクソンハイツのディスコに行った時のことだ。ちょっとしたきっかけでプエルトリカンの三〇代後半くらいの男と話をした。しばらく話していて僕は男の耳に気がついた。彼は片側の耳に沢山の小さな金の輪のピアスをつけている。最近は耳どころか体のいたるところにピアスをつけている人々はそこら中にいるので何とも思わないが、僕が見たのは七〇年代のことだ。しかも男性。そこで僕は聞いてみた。

「すごいね」

すると彼は自慢げに答えたものだ。

「良く聞いてくれた。これは俺の子供の数なんだ。一人子供が生まれると一つ金のピアスをつける。よく見てくれ。俺は八人も子供を持っているんだ」

そう言って背の高い男は僕が見やすいように屈んで彼の耳を見せてくれた。とはいえ、この男はどうせその八人の子供と一緒に暮らしてはいないだろう、第一、八人の子供の母親が一人とも思えない。
またそれら数人の彼のワイフ（あるいはガールフレンド）にしても、別の男との子供も持っていることは多い。しかし彼ら男たちは自分の子供たちに会うことを欲するし、けっこう頻繁に子供たちに会っている。それならば何故婚姻を結ばないのか、というとそこはほとんど男の身勝手だと僕は思う。しかしワイフ（あるいはガールフレンド）の方も、子供を持ちたいということの方が優先するらしく（僕がほとんど九ヶ月の間深刻に悩み続け、最終的にワイフにプロポーズした時のクラリベールの最初の答えを思い出してもらいたい）、彼女だけでなくその親たちも子供が出来たということをことの他喜び、お互いにそれほど大きなもめごとにもならないのはまさに驚く。

「子供を産みたい、子供を産みたい」

「二人もいるんだ。これ以上はいらない」

僕らの長男と次男は一歳違い。次男が二歳を過ぎるとクラリベールはやかましく次の子供を要求するようになった。

実際ヒスパニックの人たちはとにかく子供を持ちたがる。平均的に彼らは低所得者層に属するのに、なんでこうも子供を生みたがるのか、僕はしばしば疑問に思ったものだ。ここ長年の日本の出産率低下とは逆さまだ。彼らの経済状態は僕ら日本人の感覚から言うと、何人も子供が持てる収入ではない。しかしそんなことはあまり気にしていない。

「森の木だって種を蒔いて子供を沢山作っているのに、どうしてわたしが子供を産んじゃいけないの？」

　ある時クラリベールが言った比喩には驚かされるだけじゃなく、あまりにも滑稽で、つい笑い出してしまった。もちろん彼女が怒り出したことは言うまでもない。そしてそれから八年後、三男が誕生した。


　僕らの息子たち、長男には一人、次男には三人の婚姻を結ばないワイフがいてそれぞれ子供がいる（もちろん子供たちは認知しているが）。そして僕もクラリベールもそれら四人の子供たちの祖父母として、孫たちの学校の学芸会や卒業式には行くし、誕生日のお祝いをしたり、我が家にも遊びに来て時には泊まっていくこともあり、一緒に楽しい時を過ごす。親が婚姻関係にあろうとなかろうと、僕らの孫なのだから当然のことなのだ。

　もちろん当然なのは当然すぎるけれど、僕は僕の息子達に、子供が出来たのに結婚をしないという状態を何とか自分に納得させるのに時間がかかった。一人目の子供が出来、同じ女性とまた二人目の子供を作るなどというのは普通のことだ。つまり婚姻を結んで一緒には暮らさないけれど、別に喧嘩することもなくつき合っているのだ。それでも僕は結婚をするようにと何度も息子たちに言ったけれど、クラリベールが横から口を出す。

「彼女たちもわたしたちの息子も、お互いにこれでいいと言っているんだからいいんじゃないの？　リョウ、そんなにムキになることないよ」

僕はこうしてカルチャーの違いを乗り越えて来た。

アメリカではたとえ離婚したとしても父親は子供たちに会うことは法律になっていて、子供が成人前の場合は、一週間か二週間に一度、父親は子供に会わなければならないと決められている。アメリカも特別の情況がない限り、普通母親が子供を取るが、子供は母親の所有物ではなく、一個の独立した存在であるという理解から、そして父と母を持つことは子供の権利であるということから、子供から父親を奪うことは出来ないと考えるのである。そしてまた、父親が子供に会いたいという気持を奪うことも出来ないと考える。離婚によって夫婦の関係は終わるが、両親が離婚したからといって、親と子の関係（たいていの場合は父と子）を切っていいなどということはありえない。この事に関しては、父親に課せられる養育費、子供の健康保険の確保などの規則があり、子供を手元に置く母親は、父親が毎週末子供に会う事が出来るように、五〇マイル以上離れたところには住んではいけないなど、その他多くの細かい法律上の規定がある。話が拡大するのでここでとどめるが、これは僕がアメリカで日本との違いとして学んだことである。

日本にいる僕の友人が、二人の子供達がまだ小学生くらいのときに離婚した。そして彼はその時以来、子供達に会っていないという。

「もう離婚したんだし」友人は言う。確かに夫婦はもともと他人。離婚すればもう関係ないかもしれない。しかし子供は違うだろう？　会いたいと思わないの？　どんな風に成長して行くのか気にならないの？　僕は何度も聞こうと思ったことがある。

僕だったら会いたいと思うだろうと思ったからだった。多分、彼がアメリカに住んでいる友人だったら率直に聞くことが出来ただろう。しかし日本では彼のような人が特異ではないことを知っていたので躊躇して聞くことが出来なかった。

日本では、離婚をしたら父親は子供と会わないもの、と思っているのは父親の方だけではない。母親の方もそういうものだと考えているようだ。そして子供達の気持ちは完全に無視されているし、子供達はそれに従わせられる。そうしてそれを学んで行く。どこかおかしい。子供は親の所有物ではない。率直に感情を解放したらどうかと僕は言いたい。


そんな日本人に比べて感情で生きているみたいなヒスパニックの人たちにとって、この国の規定より何より、子供が沢山いるということは彼らの誇りのようだし、またそうやって子供、親戚などがしょっちゅう集まって一緒に食べることも好きだ。僕の次男の最初のガールフレンドとの間に出来た子供の小学校の卒業祝いに、二人目のガールフレンドも一緒にお祝いに来ていたけれど、そんなことだって驚くには当たらない。また、僕らの孫たちの母親側の祖父母から僕とクラリベールがパーティーなどに招待されることもしばしばだ。形にこだわる日本人から考えると、度肝を抜かれることが実に多い。

僕はクラリベールがまるでチャリティーのように誰彼かまわず大判振る舞いをするのが理解出来ないと感ずることが多いが、実際それは何も彼女だけに限ったことではない。我が家の息子たちもしょっちゅう他所で食べてくるし、泊まってくることもある。

まだ息子たちが小学生の頃のことだ。僕が息子たちと近所を歩いているとだれかがアパートメントのビルの窓から叫んでいる。見上げると息子たちの友達のお母さんだ。

「ジュニア！　ダニエル！　今、特製のカンネ・ギザ・コンポヨ（肉と野菜のシチュー）を作ったところだから食べにおいでよ」

僕は行かなかったが息子たちはすぐに走って行った。家に帰ってクラリベールに話すと、こんなことはしょっちゅうだよと、まるで僕がおかしいみたいに平然と言う。

これは「ぼくらのアパートがキャンプ場になる」のところに書いたが、人生に対する価値観が違うのだ。実際そう考えなければ、とてもやっていけないと思うことは日常である。

とはいえ、時々思うこともある。僕が子供の頃の日本ではヒスパニックの人たちほどではないが、隣近所には付き合いがあったし、時には助け合いもあった。そして何より子供達の遊び場でもあった。

とんだベイビーシャワー

話がそれてしまった。ステファニーのことに戻ろう。

そして夏が来て、ステファニーが妊娠七ヵ月を迎えた頃、彼女の両親からベイビーシャワーのパーティーの招待状がきた。

アメリカでは普通赤ちゃんが生まれる数ヶ月前に、ベイビーシャワーのパーティーをする。

つまり赤ん坊を産む女性へのおめでとうのパーティーである。パーティーに招待されるのは彼女の女友達や叔母、従姉妹など女性オンリーだ。時には自宅でという場合もあるが、多くの場合どこか宴会場のような処を貸し切って行われることが多い。そこでは勿論食事とドリンクが提供され、招待された人々は赤ちゃんへの贈り物を持って行く。

ついでに言っておくとブライダルシャワーというのもある。ブライドというのは花嫁のことだから結婚する前にこれも女性だけの集まりで、やはり大きな会場を借りてパーティーをする。勿論その時招待された人々は贈り物を持って行く。この様にアメリカは出産、結婚の前に女性たちだけのパーティーが開かれることは一般的である。

さて、ステファニーのベイビーシャワーの招待客は特に女性だけというわけではなく、彼女の友達も、親戚も男女混合で大勢招待されており、七〇から八〇人くらいの大宴会だった。場所は彼女の家族の住むニュージャージーで、緑に囲まれた大きな宴会場だった。この家族と最初に知り合ったのは、僕たちが住んでいたクイーンズだったがその後ブルックリン、そして現在のニュージャージーと三年間で三度も住まいを変えていた。僕たちは僕ら夫婦とケンの三人。車でロングアイランドからニュージャージーの会場まではほぼ二時間近くのドライヴ。この日は特に暑い日だったが、会場はまるで森の中といえるような処だったので、木々の間を抜けて来る風は涼しく、また日陰はひんやりとしていて気持よかった。

広いボールルームにはいくつものテーブルが配置されていて、奥の壁に沿って沢山の種類の料理が並び、それぞれの料理には給仕の人々が着いていた。またもう一つの壁の前はバーになっていて、バーテンダーが飲み物を供していた。

ラテンミュージックがかかり、人々は飲んだり食べたり、パーティーは大いに盛り上がっていた。

まったく豪華なベイビーシャワーだ、と思って会場を見渡していると、ステファニーとステファニーの両親がやって来た。一緒にテーブルに座り、ワインを薦められた。

ステファニーのお母さんはきりっと小顔で目が大きく、ステファニーの目は母親ゆずりだということがわかる。またどちらかというと恰幅はいい方だけれど小柄である。

ステファニーも小柄だけれど彼女は若いからほっそりとしていて、特に美人というのではないけれど、どことなく蠱惑的な感じのする少女だ。ケンの話によると、すぐに男が寄ってくるということだが、たしかに男好きのするタイプかもしれない。

「今私たちの間で髪を金髪に染めるのが流行っていて私も染めてみたのですが、どうかしら?」など、特に話題にすることもないので他愛ないことを話し、食事をすませた。

食事が一段落すると誰ともなくボールルーム中央のダンス用に空いている空間でダンスが始まった。いつの間にかそれが大きな円になり、円の真ん中にステファニーが入り、周りの人々と一人ずつ踊りだした。僕の番が来て円の真ん中に進み出ると、ステファニーがにっこりとして僕に手を差し伸べた。その顔はあどけない少女のようで、僕はその手を取り踊り出した。彼女の小さな手からひんやりとした感触が伝わってきた。『この子が僕の義理の娘になるのか、どんな孫が生まれるのかな、男の子？　それとも女の子？』僕はこの時初めてステファニーのことを現実の身近な存在として感じた。

大きな円の一人一人と踊り終えると、最後にステファニーとケンが踊った。二人が踊っている間中人々は手を打ってリズムをとり、大喝采の内に招かれた人々も大満足の楽しいパーティーだった。

子供の父親は誰？　ＤＮＡ鑑定

それから数日後、彼女の容態を心配したケンは、ニュージャージーに行きたいと言うので、週末に僕はまた車を走らせた。今度は家族の住む家で、森の中の宴会場ほどは遠くなく、マンハッタンを越えてニュージャージーに入り一五分ほどのドライヴだった。

ごく中流の家の並ぶ地域で、家と家との間はそれほど広くなく、庭も小さいが、夏まっさかりの庭には、白い木の垣根に大輪の向日葵が互いに寄り合うように咲き乱れていたりする、そんな通りの一軒の家がステファニーの家族の住まう家で、クリーム色のペンキで塗装された二階建ての結構大きな家だった。

呼び鈴を押すとステファニーのお母さんが出て来た。僕たちに「お入り下さい」と言うとすぐに二階へ上がって行った。

家は借家ということだったが、広いリビングルームには大きなテレビ、革張りの豪華なソファ、そして高価な家具があり、贅沢な暮らしぶりだなと僕が驚いていると、「全部借り物だよ」とケン。

それはともかく、僕たち二人が豪華な革張りのソファに腰掛けて待っていると、クラシックなスタイルの階段をステファニーが大きなお腹をかかえながら降りて来た。ケンはステファニーの元気な様子を見て安心したらしく、それまでの不安げな様子は一変して笑顔を取り戻していた。

そして彼はいつもよりハードに仕事をして得たお金を渡し、くれぐれも体に気をつけるように言って僕たちは帰路に着いた。

ロングアイランドに戻るとケンはすぐにステファニーに電話をした。ところが電話を取ったお母さんは、彼女は友達の家に行ったという。つい数時間前には家にいたし、しかもあのお腹をかかえているのに。それから二、三時間してから電話をしても同じ答えだ。

ケンはもちろん、僕たちだっていったいこれは何なんだと思わざるを得なかった。

この事があってケンは次第に落ち着かなくなっていった。ステファニーの家族は何かを隠しているのではないかと僕たちは思った。

ケンがそんな不安な日々を送っている中、ステファニーが赤ちゃんを産んだという知らせが入った。僕とクラリベール、そしてケンはさっそくステファニーが入院している病院に行った。受付で彼女の部屋の番号を確認して部屋に行くと、そこは綺麗な個室で、ステファニーはちょうど赤ちゃんにお乳を上げたところらしく、手で赤ちゃんの背中をさすっているところだった。

僕たちはすぐにベッドの脇へと行った。

「女の子よ、抱いてみる?」

ステファニーが赤ちゃんをケンに差し出した。ケンは慣れない手つきで慎重に赤ん坊を受け取った。

「可愛いね」その姿は父親になった実感を味わっているように見えた。僕とクラリベールはケンの腕の中の赤ちゃんを覗き込んだ。髪の毛はある程度濃いが、色の白い赤ん坊だった。ケンは三人の兄弟の中でも特に浅黒い子だが、プエルトリカンでは同じきょうだいの中でも色の白い子、浅黒い子と、それは日本で「この子色白ね」とかいう程度ではなく、その差はかなり違うことは多い。現に僕らの息子たち三人の中で、長男ジュニアは日本人としても色白の部類に入る肌色。次男ダニエルはごく平均的ヒスパニックの褐色、そして三男ケンはかなり浅黒い。普通混血児というのは両親の肌色の中間になるのだが、プエルトリカンには必ずしも当てはまらない。両親は褐色の平均的ヒスパニックなのに、時に色白で金髪、またはブルーアイの子供が産まれることもある。

プエルトリコは日本の四国の半分しかない小さな島、一五世紀にコロンブスが島に到着した時にはすでに先住民(インディオ)がいたが、島はスペイン人によって征服された。その後、彼らはサトウキビ栽培のためにアフリカから黒人奴隷を労働力として連れて来た。しかし早い時期にサトウキビ栽培は島に適さないということになり奴隷を解放。この時にそれまでは異人種間の結婚は禁止していたが異人種間結婚は合法になり、白人のスペイン人、現地のインディオ、そしてアフリカ人の間で混血が起こり、それも烈しく混血しているということで、思わぬところへ思わぬ毛色の子供が生まれたりするのだという。

ちなみに、アメリカ合衆国で異人種間の結婚が全州全てで合法になったのは一九六七年、僕が来た三年前である。

そこで僕たちは生まれてきた子が白いことを特に気にしなかった。むしろ気になっていたのは誰がここの入院費を払うのかということだった。

ケンが赤ん坊をステファニーの腕に戻すと、彼女は部屋を眺め回した。

「いい部屋でしょう。わたし、国から援助してもらえるカードを持っているから出産の費用も、部屋代も、みんなただなのよ」

ステファニーの言う国から援助してもらえるカードというのは、低所得者用の健康保険のカードのことである。アメリカの健康保険はとにかく悪く、中間層で健康保険を持っていない人々がものすごく多い。けれども低所得者と認められる収入だと、国が全面援助の健康保険が取得出来る。ただしその保険を受け入れる医者や病院は限られてはいるが、医療費が無料になる。

そんな話を聞いているところへ「Ｓｉｓ（お姉ちゃん）」という声がしてステファニーの妹がドアを開けて入って来た。

この妹は一五歳くらいで、いつも僕たちとは話をしない。ちらっと僕たちを見ただけで姉のベッドの脇へ行くと赤ん坊を覗き込んでいる。その時ベッドの横のサイドテーブルの上の電話が鳴った。妹がすぐに電話を取ると、彼女は電話を持って窓際へ行った。最初の内は気にしなかったが、その内彼女の声が次第に大きくなり、いやでも会話が僕たちの耳に入って来た。

そしてそれは明らかにケンを侮辱する差別の言葉だった。

「赤ちゃんは色の白い、白い、可愛い子よ」そして彼女は続けた。

「ハリーにそっくり」

僕はその会話を聞いて不愉快な気持になった。ハリーって誰？

「ほんとにあの子は仕方のない子で――、すみません」ステファニーはそんな僕らの気持をすぐに察して謝った。

姉が僕らに謝っているのに妹は相変わらず会話を続けたままだ。そして終わると特に僕たちに挨拶をすることもなく、さっさと部屋を出ていった。

そんな気まずい雰囲気になり、僕たちも早々に引き上げることになった。帰りの車の中で僕はケンに聞いた。

「前の彼氏だよ」ケンが不機嫌に答えた。

「だけど今はつき合ってないよ」続けてケンが言った時、今度は助手席に座っていたクラリベールが僕とケンに顔を向けてあっさりと言った。

「ＤＮＡ鑑定をしましょう。お互いのために」

帰宅してから僕も同感だと言うと、ケンはたとえ自分の子供でなくてもステファニーと一緒に子供を育てる決心だと言う。僕たちはたしかにケンは良いパパになることは知っていたが、何もこんなに若くから苦労させたくはないし、まだまだ将来のために勉強して欲しい気持だった。

病院を訪れた時のことがあったからなのか、その後ステファニーは僕たち家族を避けるようになっていた。そこでクラリベールはステファニーの両親に電話をして、DNA鑑定をする同意許可を取った。その当時の鑑定費用は日本円で八万円くらいだったが、ケンの一生の事なので、その費用は僕たちが出すということで話を進めた。

三ヶ月後、マンハッタンのクリニックでステファニーと待ち合わせ、赤ちゃんとケンの口の中の粘膜を取った。僕が赤ちゃんの顔を覗くと、何も知らない赤ちゃんは僕の顔を見て無邪気に微笑んでいて、その時までケンの子供でないようにと願っていた心が揺さぶり始めた。もしケンの子供でなかったら、この可愛い赤ちゃんは多分ステファニーだけで育てることになるのだろうと、複雑な気持になったのは、クラリベールも同じだったようだ。

数週間後、待ちに待った鑑定結果が封書で送られて来た。僕の宛名になっていたので、クラリベールと一緒に開封すると、何と、九九%違うと書いてあり、僕とクラリベールは顔を見合わせてほっとした気持になった。

僕が直ぐにケンに手紙を見せると、残念がるかなと思っていたのが、今まで無理をして父親らしくなっていた顔から、だんだん以前の童顔に変わっていくのが見え、僕らを見て久しぶりに笑い、僕は良かったと叫びたい気持だった。

その後ケンの話によると、ステファニーは前のボーイフレンドとつき合い始めたけれど、彼もまた赤ちゃんの父親ではなく、結局誰が父親なのか、僕たちには分からなかった。

時折彼女は赤ちゃんを連れてケンに会いに来ていたけれど、もう以前のようなリラックスした関係には戻れず、何かぎくしゃくした間柄になっていた。

その年のクリスマスイヴ、ケンの部屋の掃除をしていたクラリベールが、「ちょっと来て」と僕を呼んでいる。行ってみると彼女は僕の前に小さな箱を差し出した。

「見て、このダイヤモンドのブレスレット、まだ彼女のことが忘れられないのね」

それは有名ブランドの箱に入っていた。そしてクリスマスの当日、ステファニーは彼女の父親の運転で赤ちゃんと一緒に僕らの家にやって来た。その時父親は僕たちにケンの事をいろいろと尋ね、「彼はどんな仕事をしているの?」とか「収入はどれくらい?」など、まるで娘の婿の調査をしているような質問を次から次へとするのだった。

彼らが帰ったあと、ダイヤモンドのブレスレットの箱は消えていた。

9・11

その朝はほとんど雲のない真っ青に晴れ渡った秋空で、僕は清々しい気持でいつものように仕事場に向かい、ひと列車早かったので、会社に着いた時はスタジオにはまだ誰も来ていなかった。

いつものようにデザイン画をデスクの上に広げ、絵の具を取り出し。筆を揃えたところへ同僚のデザイナーの女性が泣き叫びながら入って来た。

「ツインタワーに飛行機が突っ込んで燃えているの!」

いったい何の話をしているんだ。何が起こったんだ。僕はすぐには事態が呑み込めないでいると、彼女は体を震わせながら悲痛な表情でさらに訴えた。

「リョウ！　ワールド・トレード・センターが燃えているのよ！　朝一緒に地下鉄に乗って来た友達はツインタワーで働いているから、彼女、事故に遭ったかもしれないわ」その一言で僕らは飛ぶように階下に降りて行った。僕らの会社は三階だったので、エレベーターを待つのももどかしく階段を駆け下りた。

ビルディングの外は五番街だ。僕らの会社のあるビルは五番街と三一丁目にある。僕と彼女が降りて行った時には、すでに歩道には多くの人々がダウンタウンの方を向いて立っていた。というより立ち尽くしていた。僕らの会社の人たちもいて、ビルディングに入る前に事故を見たのでそのまま外にいたのだ。

多くの人たちは互いに話すこともなく、ただ呆然と目がダウンタウンへ引きつけられてしまったように燃えているツインタワーを見ている。中には歩道にしゃがみ込み、うずくまっている人。立ち去ることも出来ずに、抱き合いながら頬を伝う涙を拭くこともしないでタワーを見つめている女性たち。

その時はまだ事の全貌が見えていたわけではないので、人々は飛行機が間違ってビルディングに突っ込んでしまった事故だろうと話していた。そしてそれからすぐに二機目がビルに突っ込んだ時、それは事故ではないということが分かった。驚愕が歩道に広がった。

この日の、四日前の金曜日、僕は一日の休暇を取ってクラリベールと一緒にワールド・トレード・センターに弁護士に会いに行った。車で行ったので駐車するところを探していた。マンハッタンで乗用車の路上駐車の場所を見つけることはほぼ不可能である。

「ワールド・トレード・センターの地下の駐車場に停めようか？」と僕が言うとクラリベールは大きく手を左右にふって反対した。

「No　No リョウ。あなた忘れたの？　前にテロリストが駐車場を爆破した事件を。駄目、駄目、駄目よ」

その数日後、会社の前の五番街に燃えるワールド・トレード・センターを見ながら呆然と立っていた時、クラリベールが、四日前に言った言葉を思い出した。それはまるでこの日の惨事を予感していたように思われた。

クラリベールは三〇年近くニューヨークに住んでいて、この日初めてワールド・トレード・センターに来たのだった。まさかそれが最初で最後になるなんて、惨事の後、彼女は涙ぐみながら彼女の脳裏に焼き付いた、最初で最後のツインタワーに思いを馳せていた。

ワールド・トレード・センターでの用事を終えると、僕たちは少しの間タワーの近くを歩きまわった。タワーの向かい側にあるセント・ポール・チャーチを見るとクラリベールが中に入りたいと言う。クラリベールは熱心なカソリック教徒なので教会を見るのが好きだ。

教会の中を見ると今度は墓地へ出た。彼女は墓石の一つ一つを見て周り、一八〇〇年代の墓石の前で興味深く佇んでいる。

僕はいささか疲れてきたので、「また今度ゆっくり来ればいいよ」と彼女を急がせたのを後になって悔やんだ。僕たちはその後二度と行くことはなかった。

その日のワールド・トレード・センターは活気があって、僕たちが弁護士のオフィスの階と部屋番号を聞いた警備員や人々は皆笑顔で答えてくれた。

「あの人たちはどうなったの？」誰かに聞きたい。僕は僕が勤める会社の人々に混じって五番街の歩道に佇みながら、彼らの笑顔と対面していた。


五番街は車と人でますます混雑してきたので、僕とスタジオの人たちはとにかくオフィスに戻り、ラジオを聴くと最初のビルが崩れ出したと言っている。そして二つ目のタワーが崩れると、ニューヨーク中がパニックに陥り騒然となった。

ラジオでも、会社でも皆早く帰宅するようにと告げていた。ダウンタウンに近い方はテレビも電話も不通になっていたが、僕の会社のある三一丁目のあたりの電話は通じていたのは幸いだった。クラリベールは何回も電話をしてきて、マンハッタンは危険なので直ぐに出るようにと言ってきた。

僕は帰るようにと言われても、郊外であまりにも遠く、途中のことが心配だったので、どうしようと思っていると、マンハッタンもアップタウンに住んでいる同僚の数人が住所と電話番号をくれ、「帰れなかったら家に来て下さい」と言ってくれ、本当にありがたいことだと感謝した。

その内ほとんどの人たちは歩いて帰り、僕とニュージャージーに住むアントニーだけが残った。ラジオでニューヨークは飛行禁止区域と告げられているのに、凄い戦闘機の爆音がスタジオのガラス窓を揺さぶり、その時僕は一瞬爆撃される！　と体が凍り付くところだった。窓から空を見ると、濃いコケ色の三角形の戦闘機が行ったり来たりしていて、僕はそれを見てこれはアメリカの戦闘機だと分かりほっとした。しかし仕事に戻ろうとしても。ほとんど手に着かず、僕が会社を出たのは午後の6時頃だった。

交通機関の情報が入手出来たのは午後になってからだった。トンネルや橋はマンハッタンから外へ出て行く道路はオープンしているが、外からマンハッタンへ入る道路は全て閉鎖された。それは地下鉄や郊外電車も同様で、多くの人々はマンハッタンの外から働きに来ているので、外へ出て行く交通機関だけは動いているということだった。また二三丁目以南は、そこからアップタウンへ出ることは出来るが、そこに住んでいる人以外はダウンタウンへは入れないように、ポリスラインが敷かれた。

僕の住むロングアイランドへの郊外電車の駅、ペンステーションは会社から歩いて五分たらずだ。ほとんどの人々はすでに帰宅したのか、思ったより人通りはそれほど多くなかった。けれども駅へ歩いて行く途中、ツインタワーのすぐ近くで働いていたのだろうと思われる人たちが、ダウンタウンからずっと歩いて来たらしく、全身、服から鞄から灰をかぶり、呆然と歩いているのを見かけた。ペンステーションに着くと機関銃を持った兵隊とポリスが構内の警戒に当たり、構内は混雑していた。そして電車に乗れない人々が不安そうにうろうろしていて、自分の帰宅方法を探していた。

「ベイショア行きは走っていますか？」

列車の情況を説明している駅員に聞くと、

「一九番ホームに行きなさい。あと少しで出ます」

それを聞いて僕は信じられない気持で地下の階段を降りて行った。

列車の中は事件の話で持ち切りだった。誰か知り合いを亡くしたのか、所々の席で泣いている人もいた。

ペンステーションを出発して、三〇分もすると、外はすっかり郊外の風景になり、時刻は七時近くなっていたが、九月はまだ夏時間で外は明るい。郊外の駅にはどこも広大な駐車場がある。人々は家から駅まで車で来て駅の駐車場に車を置き、電車に乗ってマンハッタンに行くからだ。

僕が列車の窓から駐車場を見ると車がまだ沢山残っている。普通この時間ではこんなに車は残っていない。まだ帰れない人々の車なのか、どこかマンハッタンに住む人のところへ行くことを決めた人の車なのか、またこの中には主人を亡くした車もあるのではないか。様々な思いが頭の中をかけめぐった。そしてその人はこの朝、ここに駐車する時に、まさかこんな悲惨なことになるなんて思ってもみなかっただろうと思い、突如、制御出来ないほどの悲しみが胸を突き上げ、熱いものが目にこみ上げてきた。

ベイショアの駅に着くと、クラリベールが列車から降りた僕に駆け寄って抱きつき、僕も今までこらえていたものが急に抜けたような気持で互いに何も言わずに僕も彼女を抱きしめた。そして無事で良かったと無言の安堵を分かち合った。

翌日会社に電話すると、数日の間会社は閉めるということになった。そこでいつも行くスポーツジムへ出かけた。来ている人は少なく、またこの辺りの人たちはマンハッタンで起こったことは遠いところの事という感じで、僕は昨日とは全く違う別の世界に来たような、自分がうまく統合出来ないような、混乱を感じた。一人プールで泳いでいると、高い窓から陽が差し込み、水面が陽の光でキラキラ光っている。それを見ていると、僕は昨日のことが一瞬遠のいていくようで、まるで天国にいるような気持になった。

それからしばらくの間、駅には機関銃を持った兵隊が立っていたが、そんなぎょうぎょうしさとは別に、駅の近くの池の白鳥が秋の日差しを浴びながら、ゆっくりと、優雅に、緩やかな波を作りながら泳いでいる姿は、「なぜ人間は殺し合うのか」「なぜわたしたちのように平和に暮らせないのか」と言っているようだった。

再会

ロングアイランドに引っ越した最初の年は、三男のケンだけでなくクラリベールもジャクソンハイツが懐かしく、しばしばジャクソンハイツを訪れていた。そして引っ越して一年後に勃発した同時多発テロ直後にはクラリベールの手術などがあり、クラリベールと一緒にジャクソンハイツを訪れたのは次の年になってからだった。

僕自身は毎日マンハッタンに仕事に行っているので、デザイン室でも9・11のことはほとんど毎日の話題だった。僕が地下鉄を下車する駅は七番街と三二丁目、そこから東に向かって二ブロック行き、五番街まで来ると右折してダウンタウンの方角へ一ブロック歩く。前方を見る。ああ、僕らの会社からは五〇ブロックほども遠いのに、前方に堂々とそびえていたツインタワーがない！

晴れた日は青空に向かって聳え立ち、雨の日や雪の日は天上の靄の中に頭を隠し、それは単なる建造物ではあったが、ニューヨークのアイドルだったのだ。その風景の一部が消されてしまっている。あのアイドルがあってこそニューヨーク、ダウンタウンの風景は完璧だったのだ。だが今、そこには沈黙した青空があるばかりだ。もちろんタワー崩壊の現場の惨状は風景の消去などというものではないが、ニューヨークに住んでいる人たち、また、ニューヨークに仕事に来ている人たちをまとめている象徴だったのだ。

「ダウンタウンの方角へ歩いて行く時、なんとなく下を向いてしまう。ツインタワーがないのを見たくないのよ」会社の中で何人もの同僚が同じことを言う。同じく僕も、ダウンタウンに向かう度に喪失感に見舞われた。

この頃、ジャクソンハイツなど移民の多い地域では、アメリカ国旗をウインドウに貼り付けている店舗が多くあった。「わたし達はテロリストではありませんよ、アメリカに忠誠を誓う市民ですよ」というアピールだ。

僕らの家のあるロングアイランドは郊外のこともあって、町の様子はテロ前と変わっていないので一変した市内に出かけたクラリベールは以前と様子が違うのに驚いていた。

その年の夏、僕たちはまたジャクソンハイツに友人を訪ねた。

僕たちは友達のアパートで楽しいひと時を過ごし、車に戻って来た時だった。

「クラリベール！　リョウ！」まさに車に乗り込もうとしていた時に、背後で誰かが僕たちを呼んでいる。きっと以前僕たちがここに住んでいた時に知っていた誰かだろうと、声のする方を振り返ると二人のヒスパニックの女性たちが小走りに僕たちの方へやって来る。誰だ？　と思ってよく見た時には二人の女性たちはすぐ近くまで来ていた。僕は一瞬分からなかったが、クラリベールがすぐに大声を上げた。

「クラウディア！　ジェニー！」

何とその二人の女性とは、僕が一人密かに呼んでいた悪女三人組の内の二人だった。

その後は大変だった。皆でかわるがわるに抱擁し、やっと落ち着くと長い間逢わなかった間の話になった。とにかく話は長くなりそうだったので、僕らの子供たちがよく遊んだ九三ストリートの角の公園に行った。夏休みだから公園は沢山の子供たちが遊んでいたが、僕たちはうまい具合に石のテーブルをはさんで二つのベンチが向かい合っているコーナーを見つけた。深々と茂った大木の下でベンチはすっかり日陰になっていた。そこで皆は待ちきれないというようにしゃべり始めた。この時イルマはいなかったけれど、もちろん話の中にはイルマも登場した。

最初に僕らのアパートを出て行ったのはイルマだった。それからさらに数年してジェニーは離婚をして、彼女はそのまま残り、夫はアパートから出ていったけれど、後に彼女が出て行ったのは僕たちロングアイランドに引っ越した五年ほど前だった。クラウディアは僕たちがアパートを出る三年くらい前、その時のことは前述したとおりだ。

この時僕たちが何より驚いたのはジェニーの変わり様だった。この女性があの男漁りの達人？ 彼女の変わり様はまったく別人の如くだ。昔のジェニーの面影もない。そこに立っているのはおとなしい、むしろ地味な感じの中年女性だ。ブラウンの無地のロングスカートに襟元にひかえめのレースがついたVネックの半袖の白いブラウス。足下はごく普通の地味なサンダル靴。服装が違っているばかりではない。それよりも何よりも彼女が綺麗になっていることだった。綺麗というのは例えば整形をして顔を整えたというような意味ではなく、顔は中年女性のものだけれど、クリーンな、清々しい顔をしているという意味だ。以前のジェニーは何処へ行ったのかという感じだ。

「あなたたちが驚いているのはわかるわ。もう前の生活なんてうそみたい。わたしは変わったのよ」

それから彼女の説明によると、彼女はもう七年くらい前からある教会のメンバーなのだという。アパートを出て行く少し前に友人に誘われて行ったのがきっかけで、それからのめり込むように信仰を深めて行ったのだという。プエルトリカンは皆カソリックだから彼女の教会もそうなのだけれど、いわゆる正統のカソリックではなく、新興のカソリックのようだ。だがこの教会の教義はともかく、その教会は信仰だけでなく、まず生活態度、習慣に厳格で、女性はロングスカートでなければいけないとか、禁酒、禁煙とか、いろいろな掟があるらしい。

昔のジェニーは男漁りに大酒飲みで、ヘビースモーカー。人って変わるときには変わるものなのだと僕たちは驚いたけれど、何より良かったのは彼女が静かに幸せな生活をしているということだった。

そこで僕たちは二年前にロングアイランドに家を買ったこと。ジャクソンハイツとはぜんぜん違うところだけれど、楽しくやっていることを話した。

クラウディアに最後に会ったのはトニーがＦＢＩに捕まり、それから一年後、アパートの外でドラッグの後遺症で震えているのを見た時だった。でもこの時のクラウディアは元気そうだった。五年前と同じ肩より少し長めのカーリーの髪で、深い感じのする憂い気味の目も同じだ。ただちょっとやつれた感じがするのは、今は麻薬はやめているということだったが、まだ本当にドラッグの後遺症が抜けていないのか、あるいは単にお互い歳のせいもあるだろうと考えた。

彼女も今は良いボーイフレンドを見つけ、息子のリッキーと三人でニュージャージーに暮らしているということだったが、彼女を育ててくれたおばさんは、今もかつて僕たち皆が住んでいたアパートから二つ先のアパートに住んでいた。おばさんはもう八〇歳に近く、体の具合が良くないので最近はしばしばおばさんの処へ来るので、ジェニーと連絡を取って会ったのだという。

それからしばし一緒に飲みに行ったバーのことや、ディスコのことなど昔の話になった。やっと話が一段落するとクラウディアがちょっと目を落として又僕たちを見ると言った。

「あのね、実はね、トニーがわたしに会いたがっているの。だけどわたしはもう会えないから、わたしの代わりにあなたたちがトニーに会いに行ってもらえないかしら。そしてわたしが幸せに暮らしているって言って欲しいの」

トニーに会いに行ってくれといったって、それ、刑務所に行ってくれってことでしょう？

僕はいささかびびってしまったけれどクラウディアの頼みだし、何しろクラリベールがオーケーしたのだから仕方がない、結局引き受けることになった。

州刑務所に行く

当日は良く晴れた初秋の日差しが気持良い日だった。クラウディアに頼まれてから数週間後に予約が取れ、僕とクラリベールは車でブルックリン区の州刑務所へ行った。ロングアイランドからほぼ一時間近くかかってブルックリンへ入り、しっかりとプリントアウトしてきた住所を持ってきたにもかかわらず、僕たちは道に迷ってしまった。その辺りは人気のあまりない大きな倉庫の並ぶ場所で、何処をみても似たような風景なので余計に迷ってしまい。同じところをぐるぐると回っているばかりだった。そうやって「また同じところに来てしまったよ」と言っていると上手い具合に若いポリスが歩いて来たので聞いてみた。

「この近くに州刑務所はありませんか？」

「知りません。聞いたこともありません」何ともそっけない返事。若いポリスなので知らないのか、あるいは教えないのか、また州刑務所は秘密で場所を変えるということも聞いていたので、そのいずれかだろうと思い、今度はゆっくりと車を走らせ、注意深くあたりを見て行った。倉庫、廃棄ビル、壊れかかった家の間を通り抜けると、前方に、屋上に鉄上網が張られている建物が見える。僕は多分あの建物に違いないと思い、近づいて行くとその周りにはセキュリティカメラが沢山取り付けられており、トニーから貰ったアドレスも一致していたので車を停めた。駐車場にはベンツやＢＭＷなどの高級車が停められているのが目立ち、僕たちの後から来たベンツからは、豹柄のファッショナブルな光沢のあるブラウスに、これもまた光沢のある細身の黒のパンツを身につけた背の高い金髪の女性が（多分金髪は染めているのだろうけれど）降りて来た。その風貌はマフィアのワイフかなにかで、ここに来るのも慣れているのか、さっそうとビルの中に入って行った。

彼女の後に続いて中に入ると、そこはちょうど小学校や中学校の教室三つほどの大きな待合室で、メタルの椅子が部屋の中程にせいぜい四〇か五〇脚くらいしかないので、大勢の人々が、子供も含めて立って待っていた。

受付に行くと係員はまず僕たちの名前が面会希望者のリストに入っているかを確認し、何枚かの用紙をくれた。

名前、住所、ここへどのように来たか、地下鉄か徒歩か、車か、もし車なら車のナンバーを記入せよ。その他いろいろな質問を書き終えると、運転免許証（これはガヴァメントによって発行されたものなのでＩＤになる）を添えて提出した。次に身のまわりの余分なものはすべてロッカーに入れて呼ばれるまで待つようにと指示されて、僕たちはまた、ただ立って待っている大勢の人たちのいる待合室へ戻った。

人々に混じって立っていると受付の方で何となくもめているような声が聞こえた。若い黒人の女の子に係員が言っている。

「ミニスカートは規定で面会出来ないのです」

すると女の子は後ろを振り返り一人の若いヒスパニックの女の子を指差した。

「何であたしはいけなくて、あの子はいいの？」

「あの子はミニスカートのようですが、ショートパンツなので良いのです」

係員が説明しているのを聞きつけると、誰も呼んでいないのにショートパンツの女の子が受付のところへ見せつけるような態度でやって来て喧嘩を売りつけた。

「あたしはショートパンツよ！　なんか文句あんの⁉」

すると即座にミニスカートがショートパンツの肩を思い切り押した。もちろん相手も負けていないですぐさま平手でミニスカートの頬を打ち、お互いに頬を打ち合い、その内にもみ合いの喧嘩になった。

周りには黒人のプロレスラーのような大きな体の男や、丸刈り頭に入れ墨のやくざ風の男たちがいたが、女の子たちの強烈な喧嘩に唖然として口を開け、目を見開いて棒立ちになっている。もちろん他の人たちも突然の寸劇に言葉を失って見ている。

するとと今度はミニスカートがショートパンツのシャツに手をかけ引きちぎった。Ｆサイズの豊満な乳房が飛び出した。上半身裸にされたショートパンツが床にうずくまると、ミニスカートは相手を蹴り始めた。

「あたしは妊娠してる！」ショートパンツが叫んだ。それを聞いてミニスカートが蹴るのを止めたところへ二人のセキュリティーがやって来た。そして二人の女の子を連行して行った。


この事が面会時間を遅らせる結果になったけれど、ようやく一時間後に僕たちの番がきた。僕たちを入れて五、六人ずつ待合室から次の部屋に入るように指示された。そこにはテーブルがあり係員が座っていてテーブルに手を置くように言われ、手の甲にスタンプを押された。そこから今度は次の小部屋に行くと部屋に入ったと同時に外からドアが閉められた。ほんのしばらく待っているとさらに小部屋の方へ行かされ、そこは一人一人入る暗い部屋だった。小さな窓口があり、そこへ手の甲を面にしてスタンプを見せるように指示された。しかし指示をする人の顔は全面が黒いガラスになっているために見えず、声が命ずるように紫色の光に照らされている台の上に手を乗せた。

すると僕の手の甲にアメリカ鷲のスタンプが、浮き彫りの様に現れ、これはディスコに入る時みたいだなあと僕は思った。

「オーケー」という声で次の部屋に移動し、ここで少し待たされると次の部屋には一人ずつ入るように言われ、入るとそこは透明な防弾ガラスばりのちょうどエレベーターのような部屋だった。そしてここを出るとようやく受刑者に会える部屋があった。

入ってまず驚いたのは、そこは大食堂のように大きい広い部屋だった。僕はてっきり映画で観るような一人ずつの小部屋で、小さな穴が沢山空いた透明なガラスかプラスティックの壁が受刑者と僕たちの間にあるのだろうと思っていたからだ。

ところがとんでもない、そこは沢山の受刑者が、それぞれの面会者と小さいテーブルに向かい合って話をしている。ちょうど大食堂のそれぞれのテーブルに座って人々が話をしているという感じだ。話そうと思えばとなりのテーブルの受刑者とだって話せるし、握手だって出来るというオープンさだ。まあこうやってみんな一緒に大食堂で、というのは重犯罪ではない人に限られているのかもしれないけれど、とにかく僕は驚いてしまった。ただし、勿論カメラはいたる処に設置されている。

また壁際にはソーダやコークの自動販売機や、ポテトチップやチョコレート、その他クラッカーなどを売る自動販売機もあり、面会に来た子供たちがマシーンの前に長い行列を作っている。

そういえば待合室でロッカーに私物を入れる時、小銭は持って行ってよいと、透明なプラスティックのバックをくれた。それはここで飲み物やスナックを買うためだったのだ。

そこで僕は飲み物とポテトチップ、ビスケットを買った。まわりを見ると、受刑者と面会者が、一緒にソーダを飲み、スナックをつまみながら話をしている。

僕たちがこの部屋に入った時、トニーはまだ来ていなかった。見ていると、少しずつ少人数で受刑者を部屋に入れている。

また僕がこの時驚いたのは、どの受刑者もこざっぱりとした身なりだったことだ。彼らは皆、ベージュの開襟シャツにベージュのズボン。髪もきれいに整えて、ひげもきちんと剃られ、たった今シャワーを取ったばかりというクリーンな感じだったことだ。どこか工場か、運送会社などの作業員という感じで、ベージュの上下服は制服のように見える。どこにも受刑者という雰囲気が感じられない。

普段受刑者は刑務所内では鮮やかなオレンジ色の上下の服を着ているので、僕はてっきり同じ服装で来るのだろうと思っていたのだ。ところがベージュのどこでも見る作業服という感じでやって来たことに、細かく気が配われていることを感じた。

しばらくして、広い面会室が少し混雑し始めた頃、トニーがやって来た。他の受刑者と同じくこざっぱりとクリーンなのは同じだが、六年の間に彼はすっかり変わっていた。以前のギラギラした目はすっかりしょぼしょぼしていて、老眼になったのか眼鏡をかけ、声も小さく、何かおとなしくなった感じで、僕もクラリベールも戸惑ってしまった。トニーは僕に挨拶をすると、クラリベールとスペイン語で話し始めた。クラリベールからゆっくりとクラウディアの近況を聴くと、一つ一つ話にうなずきながら「よかった、よかった」と言っている顔は、もう以前の荒くれ者ではなく、ただ一人の老人のように見えた。

かつてドミニカでプロのボクサーとして活躍し、アメリカに来て麻薬の商売に手を染め、ギャングとかかわり、無謀な生活をしていた男とは思えないほどだった。

僕たちは、本当は彼が何の罪で刑務所に入っているのか、その刑が何年なのかは知らないし、また知りたくもなかったので、何時出られるのかという話には触れなかった。

クラウディアの悲劇

ほぼ二ヶ月に一度はおしゃべりに、時にはスパニッシュフードの買い物も兼ねてジャクソンハイツを訪れるのがクラリベールの楽しみだった。

二〇〇一年秋の同時多発テロからアメリカはアフガニスタン、そして二年後にはイラク戦争へと突入したが、アメリカの圧倒的な武力で二ヶ月後には終結したというものの、戦時状態は続いていた。ワシントンDCでは大規模の、ニューヨーク市内でも戦争反対のデモが多く開かれるようになっていた。

それでもこの秋の大統領選挙では戦争を推し進めた大統領が再選した。市中では後部のトランクに、またガラス窓に、イラク戦争に抗議するステッカー、支持するステッカーを貼った車が走っていた。

そしてその年の暮れ、クリスマスの二週間前の土曜日、僕たちはジャクソンハイツの友達の処に行った。この家族の子供たちと長男のジュニアと次男のダニエルは学校も同じということから親しくなり、家族同然につき合ってきたのでクリスマスツリー・デコレーション・デイに誘われたのだ。

クリスマスツリー・デコレーション・デイというのはクリスマスツリーを買って、それにデコレーションをするのに、家族、親戚やあるいは親しい友達を招待して、一緒にツリーを飾り、もうじきやって来るクリスマスに思いを馳せる小規模のパーティーである。

「今年のツリーは特別綺麗だねえ、クラリベールは飾り付けが上手だから」

招待してくれた一家の奥さんのドロシーは大変ご満悦のようだ。そこで僕たちは立ち上がった。

もう少しいいじゃないのというドロシーに、僕たちはこれからツリーを買わなければいけないから、明日はジュニアとダニエルがロングアイランドに来て、一緒にツリーデコレーションをすることになっていると言い、午後も四時半をまわった頃、一家のアパートを出た。

一二月も半ばで、一年中で最も日が短い時だから外へ出て車にエンジンを入れた時はほとんど日が暮れかかっていた。

ハイウェイの入り口までは友人の住んでいるアパートから車で三分ほど。入り口のすぐ近くのスパニッシュ・ハーレムへ通りかかった時だった。

「リョウ、ストップ、ストップ！」クラリベールが言った。危ないじゃないか、突然そういうことを言ってと、僕が怒って言おうとした時だった。

「リョウ、あれ、クラウディアじゃない？」

クラリベールが五〇メートルほど先の道路の右側をふらふらとした足取りで歩いている女性を指差した。

髪の毛は乱れてはいるが肩までのカーリーで、姿格好はそう言われてみればたしかにクラウディアに似ている。その女性は黒っぽいウール地のコートを着ているが、コートの前は開いていて、同じところをふらふらと行ったり来たりしている。何処かへ行こうと歩いているという風ではない。何かを探しているようにも見える。僕はスピードを落としてゆっくりと近づいて行った。あっちへ歩き、又こっちへ歩きしていた彼女が僕たちの方へ向かって来た時、ちょうど彼女が外灯の下へ入った。外灯の明かりが女性の顔を上から照らした。まさか、と思っていたことが本当になった。僕とクラリベールは「クラウディア――」と低い声で同時に言った。それはまごうことのない、僕たちが知っている女性、二年前にトニーに会いに刑務所に行ってくれと僕たちに頼んだクラウディアだった。クラリベールが僕の右手を握った。僕は右手でクラリベールの左手を握ったまま、ゆっくりと左手でハンドルを取りさらに彼女に近づいた。車は彼女のすぐ真横に来た。彼女がぼんやりとした顔で車を見た。よく見ると彼女は何か独り言を言っているのかかすかに口が動いている。目は僕らの車を見ているようなのだが視点が合っていないように見える。ほんの、三〇秒くらい車を見ていたようだったが、また横を向きふらふらと歩き始めた。それはまぎれもない、麻薬中毒者の姿だった。

「Let's go」

クラリベールは一度ドアに手を掛けたが、その手を下ろすと悲しげな低い声で言った。

「いいのか?」僕は言った。

彼女はもう一度クラウディアを見ると、決心したように前に向き直り、再び言った。

「行きましょう」その声は悲しみに震えていた。

車が動き出すとクラリベールが両手で顔を覆い、声を殺して泣き、何度も、何度も同じ言葉を繰り返した。

「トニーが悪いのよ、トニーが悪いのよ」

二年前、思いがけない再会の後、彼女の頼みで出かけて行った州刑務所。そこで会ったのは、ゴールドチェーンを首から下げ、肩を切って歩いていた元ボクサー、ドラッグディーラーのボスとは程遠い姿に変わり果てた一人の老人だった。その老人に向かって、クラリベールは当て所ない悲しみを、恨みを、老人の名に込めて繰り返した。

僕はすっかり頭に入っているそのあたり一帯のストリートが、この夜、今までとは違った場所のように感じた。多くの困難があった。怒りもあった。しかし多くの喜びもあった。繰り返し、虹のようにそれらの日々が僕の目の前に顕れては消えた。

過ぎ去った日々は二度と帰らない。それらの日々に向かって、その時、僕は思い切り叫びたい気持だった。

寿司とポヨ・ギザコンパパ

車はハイウェイに入った。ハイウェイは混んでいた。あと二週間でクリスマスの土曜の夜だ。それらの多くはマンハッタンでクリスマスプレゼントの買い物をして家路を急ぐ車かもしれない。

僕たちは僕らの家のあるベイショアに着くまでほとんど言葉を交わさなかった。あまりにも多くの思いが胸をいっぱいにし、溢れ出ようとする言葉が多すぎて、かえってそれらの言葉はせき止められてしまったように、普段の言葉にすることが出来なかった。

それはクラリベールも同じだったのだろう。ただ一つの言葉を繰り返し、悲しみのすべてを涙に変えているように僕には思えた。

ハイウェイを出て、ベイショアの町へ入った時、僕たちはやっといくらかいつもの自分たちを取り戻していた。僕は車を町の中心街に近い消防署に向けて走らせた。僕たちは毎年消防署でクリスマスツリーを買うことにしている。どうして消防署がクリスマスツリーを売るかというと、売上金が消防署への寄付金になる仕組みだからだ。消防署で買うことによって、僕らもいくらか協力が出来るのだ。

郊外の消防署だから敷地も広く、消防署の庭には沢山のもみの木が積み上げられていた。もう車を降りた時から清々しい木の香りが一面にただよって、またクリスマスが来たよ、と告げているようだった。

積み上げられた木々の中から高さも枝振りもいいのを見つけると、消防士がやって来た。

「それは三〇ドルですよ。いいですか?」と言い、僕がオーケーと言うと、

「新鮮な木なので、切り口をアスピリン剤を溶かした水に浸けておけば長持ちしますよ」

まるで店員のように親切に、笑顔で説明すると、大きなネットに木を入れて運びやすいように細くして、車まで運んでくれた。そして僕が用意した毛布を掛けた車の屋根の上に乗せてく

れた。

「良いクリスマスを」車を動かす時消防士は言い、僕たちは「あなたも」と言って消防署を後にした。

途中、久しぶりに日本レストランに寄って夕食の寿司をテイクアウトした。それからすぐに店舗のある通りから住宅の並ぶストリートに入った。どこの家も庭が広いので、家から漏れる明かりは少なく、外灯もポツン、ポツンとあるきりなので、普段は暗いストリートだ。けれどもクリスマス前の一ヶ月、多くの家が赤や黄や緑の電気で出来たクリスマスオーナメントを庭に飾る。ある家は氷柱のようなイルミネーションで家の窓を飾っている。またある家の庭ではソリに乗ったサンタをトナカイが引いている。ある家は庭の木に豆粒のような電灯を無数に着けて幻想的な状景を演出している。暗闇の中に浮き上がるこれらのオーナメントを見ていると、まるで夢の国に誘われたような気持になり、童心に帰ってクリスマスを待ちこがれる素直な気持になる。

僕がそんなことを考えていた時、

「ねえ、リョウ」今まで考え事をしていたらしい口調でクラリベールが口を開いた。

「なに?」

「近いうちにブロンクスに行ってみない?」

「マリアを探しに行こうってわけだね」僕が答えた。

「探せるかどうか分からないけれど、マリアのお母さんが住んでいたところに行ってみようよ。

たしかお母さんは引っ越したって聞いたけれど、彼女は長いこと同じ場所に住んでいたから、知り合いもいるだろうし、近所の人に聞いたら何かわかるかもしれないし」

僕たちがマリアと連絡がとれなくなって久しかった。クラリベールの弟のホーへが死んだことを話してから、その二年後にまた電話があった。その時はクイーンズに引っ越しをしたいというような事を話していたようだが、ちょうど僕たちがイルマの部屋に移り、電話番号が変わり、その後連絡が取れなくなってしまった。クロスブロンクス・ハイウェイのすぐ際のアパートに電話をしても、電話は切れていて他に連絡を取る方法はなかった。結局そのままになってしまったのは、その頃の僕たちは小学生と高校生の子供を抱え、もうれつに忙しかったし、そのすぐ後にはギフトショップをオープンしたりして必死に働いていた時期だったこともある。

その後インターネットで探すことも試みたが、僕たちはマリアのラストネームを知らなかった。クラリベールはマリアと父親のラストネームを書いたメモを以前は持っていたようだが、だいぶ前になくしてしまっていた。マリアだけでは到底探し出すことは出来なかった。

あの可愛いマリアももう五〇歳に近くなっているはずだから、孫がいるかもしれない。どうか無事に生きていることを願おう。

そんなことを話し合って僕らの家への道を曲がった時、雪が降ってきた。

クラリベールは、三〇年以上もニューヨークに住んでいても寒いのは未だに苦手だが、僕はこの時期雪が降ると（といっても大雪は別だが）、「ああ、クリスマスだなあ、ホワイトクリスマス、そして年末だ」という気持になる。そして家に着き車を降りた時、近所の家が暖炉を使っているのだろう、木を燃やす匂いがした。その匂いをかぐと、僕らの心が暖かくなっていくような気がした。

車の音を聞きつけてケンが家から出てきた。すぐにもみの木を車の屋根から下ろすと家の中に持って行った。

僕は家に入るとすぐにキッチンに立った。今朝冷凍庫から出しておいた鶏肉を取り出すと鶏と人参とポテトをデカリートというスパニッシュの香辛料とトマトで煮込んだシチューを作り始めた。

「せっかく寿司を買ったのに、なぜ今シチューを作るの？　わたしが明日の朝、ジュニアとダニエルが来る前に作るから」と言いながらクラリベールがキッチンに覗き込みに来た。

「寿司を買った時はあんなにわくわくしていたのに、何だか急にスパニッシュフードが食べたくなってね。それにだいたいシチューは次の日が美味しいからね。僕が明日の分も今夜作っておくよ」

よく考えれば寿司とスパニッシュのシチューなんておかしな取り合わせだけれど、スパニッシュと日本人の僕らの家庭ではこういうことは良くあることで、こんな取り合わせは「あり」なのだ。もちろん僕は、寿司は今だって何より好きだけれど、スパニッシュの料理も今では同じように好きなのだ。

夕食が出来て、僕はスパニッシュのシチュー、ポヨ・ギザコンパパを満悦しながら食べ、クラリベールは寿司を美味しい、美味しいと言って食べた。

窓の外を見ると雪はまだ降り続いている。メリークリスマス、僕は心の中でつぶやいた。

第五章　二〇二〇年　三月

二〇二〇年　三月

夢を見ていた。夢の中で汽車に乗り遅れた様な焦燥を感じてはっとして目を覚ました。飛び起きると妻のベッドへ駆け寄った。

よかった、まだ息をしている。

ベッドの脇に昨夜置いたままの椅子に腰掛けた。しばらくの間、眠っている妻の顔を見ていた。寝息は静かだ。しかし僕は残された時間はあまりないことを知っていた。

立ち上がって窓辺へ行き、カーテンをそっと開けた。壁の時計は六時半をさしているが、アメリカは三月の第二週から夏時間になっているので夜明けにはまだ間がある。

頭の中には山ほどの思いがあるのに僕は無心になることに努めながら、夜が朝に向かってゆく様子をカーテンの隙間から眺めていた。やがて朝焼けが始まり、綺麗に整頓された庭に朝の光が広がってゆく。三月半ばのニューヨークは春というにはまだ早いが、それでも早春の芽吹きがあちこちに見える。春一番にまだ固い土から顔を出す赤紫のクロッカス、白い花弁の中心に喇叭のような黄色い花冠のダファデルが春の訪れを告げている。

僕は、今日は妻にとって良い旅立ちの日の様に思えた。

それは突然のことだった。ある朝起きてクラリベールの顔を見て驚いた。目元から下、顔が半分落ちたような感じになっている。何だ！　これは、どこか眼の異常かな、と思って眼科に連れて行った。ところが眼科でいろいろ調べたが眼の異常は何も見つからない。その内彼女の言動がおかしいことに気付いた。今度は病院でいくつもの検査をした。その結果わかったことは、彼女は知らない間に脳卒中を起こしていたということだった。顔が半分落ちたようになっていたのは脳卒中が原因だったのだ。そして、これは大変ショックなことだったが、脳卒中に起因する認知症を告げられたことだった。二〇一三年、一一月のことである。

それから三年後、僕の母が他界した。いっとき迷ったがやはり葬式には行こうと思い、日本の兄弟に連絡をとった。しかしクラリベールのことがある。家には息子たちがいるが、昼間は働きに出ているし、クラリベールを一人で置いておくわけにはいかない。最初の脳卒中以後も何度か小さい脳卒中を起こしているので、いつまた新たな脳卒中が起こるかわからない。しかも認知症がある。

そこで僕は彼女を病院に入れることにした。「二週間で帰るから」と息子たちに言い残して日本へ発った。

その二週間の間に悲劇が起こった。入院中のクラリベールがベッドから落ちて足の骨を折ったというのである。彼女は全く歩けなくなりその時から過酷な闘病生活が始まった。

振り返ればクラリベールの病歴は長い。二〇〇一年の同時多発テロから三週間後、アフガニスタンへの空爆が始まったちょうどその頃、クラリベールは同時多発テロで崩壊したツインタワーのすぐ近くの、その日、多くの怪我人を受け入れ、大活躍した病院で心臓の手術を受けた。その二、三年前から糖尿病で心臓の血管が詰まり始め、すでに五回ステントを使って血管を広げたが効果は見られず、今度は脚の方から良い血管を取り出してそれを心臓の悪い血管と取り替える手術だった。この手術は成功したが、しかしそれだけでは終わらず、この手術からさらに四年、子宮摘出手術、ヘルニア手術と続き、まさに彼女の体は切り傷だらけになったけれども徐々に健康を取り戻していき、ようやく仕事に復帰できるようになった。手術前には家の近くのプラスティック工場で製品の検査係の仕事をしていたが、この仕事は無理だなと話していたところへ、彼女の友人から仕事の誘いがあった。

それは身体障害者の子供達のための小学校で、仕事というのは教師の助手だった。学校だから休みも多いし、子供好き、世話好きのクラリベールにはうってつけだった。

新しい僕らの家、家庭菜園もできる広い庭、緑の多い環境、しかもクラリベールにはやりがいのある仕事が見つかって、ようやく落ち着いた生活が出来るね、と二人で喜び合った。

しかしながら、新たな試練がやって来たのはそれから七年後のことだった。

幸か不幸か二年前には地球規模の金融危機を起こしたリーマンショックで僕は仕事を失って家にいたので足の骨の骨折以後、車椅子で外に連れ出す以外は、ほとんど寝たきりのクラリベールに付き添う生活が始まった。

そしてその時から、僕の生活圏はクラリベールを病院に連れて行くこと、生活必需品と食料品の買い物のためのスーパーマーケット行きだけになった。数度、僕の友人たちがマンハッタンから見舞いにやって来た。実際はクラリベールへの見舞いというより介護の日々に明け暮れている僕への見舞いだった。

介護の日々が始まってから、日本のニュースで「介護疲れの末に――」という記事が目に止まるようになった。僕もそんな人たちの一人だ。確かに日頃は元祖天然の僕でも、時々は怒鳴りたくなることもあった。もう限界だ！　と感じることもあった。

ただ一つの息抜きは、クラリベールが彼女の友達からもらった子犬のシャドウと散歩に出かけることだった。僕らの住んでいるロングアイランドはマンハッタンの東を流れるイーストリバーから始まる細長い島だ。車を五分も走らせれば海だ。海を見ると心が晴々する。

ほんのいっときだが介護の場から離れ、家族から離れ、一人になれる場所、それも大海という広い心に向き合うと、どこへも持って行きようがない怒りにも似た感情を、波が水平線の彼方へ運んで行ってくれるような気がした。

また、クラリベールはよく僕に言っていた。「わたしはこんなに病気ばかりして、Sorry Sorry リョウ」

そこで僕は言った。

「いいよ。次の世では君が僕の面倒を見てくれればいいから」

二〇二〇年初旬、すでに新型コロナウイルス感染症が大きな話題で重要なニュースだった他の国々に比べ、三月初めのアメリカは、まるで対岸の火事を見ているような「うちは大丈夫」という空気が大半だった。

この年に入ってから、クラリベールの衰弱は激しく、食べることができなくなっていた。しかも、長い寝たきりの状態で、身体中の皮膚がまるで黴が生えたようになり、痒みから掻きむしるだけでなく、脳卒中の後遺症からの痛みもひどくなっていた。またこの頃、急に記憶がおかしくなり、言葉が喋りづらくなったので、また脳卒中かなと思っていたところへ、さらにものを食べなくなり、水も飲まなくなった。やがて息が荒くなり、熱もある。そして三月五日、クラリベールは入院した。

容態はよくなかったが入院したその日、僕は最悪のことは考えていなかった。入院して栄養をつけてもらおう。そうすれば力が付くだろうと考えていたのだ。

しかし僕の希望に反して、クラリベールはさらに衰弱して行った。

それから一週間後、三月一二日の昼頃、病院からホスピスへの転送を告げられた。病院は治療をするところだが、ホスピスは終末医療を行うところだ。そう遠くない日にこの日が来ることを覚悟はしていたが、やはり覚悟を決めるのは辛かった。

クラリベールが入ったホスピスは郊外のこともあり、美しく整頓された広い庭、黄色いペンキ塗りの木造二階建ての、まるで大きな普通のハウスのような、あるいは田舎のベッド・アンド・ブレックファーストのホテルのような造りの建物だった。庭のところどころにはベンチがあり、クラシックなデザインの街灯が庭の小道の傍にある。部屋は個室で医療施設という感じはなく、アパートメントかホテルの一室のようだ。

入所してすぐに医者と看護婦長からホスピスについての説明があった。私たちは、此処へ来た人が安らかに最後を迎えることができるように、その日まで丁寧に看護します、ということだった。

説明をしてくれた医者は、南の国から帰って来たばかりのような陽に焼けた顔で、青い目をキラキラさせながら僕の質問に答えてくれた。

ホスピスに移って来たその日のクラリベールは昏睡状態に近い状態だった。時々彼女の息が荒くなって来た頃に看護婦さんが来て、あらかじめ腕に打ってある針の管に痛み止めの薬を注入した。その後少し楽になったのか、息が穏やかになった。

僕は付き添いの人のためのソファに座りテレビを付けるとニュース番組にチャンネルを合わせた。つい二週間ほど前とは違って新型コロナウイルス感染症がニュースの大半を占めるようになっていた。ニューヨーク州、特にニューヨーク市はアメリカ全土で最大の震源地で、僕らが現在のロングアイランドに引っ越して来るまで住んでいたジャクソンハイツは市の中でも突出して感染者が多かった。

僕は僕ら家族の思い出がたくさん詰まったジャクソンハイツのストリートを思い浮かべた。

ジャクソンハイツの住民の多くはスーパーその他の店の店員、レストラン、看護師など人と接するサービス業に従事しているので感染の機会が多い、そればかりでなく、小さなアパートに大人数で住んでいるのだから感染はたちまちのうちに広がる。

そして、クラリベールが入所したこの日は、ホスピスでもまだマスクをしていないスタッフがいたが、二日後には全員がマスク着用になった。

翌日はホスピスに泊まる覚悟だった。夜に、スマートフォンで彼女の好きな曲、夏川りみさんの『花』を何度か聞かせた。半年前に初めてこの曲を聞かせた時、クラリベールは意味もわからないのに泣き出した。綺麗な曲、そして歌声に感動したらしい。

他にスパニッシュミュージックも何曲か聞いた。残り少ない時間を、昔を思い出しながら二人だけで過ごした。そして、これがクラリベールとの最後の夜になった。

朝日が世界の隅々に、そして僕らがいるホスピスの小さな部屋にも早春の光を送っていた。

窓から離れ、ベッド脇の椅子へ腰掛けた。思えば僕自身、覚悟を決めていたので意外に落ち着いていた。最初に大きく一呼吸した。そしてクラリベールの額に軽く手を当てて、自分の思っていることを全部言い始めた。

「苦しい?　もう頑張らなくてもいいよ。今まで一緒に居てくれてありがとう。愛しているよ。また僕たちが初めて会ったプエルトリコのエル・モロで会おうね。必ず行くから……リラックスしなさい、リラックス。もう痛み、痒みを我慢しなくてもいいよ」

するると彼女の息が静かに止まり始めた。こんな状態でも彼女は僕の言葉を聞いていたことを確信した。最後は二、三秒止まり、そして最後の一息をした。

僕は心の中で、このまま、静かに眠るようにと願った。

完全にクラリベールの息が止まって数分、僕の頭の中は真っ白で、ただ呆然と彼女を見つめていた。

少し開いたカーテンの間から朝日が差し込み、彼女の横顔を照らした。それはまるで、クラリベールの魂を天国に連れて行くかのように僕には思えた。

部屋を出て担当の看護婦を見つけ、妻は僕が言ったことを聞いて、たった今永眠したことを告げた。そして、もうこれで彼女は苦しまなくても良くなった、と僕は言った。

「やっとあなたの話を聞いてくれたの」看護婦は悲しい笑いで言い、僕は笑い顔で心の中で泣いていた。

その時、私のお父さんが今亡くなったと大泣きで叫びながら、隣の部屋から女性が飛び出して来た。すぐに担当の看護婦がやって来て女性を強く抱きしめていた。

そうだ、この光景が普通なのだ。僕は笑っていた自分がおかしい人のように思えた。

すぐに主任看護婦が部屋に来て、聴診器をクラリベールの心臓に当てた。そして、死亡時間、午前七時三三分と断定した。

この日は悲しむ暇もなく、葬儀屋から二四時間以内に市役所に出すようにと一五枚ほどの書類がメールで送られて来た。クラリベールの出生証明、ライセンスなどを忙しく調べて、全てを終えたのは夜になっていた。

そして次の日、クラリベールが寝ていた医療用ベッド、彼女の服、ベッド脇のテーブルに置かれたままの薬などを見るとやたらに涙が出て来て止まらず、気が付けば、彼女が大切にしていた子犬、シャドウを抱きしめて泣いていた。シャドウも何時もいたお母さんが居ないとわかったのか、この日だけは嫌がらずに僕に付き添ってくれた。

僕は「男は泣かない」という、父母や祖父母がまだ健在だった時代の日本で育ったので、息子たちの前では泣かなかったが、それからもしばしば昼間、独りでいると涙が出た。

その後しばらく経って、不思議なことに時々クラリベールの香りが漂う。しかしこれは必ずしも僕の感傷ではないようだ。なぜなら、息子たちも同じことを言うからだ。彼女が亡くなったのは三月の半ばなのに、七月になっても時々風のように彼女の香りがやってくる。その香りというのはクラリベールが付けていたボディローションの匂いなのだが、亡くなって三ヶ月も経ちローションは家のどこにもないのに、と息子たちも言う。

クラリベールはまだ傍にいるんだ。そうだ、僕は彼女に約束した。「二人は、来世でまたプエルトリコのエル・モロで会う」

四八年前、エル・モロの要塞で初めて彼女に会った時、この少女とは前世であったことがあると、不思議な気持がしたことを僕は思い出していた。

いつ死んでもいい。僕はこの頃から思うようになった。ついこの間までは死は茫洋とした理解し難いものだったのに、死というものを怖いとは思わなくなっている自分に気付いた。自分には行くところがある。僕より先に彼女は旅立って行ったが、次の世界で必ず彼女と会う。彼女が迎えに来てくれる。それは確実なイメージとなって、僕は自分がかつてなく平生な、そして強くなっているのを感じた。

プエルトリコの空はいつも青い

時は黙して語らず、日々は平凡に流れていった。僕はただ、あるがままの時間に身を任せていた。

そんなある日のこと、次男のダニエルの友人がキャンピングカーで我が家にやって来た。郊外の家に引っ越して以来クラリベールの親戚や孫、その母親、時に僕の友人以外、息子たちの友達が来たことはほとんどないので、珍しいこともあるものだと思っていると、友人は二週間ほど滞在するということだ。しかし我が家のベッドに寝る必要はないという。キャンピングカーにはベッド、小さなキッチン、バスルームの設備があるからだ。

「お客じゃないから Dad、何もかまう必要はないよ」とダニエルは言うが、やって来たその晩くらいは夕食を一緒にしたらどうか、と僕は言ってスーパーマーケットに行くことにした。クラリベールが亡くなって以来、目的を持ってスーパーマーケットに行くということがなくなっていたが、久しぶりに献立を考えながら車を走らせた。

マーケットに行く道々、運転しながらクラリベールがよく作っていた料理を何種類か頭に思い浮かべた。その中から、プエルトリコで代表的な家庭料理、鶏肉をライスと一緒に炊き込んだ、アロス・コン・ポヨをメインに、そしてサラダということで献立は決まった。

スーパーマーケットに着くと驚いた。週日の早い午後だと言うのに駐車場はほぼいっぱいの車だ。コロナ禍で入店の人数を制限しているのでマーケットの外には長い行列が出来ている。何周かして見つけたスポットに車を止めた時、明後日は七月四日、独立記念日だから人々は食料の買い出しにきているのだ、と気が付いた。独立記念日はこの国で一番大きい祝日だ。コロナで人が大勢集まる花火大会は中止になっても、郊外の家々ではそれぞれバーベキューなどをしてこの日を祝うのだろう。

独立記念日を忘れることはまずないし、僕らの家族も毎年、近くの公園に花火を見に行ったり庭でバーベキューなどしていたが、今年は息子たちも何も言わないし、五年前に仕事の都合で南部へ引っ越した三男のケンからも連絡はないしで僕も忘れていたのだ。

息子たちの友達の多くは今でもジャクソンハイツに居た時に知り合った友達だ。キャンピングカーでやってきたアントニオもジャクソンハイツに居た時にダニエルが親しくしていた友達で、ダニエルほどではないが、長男のジュニアも知り合いだという。そんなわけで夕食の食卓は話が弾み、賑やかだった。

そして話が、ジャクソンハイツのアパートメントの話になった時だった。

「ああ、クラウディアって、僕のお叔母さんですよ」

僕が知っているクラウディアの血縁といえば、僕らのアパートのすぐ近所に住んでいた、僕も何度も会って知っていたクラウディアのおばさんだけだ。ところがクラウディアには甥がいて、しかもこの甥も近所に住んでいたなんて、予想もしない話の出現に、僕はびっくりして目玉が飛び出るところだった。

「君はクラウディアの甥御さん⁉」

「Mr and Mrs Wada が叔母と知り合いだったなんて知りませんでしたけれど、彼女は一年前に亡くなったんですよ」

「ええっ！」

アントニオの言葉に、僕は強いショックで、一瞬、思考がストップするのを感じた。あまりにも唐突で、僕はその事実をすぐには受け入れられず、言葉を失っていた。僕が絶句しているのを見てアントニオは口籠ったけれど、実はもう一つ、と言って話し始めた。

「叔母と知り合いなら、イルマも知っているんでしょうね」

「知っているなんてものじゃない。クラウディアとイルマと僕らは同じアパートに住んでいたから、僕たち夫婦と何度も一緒に飲みに行ったり、パーティーに呼ばれたり、彼女のお母さんの家にも行ったこともあるし、特にワイフは二人と親しくしていたよ」

それを聞いてアントニオはため息をつくと続けた。

「実は、イルマも亡くなったんですよ――。二年前に」

「イルマも⁉」

イルマに最後に会ったのは僕らが今の郊外の家に引っ越して七、八年くらいした時だった。ジャクソンハイツにいた頃にクラリベールが親しくしていた女友達の夫が亡くなったので、その告別式にジャクソンハイツに出かけて行った時、同じく告別式に来ていたイルマに会ったのだった。

イルマはその頃、彼女のお母さんが住んで居たブルックリンから引っ越していて、ケネディ空港から少し東南へ行った細長い島、ロングビーチにボーイフレンドと住んでいるということだった。この時もイルマは持ち前の明るさは昔そのままだったし、生活も安定しているようだった。告別式が終わってから会食した会場で話し込み、気が付いたら春の夜はすっかり暮れていた。イルマはバスと地下鉄を乗り継いで来たと言うので、それなら僕らの帰り道だから送って行くよ、と車に乗り込んでからも話の興奮は続いていた。

僕らの家は彼女の家からはだいぶ先だけれど、同じロングアイランドだから又会おう、と言ってその日は別れたのだったが、多くの手術を乗り越えて、健康を取り戻したところだったクラリベールは、身体障害者の子供たちの小学校での新しい仕事に没頭していたこともあって、結局その後、イルマと会うことはなかったのだ。

息子たちとアントニオが、それぞれビール瓶を持ってアントニオのキャンピングカーに引き上げると、僕はクラリベールの遺骨と写真が飾ってあるテーブルの前に座った。

最後にクラウディアに会ったのは僕らがドロシーのクリスマスツリーデコレーションのパーティーに行った帰りに見た、麻薬中毒者のクラウディアだった。でもあれから二〇年、彼女は生き延びたのだ。アントニオの話では、イルマは心臓麻痺で亡くなったということだったが、クラウディアについては何で亡くなったのかを言わなかったし、僕もあえて聞かなかったけれど、何でもいい。彼女は生き延びたんだ！

僕は心の中でクラリベールの写真に呼びかけた。イルマは二年前まで、そしてクラウディアは君が天国に行く一年前まで生きていたんだよ！

クラリベールが寝たきりの状態になる前は、時々クラウディアやイルマ、そしてジェニーのことを思い出して二人で話すことはあった。また、クラリベールはジャクソンハイツには他に何人かの友達がいたので時々それらの友達を訪れることがあったが、クラウディアやイルマの消息を聞くことはなかったのだ。

僕は息子たちの友達がクラウディアの甥だなんて知らなかったけれど、もしかしたら僕だけが知らなかったのかもしれない。僕は、スペイン語圏の全てと関わっていたわけではなかったし、息子たちだって親の付き合いには関心もなく、アントニオとの間で、クラウディアの話などしたことはなかったのだろう。

クラリベールは妻だからもちろんだけれど、ジャクソンハイツでイルマとクラウディアは僕にとって最も身近だった。その三人の女性が一年おきに亡くなった。写真の中のクラリベールの微笑と向き合っているうちに、過去の日々が一挙に解き放され、蘇ってくるのを感じた。

クラリベール！　君は今、天国で君を待っていた二人の友との賑やかな再会の最中かもしれないね。

ほら、若かった僕たち、彼女たちと一緒に行ったジャクソンハイツ、コロナ地区のチープ（安い）バーで、飲んで踊って、おしゃべりに花を咲かせたあの頃のように。

ニューヨーク、ラテンアメリカのコミュニティー、ジャクソンハイツで生きた二十数年は、異人種間結婚を通して多民族国家アメリカを肌身で知る日々だった。多様な民族グループがジグソーパズルの色分けのように区分けしてそれぞれのコミュニティーを作り、自分たちの言語で、コミュニティー独自の生活スタイルで生きている。ニューヨーク市は全米の中でもことにジグソーパズルの中味は複雑だけれど、視野を広げてアメリカ全土を見わたしてみても、僕が来た一九七〇年始めから五〇年、今日のアメリカ地図は多様性で膨れ上がっている。

その地図の上の、見つけるのも困難な月並みな街角で、僕はこの国で主流の白人文化、家族生活のあるヒスパニック—ラテンアメリカ文化、そして生まれながらに身についた日本という、三つの文化、価値に引き裂かれながら五〇年を生きて来た。

クラリベールの死後、ことにコロナ禍でどこへも出かけない日々が続き、どうやって過ごしていたのか自分でもわからない数ヶ月を過ごしていたが、三人の女性の死を通して、僕はこの異国で生きて来た年月について考えるようになった。それはアメリカという国についてだけではない。地球上の、全く異なる価値を持った人々との交流は、怒ったり、腹を立てたり、時に大きな感動で結びついたりして、そうした中で俯瞰的な目を養い、視野を広げていくということを。

この頃から、ようやく少しずつ庭の手入れなどにも関心が向き始め、気がついた時には猛暑の八月も終わりに近づいていた。

そんな八月末の、いくらか暑さも和らいで来た終日の午後、クラリベールが亡くなってもう五ヶ月、早いものだとリビングルームのソファに子犬のシャドウを抱いて座りながら、壁をいっぱいに埋めているプエルトリコの絵を眺めていた時、夢を破るように電話が鳴った。

「リョウ、お誕生日おめでとう!」

受話器を取ると元気な女性の声が耳に飛び込んで来た。一瞬戸惑っていると「トニアよ、お誕生日おめでとう」

トニアは次男ダニエルの三人目の奥さん(?)だ。奥さんといっても戸籍上の結婚はしていない。二人の間には一三歳になる息子がいるが、ダニエルはもちろんこの息子は彼の子供として認知している。第四章「妊娠騒動」で説明したようにヒスパニックにはよくあるケースである。

僕の誕生日は八月三一日、そしてその前日の日曜日、トニアと孫のダニエル・ジュニアがやって来た。

「リョウのお誕生日だもの、もちろん寿司よね」

僕らの住んでいるベイショアーの街にある日本料理屋で、大量の寿司をテイクアウトして来たのだ。

長男と次男、そして次男のワイフと孫を加えての久しぶりの家族団欒を計画してくれたトニアの心遣いに、僕は心が癒される思いで二人を迎えた。

トニアとダニエル・ジュニアが我が家に到着すると、ジュニアの父親のダニエルがハサミと櫛とタオルを持ってきた。

「パーティーの前にまず散髪だ」

ジュニアの散髪は彼が幼い時から父親のダニエルがやっている。コロナ禍で思うように会えなかったので、孫のダニエル・ジュニアの髪が随分と長くなっている。二人はすぐに散髪の為に庭に出て行った。

二人に続いて長男も庭に出て行くとトニアはリビングルームのソファに座り壁を見回した。

「クラリベールはリョウが描いたプエルトリコの絵をこのベッドから毎日見ていたのね。」

クラリベールがほとんど寝たきりの生活になってから、僕は医療用ベッドを買い、リビングルームにベッドを置いた。リビングルームなら僕や息子たちと一緒にテレビを観たり話も出来る。それに僕の仕事も楽になる。もし彼女が一人でベッドルームにいるのなら、彼女の様子を見るためや、話をするためなどにベッドルームにしょっちゅう行かなくてはならなかったからだ。

そして確かにトニアの言うように、絵は三段がけに壁いっぱいに掛けてあるのだからベッドに寝ている方がよく見える。

「このたくさんの絵を見ていると私もプエルトリコに行ったような気分になるわ。カリフォルニアに行くより近いんだから一度はプエルトリコに行ってみたい」

トニアはアメリカ生まれのコロンビア人、子供の頃に両親に連れられてコロンビアには何度か行ったことがあるというが、ニューヨークから飛行時間たったの四時間のプエルトリコには行ったことがないという。そこで僕は言った。

「今はコロナ禍があるから沢山の人を集めての集会もパーティーも出来ないし、飛行機に乗るのだって不安だ。だからトニアも知っているようにクラリベールの葬式も出来ないんだ。コロナが落ち着いたらプエルトリコで葬式と納骨をしようと思っている」

「その時は私もきっとプエルトリコに行くわ」

教会の塔と真っ青な空、プエルトリコの空はいつも青い。そこに数羽の白い鳩を描いた油絵を見上げながらトニアが言った。

あとがき

この本を書くことになったきっかけは世界を巻き込んだ二〇〇七年から二〇〇八年の金融危機、リーマンショックである。この本の主人公、リョウさんこと和田良三さんと私はその頃アメリカ大手繊維会社にテキスタイルデザイナーとして働いていた。

そして二〇〇七年、大恐慌の波は私たちのデザインスタジオにも押し寄せ、まず二人のデザイナーがレイオフになった。和田さんはその一人だった。


一年後の二〇〇八年、感謝祭の前々日、今度は私がレイオフになった。そこで私もレイオフになったことを和田さんに伝えると彼がつぶやいた。「これから何をやろうかな」、そこで私。

「リョウさんのラテンアメリカ・コミュニティーでの体験を書いたらどう? 今やアメリカの人種構成は随分変わってきている。アメリカはもう青い目の白人とラップミュージックのアフリカ系黒人だけじゃない。アジア系も増えているし、それより何より中南米、ラテンアメリカ人の躍進はすごい。出生率もどの人種よりも高いし、今やアメリカの政治にも大きく影響している」

アメリカ人は「何のために働くのか」という問いに対して「家族のため」と即答する。家族が最も大事というアメリカ人は家族の話をするのが好きだ。私たちも職場のスタジオで昼休みなどにしょっちゅう同僚のデザイナー達と家族の話をしていた。やれ娘が、息子が学校に入った、きょうだいが結婚した、果ては祖父母いとこに至るまで、日本人なら恥と思い隠すようなことでも気にすることなく話す。その様なことが可能なのは、アメリカの人々は負の事実と個の尊厳とは別のものだと皆が認識しているからであるが、そんな開放的な雰囲気の中で、時に仰天したり、大笑いしながら私もこの本の中に出てくる幾つかのエピソードは、職場のスタジオで他のデザイナー達と一緒に聞いていたのである。

数年が経ち、ある日、和田さんが「書いたよ」と電話をしてきた。「ちょっと読んでくれる?」沢山のエピソードが書かれていた。そこで私たちは話し合った。そして、私が和田さんが書いたエピソードを元に背景のアメリカ社会、私のアメリカ体験、理解を加えてまとめるということになった。私も国際結婚をしているので異人種間の結婚の内実は十分理解しているし想像がつく。だから私たちは意思の疎通が図りやすい。

そうしてリョウの物語は始まった。

まだ日本が経済大国と言われるようになる前、一ドルが三六〇円だった一九六九年、当時二〇代だった主人公リョウはヨーロッパへ「なんでも見てやろう」の旅に出る。そして一年後にはニューヨークへ。ニューヨーク滞在が半年になった頃、ちょっと数日の旅行をとカリブの小島、プエルトリコに行ったのが彼の運命を大きく変えることになる。

二、三年の外国体験で帰国する予定だったのが、プエルトリコで出会ったプエルトリカンの女性と、いわゆるできちゃった結婚をすることになり、彼女とニューヨークで三人の子供を持つ家庭を築き、アメリカ主流の白人アングロ文化とも、日本とも違う異文化との葛藤の中で暮らすことになったのだ。そのような人間ドラマを主流としながら、そのドラマの渦中でリョウは「アメリカ」について学んで行く。

ニューヨーク市は人種の坩堝、あるいはモザイクということがよく言われる。ニューヨーク市はアメリカではない、世界都市だということを言われた時もある。ここでは世界中の料理が食べられる。ニューヨーク市を丹念に歩けば世界の多くの異なった人々に会えるかもしれない。政治的には民主党が強くリベラルだ。

二〇二〇年、コロナ感染症のパンデミックの時は、ニューヨーク市は最初の震源地だった。そして市の中でもリョウが住んだジャクソンハイツとブロンクスは突出して感染者が多かった。不幸な事件はほとんど常に貧困と結びついている。富める国アメリカの、ことに二〇〇〇年以降に拡大した経済格差の最底辺の多くをアフリカ系黒人が、次の貧困層の多くをヒスパニック・ラテンアメリカ人が占めていることと関係している。この間、白人が多く住んでいるマンハッタンの人口が減った。市の清掃車が白人達が住む高級アパートにゴミ収集に行くと、ゴミを入れる大型のバケツは空っぽというのをテレビの画面が写していた。住民達はコンピューターを持って別荘に避難したり、郊外に移り住んだからだ。

パンデミック以来、アメリカ全土で犯罪が増えている。そしてもちろん、犯罪といえば必ずと言っていいほど銃が使われている。毎日のテレビや新聞で銃が出てこない日はないほど、銃は日常の一部だ。とにかく、自衛のための銃の携帯は合衆国憲法で権利として認められているという国なのだ。自分の身は自分で守る。その自立心の強さは日本人には想像出来ないほどである。

アメリカに長年住んでいると、この国は全く人種差別の国だと思うと本の中に書いた。しかしまた、「出る杭は出させる」という国でもある。異邦人であろうと能力のある者は歓迎する。アメリカは移民の国だから能力があれば受け入れる、というのが国の成り立ちに関わっている。二〇〇〇年以降、アメリカのノーベル賞受賞者の三八％は、アメリカ生まれではない移民である。和田さんと私はテキスタイルデザイナーとして生活を始めた。私たちの仕事は「絵が上手い」ということが条件だ。二人とも幸い条件は満たしていたので今日までなんとか生活してくることができた。

貧富の差、人種差別、銃、麻薬、戦争好き、この国の闇に目を向ければ、闇は底知れない。しかし、今でも海を渡ってやってくる人々がいるのは、意欲のある人は歓迎するという、その開放性にあるのだと思う。

本書の出版にあたっては編集長の佐藤恭介さんに電話をしたことから始まる。拙稿を送りたい旨を伝えると「いいですよ。送ってください」と開放的なお返事を頂いた。それから三週間後、出版承諾のお返事が届いた。しかも、書いた私たちよりも良く読み取られていることに驚いた。

この本の編集を担当してくださった家入祐輔さんとは校正の作業のため、ZOOMでお会いした。私が迷っていた箇所にも的確なご意見をくださり、対面で仕事ができて楽しいひと時だった。

佐藤恭介さん、そして家入祐輔さんに、このようにも早く刊行の運びとなりましたことに、深甚なる感謝を申し上げます。

神舘美会子
和田良三

神舘美会子（みたち・みえこ）
東京生まれ。武蔵野美術大学、油絵科卒。女流画家協会展で受賞後、1971年ニューヨークへ移住。複数の版画グループ展参加、受賞。1981年、ユーゴスラビア国際版画ビエンナーレ入選。銀座絵画館個展。NYU Small Works展。1987年、日本人の国際結婚で生まれた子供達のための放課後日本語学校を、アメリカの教育機関の協力でニューヨーク市に創立。2008年、創元社より、栗州美会子のペンネームで『Odyssey 遥かなる憧憬』を出版。2012年より彫刻、ドローイングの制作を始め、複数のアートグループのディレクターを務めながら多数の展覧会に参加。2022、23年、ギャラリーSIACCA、グループ展（東京、銀座）。Adam D Weinberg (Director of Whitney Museum of American Art) Private Collection. Williamsburg Art & Historical Center in New York, Permanent Collection.

リョウ和田（りょう・わだ／本名：和田良三）
京都生まれ。京都市立日吉ヶ丘高等学校、日本画科卒（現、京都市立銅駝美術工芸高等学校）。卒業後、着物の帯のデザイン及び、大手織物会社のインテリア部門でデザイナーとして働いた後、1969年、渡欧。1年後にニューヨークへ移住。ニューヨーク市、マンハッタンにあるアパレル大手、ブルースタの姉妹会社でアパレルデザインを手がける。1990年、スケートボード店、Kosho-Pを経営。1980年末、LEVI'Sのホームファニシング部門で働いたことをきっかけに、ホームファニシング・インテリアに移行し、テキスタイルデザイナーとして2007年まで、数社のアメリカの大手繊維会社で働く。2013年、マンハッタン、ダウンタウンのGallery 128の春、夏、冬の展覧会に油絵の作品を出品。

多文化都市ニューヨークを生きる

2023年1月25日　初版第1刷発行

著者 ——神舘美会子／リョウ和田
発行者 —平田　勝
発行 ——花伝社
発売 ——共栄書房
〒101-0065　東京都千代田区西神田2-5-11出版輸送ビル2F
電話　03-3263-3813
FAX　03-3239-8272
E-mail　info@kadensha.net
URL　http://www.kadensha.net
振替 ——00140-6-59661
装幀 ——北田雄一郎
印刷・製本—中央精版印刷株式会社

ISBN978-4-7634-2046-6 C0036